张爱玲 著
赵丕慧 译

雷峰塔

北京出版集团
北京十月文艺出版社

引　言

宋以朗

一九五七年至一九六四年间，外界一般只知道张爱玲写了些电影剧本和一篇英文散文 A Return to the Frontier（中文版即《重访边城》）。就文学创作来说，这时期似乎不算硕果丰盛。

但根据张爱玲与宋淇夫妇的通信，在五七至六四年间，她原来正写《少帅》和一部两卷本的长篇英文小说，主要取材自她本人的半生经历。下面是相关的书信节录，全由张爱玲写给宋淇夫妇：

一九五七年九月五日

新的小说第一章终于改写过，好容易上了轨道，想趁此把第二章一鼓作气写掉它，告一段落，因为头两章是写港战爆发，第三章起转入童年的回忆，直到第八章再回到港战，接着自港回沪，约占全书三分之一。此后写胡兰成的事，到一九四七年为止,最后加上两三章作为结尾。这小说场面较大,人头杂,所以人名还是采用"金根""金花"式的意译,否则统统是 Chu Chi-Chung 式的名字,外国人看了头昏。

一九五九年五月三日

我的小说总算顺利地写完第一二章,约六十页,原来的六短章(三至九)只须稍加修改,接上去就有不少,希望过了夏天能写完全书一半。

一九六一年二月二十一日

小说取名"The Book of Change"(易经),照原来计划只写到一半,已经很长,而且可以单独成立,只需稍加添改,预算再有两个月连打字在内可以完工。

一九六一年九月十二日

我仍旧在打字打得昏天黑地,七百多页的小说,月底可打完。

一九六一年九月二十三日

我打字已打完,但仍有许多打错的地方待改。

一九六三年一月二十四日

我现在正在写那篇小说,也和朗朗一样的自得其乐。

一九六三年二月二十七日

我的小说还不到一半，虽然写得有滋有味，并没有到欲罢不能的阶段，随时可以搁下来。

一九六三年六月二十三日

《易经》决定译，至少译上半部《雷峰塔倒了》，已够长，或有十万字。看过我的散文《私语》的人，情节一望而知，没看过的人是否有耐性天天看这些童年琐事，实在是个疑问。下半部叫《易经》，港战部份也在另一篇散文里写过，也同样没有罗曼斯。我用英文改写不嫌腻烦，因为并不比他们的那些幼年心理小说更"长气"，变成中文却从心底里代读者感到厌倦，你们可以想像这心理。

[……]

把它东投西投，一致回说没有销路。在香港连载零碎太费事，而且怕中断，要大部寄出才放心，所以还说不出什么时候能有。

一九六三年七月二十一日

Dick[①]正在帮我卖《易经》，找到一个不怕蚀本的富翁，

[①] 理查德·麦卡锡（Richard McCarthy），二十世纪五十年代曾任美国驻港总领事馆新闻处处长。参见《张爱玲与香港美新处》，高全之《张爱玲学》，台北：麦田出版，二〇〇八年。

3

新加入一家出版公司。

[……]

《雷峰塔》还没动手译,但是迟早一定会给星晚译出来,临时如稿挤捺下来我决不介意。

一九六四年一月二十五日

Dick 去年十月里说,一得到关于卖《易经》的消息不论好坏就告诉我,这些时也没信,我也没问。

[……]

译《雷峰塔》也预备用来填空,今年一定译出来。

一九六四年五月六日

你们看见 Dick McCarthy 没有?《易经》他始终卖不掉,使我很灰心。

[……]

《雷峰塔》因为是原书的前半部,里面的母亲和姑母是儿童的观点看来,太理想化,欠真实,一时想不出省事的办法,所以还没译。

自是以后,此事便没再提起。后来我读到高全之《张爱玲的英文自白》[①]一文,发现她曾在别的地方间接谈及《雷峰塔》和《易

---

① 参见高全之《张爱玲学》,台北:麦田出版,二〇〇八年。

经》,其一是一九六五年十二月三十一日致夏志清信:

> 有本参考书 *20th Century Authors*,同一家公司要再出本 *Mid-Century Authors*,写信来叫我写个自传,我藉此讲有两部小说卖不出,几乎通篇都讲语言障碍外的障碍。

其二是张爱玲写于一九六五年的英文自我简介,载于一九七五年出版的《世界作家简介·1950–1970》(*World Authors 1950-1970*),以下所引是高全之的中译:

> 我这十年住在美国,忙着完成两部尚未出版的关于前共产中国的长篇小说[……]美国出版商似乎都同意那两部长篇的人物过分可厌,甚至穷人也不讨喜。Knopf 出版公司有位编辑来信说:如果旧中国如此糟糕,那么共产党岂不成了救主?

照写作时间判断,张爱玲指的该包括《雷峰塔》和《易经》——若把它们算作一部长篇的上下两卷,则《怨女》可视为另一部。

一九九五年九月张爱玲逝世,遗嘱执行人林式同在其遗物中找到 *The Fall of the Pagoda*(《雷峰塔》)及 *The Book of Change*(《易经》)的手稿后,便按遗嘱把它们都寄来宋家。读这沓手稿时,我很自然想问:她在生时何以不出?也许是自己不满意,但书信中她只怨"卖不掉",却从没说写得坏;也许她的写法原是为了迎合美国广大读者,却不幸失手收场;也许是美国出版商(如 Knopf 编辑)

不理解"中国"，只愿出一些符合他们自己偏见的作品，结果拒绝了张爱玲。无论如何，事实已没法确定，我唯一要考虑的，就是如何处理这些未刊稿。

我大可把它们珍藏家中，然后提供几个理论去解释不出的原因，甚至不供给任何理由。但对于未有定论的事，我（或任何人）有资格作此最后裁决吗？幸好我们活在一个有权选择的时代——所以我选择出版这两部遗作，而读者也可按不同理由选择读或不读。这些理由是什么，我觉得已没必要列举，最重要的是我向读者提供了选择的机会。

无可否认，张爱玲最忠实的读者主要还是中国人，可惜有很多未必能流畅地阅读她的英文小说。没有官方译本，山寨版势必出笼。要让读者明白《雷峰塔》和《易经》是什么样的作品，就只有把它们翻成汉语。但法国名言谓：翻译像女人：美丽的不忠，忠实的不美。(Les traductions sont comme les femmes: quand elles sont belles, elles ne sont pas fidèles; et quand elles sont fidèles, elles ne sont pas belles.) 所以我们的翻译可以有两种取向。一是唯美，即用"张腔"翻译，但要模仿得惟肖惟妙可谓痴人说梦，结果很大可能是东施效颦，不忠也不美。二是直译，对英语原文亦步亦趋，这可能令中译偶然有点别扭，但起码能忠实反映张爱玲本来是怎样写。不管是否讨好，我们现在选择的正是第二条路，希望读者能理解也谅解这个翻译原则。

编辑说明

一、《雷峰塔》为张爱玲于一九五七年至一九六四年间创作的英文自传体小说,原书名为:*The Fall of the Pagoda*。

二、台湾皇冠文化延请译者赵丕慧翻译,于二〇一〇年九月出版《雷峰塔》中文版定本,本书则以此为底本进行修润。

三、译者采取的翻译原则为:对英语原文亦步亦趋,并参考张爱玲特有用字及语句习惯翻译,期能忠实反映英文版内容。

四、内容除明显错字予以更正外,在编辑上尽可能保留作者特殊的用字习惯、方言用法,以及人、地、物之旧时译名。

一

琵琶把门帘裹在身上，从绿绒穗子往外偷看。宾客正要进去吃饭，她父亲张罗男客，他的姨太太张罗女客。琵琶四岁母亲出国，父亲搬进了姨太太家，叫做小公馆。两年后他又带着姨太太搬了回来，带了自己的佣人，可是吃暖宅酒人手不足，还是得老妈子们帮着打点。从不听见条子进这个家的门，可是老妈子们懂得分寸，不急着巴结姨太太，免得将来女主人回来后有人搬嘴弄舌。亏得她们不用在桌边伺候。正经的女太太同席会让条子与男客人脸上挂不住。

客室一空琵琶就钻了进去，藏在餐室门边的丝绒门帘里，看着女客走过，都是美人，既黑又长的睫毛像流苏，长长的玉耳环，纤细的腰肢，喇叭袖，深海蓝或黑底子衣裳上镶着亮片长圆形珠子。香气袭人，轻声细语，良家妇女似的矜持，都像一个模子打出来的，琵琶看花了眼，分不出谁是姨太太。男客费了番工夫才让她们入席。

照规矩条子是不能同席吃饭的。

男佣人王发过来把沉重的橡木拉门关上,每次扳住一扇门,倒着走。轮子吱吱喀喀叫。洗碗盘的老妈子进客室来收拾吃过的茶杯,一见琵琶躲在帘子后,倒吃了一惊。

"上楼去。"她低声道,"何干哪儿去了?上楼去,小姐。"

姓氏后加个"干"字是特为区别她不是喂奶的奶妈子。她服侍过琵琶的祖母,照顾过琵琶的父亲,现在又照顾琵琶。

洗碗盘的老妈子端着茶盏走了。客室里只剩下两个清倌人,十五六岁的年纪,合坐在一张沙发椅上,像一对可爱的双胞胎。

"这两个不让她们吃饭。"洗碗盘的老妈子低声跟另一个在过道上遇见的老妈子说,"不知道怎么,不让她们走也不给吃饭。"

她们倒不像介意挨饿的样子,琵琶心里想。是为了什么罚她们?两人笑着,漫不经心地把玩着彼此的镯子,比较两人的戒子。两人都是粉团脸,水钻淡湖色缎子,貂毛滚边紧身短袄,底下是宽脚裤。依偎的样子像是从小一齐长大,仿佛台灯座上的两尊玉人,头上泛着光。她没见过这么可爱的人。偶尔她们才低声说句话,咯咯笑几声。

火炉烧得很旺。温暖宁谧的房间飘散着香烟味。中央的枝型吊灯照着九凤团花暗粉红地毯,壁灯都亮着,比除夕还要亮。拉门后传来轻微的碗筷声笑语声,竟像哽咽。她听见她父亲说话,可能在说笑话,可是忽高忽低,总仿佛有点气烘烘的声口。之后是更多的哽咽声。

希望两个女孩能看见她。她渐渐地把门帘裹得越紧,露出头来,像穿纱丽服。她们还是不看见她。她的身量太矮。圆墩墩的脸有一半给溜海遮住,露出两只乌溜溜的眼睛。家里自己缝的扣带黑棉鞋从丝绒帘子上伸出来。要是她上前去找她们俩说话,她们一定会笑,可也一定会惹大家生气。让她们先跟她讲话就不要紧了。

她渐渐放开了帘子,最后整个人都露了出来。她们还是不朝她这边看。她倒没料到她们是为了不想再惹怒她父亲的原故。她终于疑心了。两个女孩坐在沙发上那么舒服的样子,可是又不能上前去。她们像是雪堆出来的人,她看得太久,她们开始融化了,变圆变塌,可是仍一径笑着,把玩彼此的首饰。

洗碗盘的老妈子经过门口,一眼看见琵琶,不耐烦地喷了一声,皱着眉笑着拉着她便走,送上楼去。

老妈子们很少提到她母亲,只偶尔会把她们自己藏着的照片拿出来给迥然不同的两个孩子看,问道:"这是谁呀?"

"是妈。"琵琶不经意地说。

"那这是谁?"

"是姑姑。"

"姑姑是谁?"

"姑姑是爸爸的妹妹。"

姑姑不像妈妈那么漂亮,自己似乎也知道,拿粉底抹脸,总是不耐烦地写个一字。琵琶记得看她洗脸,俯在黄檀木架的脸盆上,窗板关着的卧室半明半暗,露出领子的脖颈雪白。

"妈妈姑姑到哪去啦?"老妈子们问道。

"到外国去了。"

老妈子们从不说什么原故，这些大人越是故作神秘，琵琶和弟弟越是不屑问。他们听见跟别人解释珊瑚小姐出洋念书去了，没结婚的女孩子家只身出门在外不成体统，所以让嫂嫂陪着。老妈子们每逢沈家人或是沈家的老妈子问起，总说得冠冕堂皇。珊瑚小姐一心一意要留洋，她嫂嫂为了成全她所以陪着去。姑嫂两个人这么要好的倒是罕见，就跟亲姐妹一样，没几家比得上。小两口子吵归吵，不过谁家夫妻不吵架来着。听的人也只好点头。别家的太太吵架就回娘家，可没动辄出洋。他们也听过新派的女人离家上学堂，但是认识的人里头可没有。再有上的学堂也近便些。

"洋娃娃是谁送的？"丫头葵花问道。

"妈妈姑姑。"琵琶道。

"对了。记不记得妈妈姑姑呀？"永远"妈妈姑姑"一口气说，二位一体。

"记得。"琵琶道。其实不大记得。六岁的孩子过去似乎已经很遥远，而且回想过去让她觉得苍老。她记不得她们的脸了，只认得照片。

"妈妈姑姑到哪去啦？"

"到外国去了。外国在哪啊？"

"喔，外国好远好远啊。"葵花含糊漫应道，说到末了声音微弱起来。

"他们还好，不想。"洗碗盘的老妈子道，微微有点责备的声气。

何干忙轻笑道："他们还小，不记得。"

琵琶记得母亲走的那时候。忙了好几个礼拜，比过年还热闹，亲戚们来来去去的，打北京和上海来的。吵架，吃饭，打麻将，更多口角，看戏。老妈子们一聚在一块就开讲，琵琶站在何干两腿间，她们压低了声音，琵琶只觉得头顶上嘶嘶嘶的声音，有虫子飞来飞去，她直扭身低头躲虫子。

老妈子们一听见女主人在麻将桌上喊，就跳起来应声"嗳"，声量比平常都大。

"别忘了张罗楚太太的车夫到楼下吃饭。"

"嗳！"竟答应得很快心，哄谁高兴的声口。

渐渐地客人不来了，开始收拾行李了。是夏天，窗板半开半闭，回廊上的竹帘低垂着。阴暗的前厅散着洋服，香水，布料，相簿，一盒盒旧信，一瓶瓶一包包的小金属片和珠子，鞋样，鸵鸟毛扇子，檀香扇，成卷的地毯，古董——可以当礼物送人，也可以待善价而沽之——装在小小的竹篋里，塞满了棉花，有时竹篋空空的，棉花上只窝着一个还没收拾的首饰，织锦盒装的古书，时效已过的存摺，长锌罐装的绿茶。琵琶顶爱在这幽暗的市集里穿梭，走过老妈子面前，她们像贩子一样守着，递东西给她妈妈姑姑。

"嗳哟！别乱碰，听见了么？"她母亲会哀声喊道，"好了，好了，看看可以，走动的时候留点神，别打碎了东西。"

琵琶小心翼翼地走动，避开满地的东西。露理箱子理到一个时候，忽然挺直了身，一眼就看见她。

"好了，出去吧。"她说，微带恼怒，仿佛她犯了什么错，"到外头玩去。"

琵琶走了。

临动身那天晚上来了贼。从贴隔壁的空屋进来的,翻过了回廊间的隔墙,桌上的首饰全拿了,还在地下屙了泡屎,就在法式落地窗一进来的地方。做贼的都这样,说是去霉气。收拾行李弄得人仰马翻,人人都睡死了。琵琶早上要咸鸭蛋吃才听见这回事。何干说:"吓咦,昨儿夜里闹了贼,你还要找麻烦?"

琵琶真后悔没见着小偷的面。她也没见到巡捕。巡捕来了趿着大皮鞋吧嗒吧嗒上楼检查出事现场,她跟弟弟都给赶去了后面的房间。

露与珊瑚改了船期。沈榆溪动员了天津到北京上海的亲友来劝阻他的太太妹妹,不见效,就一直不到这边的屋子来。琵琶反正是父亲不在也不会留意。她很难过首饰被贼偷了,却不敢告诉她母亲姑姑她也为她们俩难过。她们决不当着她的面说。姑嫂两人又留了一段时间,看出巡捕房的调查不会有结果。唯一的嫌疑犯是家里的黄包车夫,一半时间在大房子这边,一半时间在小公馆。他消失了踪影。有人说是让巡捕吓坏了。也可能背后指使的是姨太太,甚至是榆溪。不过一切都属臆测。她们又定好了船票,又一回的告别亲友,回家来却发现行李没了。

"挑夫来搬走了,我们以为是搬到船上。"老妈子们道,吓坏了。

"谁让他们进来的?"

"王爷带他们上楼的。"

王发道:"老爷打电话来说挑夫会过来。我以为太太跟珊瑚小姐知道。"

她们气极了,知道王发也捣鬼。王发向来看不惯老爷的作为,这一次他却向着他。两个年青女人离家远行，整个是疯了。这个家的名声要毁了。

她们要他去找榆溪，坚持要他回家来。小公馆不承认他在那。她们让亲戚给他施压。末了榆溪不得不来。

"嗳，行李是我扣下了。"他说，"时候到了就还给你们。"

她们嚷了起来，老妈子们赶紧把孩子带到听力范围之外。

"有没有行李我们都走定了。"

"就知道你会做出这种事来。"

"对你们这种人就得这么着。你们听不进去道理。"

琵琶只听见她父亲一头喊一头下楼，大门砰的摔上了。习惯了。老妈子们聚在一块叽叽喳喳的。

亲戚继续居中协调。临上船前行李送回来了。

"老是这么。"王发嘀咕道，"虎头蛇尾，雷声大雨点小。"

启航那天榆溪没现身。露穿着齐整了之后伏在竹床上哭。珊瑚也不想劝她了，自管下楼去等。她面向墙哭了几个钟头。珊瑚上来告诉她时候到了，便下楼到汽车上等。老妈子们一起进来道别，挤在门洞里，担心地看着时钟。她们一直希望到最后一刻露会回心转意，可是天价的汽船船票却打断了所有回头的可能。唯一的可能是错过了开船时间。她们没有资格催促女主人离开自己的家。琵琶跟陵也给带进来道别。琵琶比弟弟大一岁。葵花一看老妈子们都不说话，便弯下腰跟琵琶咬耳朵，催她上前。琵琶半懂不懂，走到房间中央，倒似踏入了险地，因为人人都宁可挤在门口。她小心地打量了她母亲的背，突然认不出她来。脆弱的肩膀抖动着，抽噎声很响,蓝绿色衣裙上金属片粼粼闪闪,仿佛泼上了一桶水。琵琶在几步外停下,唯恐招得她母亲拿她出气,伸出手,像是把手伸进转动的电风扇里。

"妈,时候不早了,船要开了。"她照葵花教她的话说。

她等着。说不定她母亲不听见,她哭得太大声了。要不要再说一遍?指不定还说错了话。她母亲似乎哭得更凄惨了。

她又说了一遍,然后何干进来把她带出房间。

全家上下都站在大门外送行,老妈子把她跟弟弟抱起来,让他们看见车窗。

她父亲没回来。何干与照顾她弟弟的秦干一齐主持家务。天高皇帝远,老妈子们顶快活,对两个孩子格外地好,仿佛是托孤给她们的。琵琶很喜欢这样的改变。老妈子们向来是她生活的中心,她最常看见的人就是她们。她记得的第一张脸是何干的。她没有奶妈因为她母亲相信牛奶更营养。还不会说话以前,她站在朱漆描金站桶里,这站桶是一个狭长的小柜,底是虚的。拿漆碗喂她吃饭。漆碗摔不破也不割嘴。有一天她的磁调羹也换成了金属的。她不喜欢那个铁腥气,头别来别去,躲汤匙。

"唉哎嗳!"何干不赞成的声口。

琵琶把碗推开,泼洒了汤粥。她想要那只白磁底上有一朵紫红小花的调羹。

"今天不知怎么,脾气坏。"何干同别的老妈子说。

她不会说话,但是听得懂,很生气,动手去抢汤匙。

"好,你自己吃。"何干说,"聪明了,会自己吃饭了。"

琵琶使劲把汤匙丢得很远很远，落到房间另一头，听见叮当落地的声音。

"唉哎嗳。"何干气恼地说，去捡了起来。

忽然哗哗哗一阵巨响，腿上一阵热，湿湿的袜子粘在脚上。刚才她还理直气壮，这下子风水轮流转，是她理亏了。她麻木自己，等着挨骂，可是何干什么也没说，只帮她换了衣服，刷洗站桶。

何干一向话不多。带琵琶一床睡，早上醒来就舔她的眼睛，像牛对小牛一样。琵琶总扭来扭去，可是何干解释道："早上一醒过来的时候舌头有清气，原气，可以明目，再也不会红眼睛。"露走了以后她才这样，知道露一定不赞成。但是露立下的规矩她都认真照着做，每天带琵琶与陵到公园一趟。

二

父母都不在的两年在琵琶似乎是常态。太平常了,前前后后延伸,进了永恒。夏天每晚都跟老妈子们坐在后院里乘凉。王发一见她们来,就立起身来,进屋去在汗衫上加件小褂,再回来坐在屋外的黑夜里。

"王爷还真有规矩,"葵花低声道,"外头黑不溜丢的,还非穿上小褂子。"

"王爷还是守老规矩。"何干说。

她们放下了长板凳,只看见王发的香烟头在另一角闪着红光,可是却觉得有必要压低声音。

"小板凳搬这儿来,陵少爷。"秦干说,"这里,靠蚊香近些,可别打翻了。"

"秦大妈你看这月亮有多大?"何干问,倒像是没想到过。每次看就每次糊涂。

"你看呢?"秦干客气地反问。

"眼睛不行了,看不清了。你们这小眼睛看月亮有多大?"她问两个孩子。

琵琶迟疑地举高了一只手对着月亮,拿拇指尖比了比,"这么大。"

"多大?有银角子大?单角子还是双角子?"

不曾有人这么有兴趣想知道她说什么。她很乐于回答,"单角子。"

"唉,小人小眼!"何干叹口气道,"我看着总有脸盆大。老喽,老喽。佟大妈,你看有多大?"

佟干是浆洗的老妈子,美其名是保母,寡笑着答:"何大妈,你说脸盆大么?嗳,差不多那么大。嗳,今晚的月亮真大。"

"我看也不过碗那么大。"秦干纠正她。

"你小,秦大妈。"何干说,"比我小着好几岁呢。"

"还小。岁月不饶人呐。"秦干说了句俗语。

"嗳,岁月不饶人啊。"

"你哪里老了,何大妈,"葵花说,"只是白头发看着老。"

"我在你这年纪,头发就花白了。"

"你是那种少年白头的。"葵花说。

"嗳,就是为了这个才进得了这个家的门。老太太不要三十五岁以下的人,我还得瞒着岁数。"

老太太自己是寡妇,顶珍惜名声,用的人也都是寡妇,过了三十五才算是到了心如止水的年纪。基于人道的理由,她也不买丫头。况且丫头麻烦,喜欢跟男佣人打情骂俏,勾引年轻的少爷。何干其实才二十九岁,谎报是三十六岁。始终提着一颗心,唯恐有人揭穿了。同村的人不时出来帮工，沈家与多数的亲戚家里的佣人都是从老太太的家乡荐来的。那块土地贫瘠，男人下田，女人也得干活，所以才不裹小脚。沈家到现在还是都用同一个地方来的老妈子，都是一双大脚，只有秦干是陪嫁过来的，裹小脚。她是南京城外的乡下来的，土地富庶，养鸭子、种稻，女人都待在家里呵护一双三寸金莲。

"小姐会不会写我的名字？"浆洗的老妈子问。

"佟，我会写佟字。"

"小姐也帮我扇上烫个字。"

"我现在就烫。"她伸手拿蚊香。

"先拿张纸写出来。"何干说。

"不会写错的。"

"先写出来，拿给志远看过。"何干说。楚志远识字。

"我知道怎么写。"她凭空写个字。

"拿给志远看过。一烫上错了也改不了了。"

楚志远不同别的男佣人住一块，在后院单独有间小屋，小小的拉毛水泥屋，倒像是贮煤箱或更夫的亭子。琵琶从不觉得奇怪他和葵花是夫妻，两人却不住在一块。都是为了回避在别人家里有男女之事的禁忌。让外人在自家屋子里行周公之礼会带来晦气。志远虽然不住在屋里，斗室仍像是单身汉住的。葵花有时来找他，可是她在楼上有自己睡觉的地方。老妈子都管她叫志远的新娘子，不叫葵花了，葵花是她卖身当丫头的名字，她已经赎了身。在这个都是老妇人和小孩的屋子里，她永远是新娘子。婚姻在这里太稀罕了。

琵琶走进热得跟火炉一样的小屋。志远躺在小床上，就着昏暗的灯泡看书。

"写对了。"她出来了，一壁说。志远的窗子透出微光，她就着光拿着蚊香在芭蕉扇上点字，点得不够快，焦褐色小点就会烧出一个洞来。

"志远怎么不出来？里头多热啊。"秦干说。

"不管他。"葵花不高兴地咕哝，"他愿意热。"

"志远老在看书。"何干说，"真用功。"

"他在看《三国演义》。"琵琶说。

"看来看去老是这一本。"他媳妇说。

"你们小两口结婚多久了？"何干问。"还没有孩子。"她笑着说。

葵花只难为情地应付了声："儿女要看天意。"

"回来，陵少爷，别到角落里去，蜈蚣咬！"秦干喊。

"人家说颧骨高的女人克夫。"何干说，"可是拿我跟秦大妈说吧，我们两个都不高。倒是佟大妈，她的颧骨倒高了，可是他们两口子倒是守到老。"

"我那个老鬼啊，"佟干骂着，"活着还不如死了的好。"

"你这是说气话。"何干说，"都说老夫老妻嘿。"

"老来伴。"葵花说。

"我那个老鬼可不是。"佟干忙窘笑道，"越想他死，他越不死，非得先把人累死不可。"

"秦大妈最好了。"葵花说，"有儿子有孙子,家里还有房子有地,不用操心。"

"是啊,哪像我。"何干说,"这把年纪了还拖着一大家子要我养活。"

"我要是你啊,秦大妈,就回家去享福了。何苦来,这把年纪了,还在外头吃别人家的米?"葵花说。

"是啊,像我们是不得已。"何干说。

"我是天生的劳碌命。"秦干笑道。

一听她的声口,大家都沉默了。太莽撞了。秦干是能不提就绝口不提自己家里。一定是同儿子媳妇怄气,赌气出来的。不过儿子总定时写信来,该也不算太坏。她五十岁年纪,清秀伶俐,只是头发稀了,脸上有眼袋。她识点字。写信回家也是去请人代写,找街上帮人写信的,不像别的老妈子会找志远帮她们写。

"今年藤萝开得好。"葵花说。

"嗳,还没谢呢。"佟干说。

她们总不到园子里坐在藤萝花下。屋子的前头不是她们去的地方。

"老太太从前爱吃藤萝花饼,摘下花来和在面糊里。"何干说。她的手艺很高,虽然日常并不负责做饭。

"藤萝花饼是什么滋味?"秦干说。

"没有多大味道,就只是甜丝丝的。太太也叫我做。"

一提起太太葵花就叹气。她是陪房的丫头,算是嫁妆的一部份。"去了多久了?"她半低声说,"也不知什么时候回来。"

何干叹口气,"嗳,只有天知道了。"

秦干也是陪嫁来的,总自认是娘家的人,暂借给亲戚家使唤的。她什么也没说,不是因为不苟同背地里嚼舌根,就是碍于在别人家作客不好失礼。

"说个故事,何干。"琵琶推她的膝盖。只要有一会儿没人说话,她就怕会有人说该上床了。

"说什么呢?我的故事都说完了。让秦干说一个吧。"

"说个故事,秦干。"琵琶不喜欢叫秦干,知道除非是陵问她,她是不肯的。可是陵总不说话。能摇头点头他就一声也不吭,连秦干也哄不出他一句话来。

"要志远来说《三国演义》。"秦干说。

"志远?"他媳妇嗤笑道,"早给他们拖去打麻将了。"

"打麻将?这么热的天?"秦干惊诧地说。

"听,他们在拖桌子倒骨牌了。"

何干转过头去看,"王爷也走了。"

"里头多热。他们真不在乎。"秦干说。

老妈子们默默听着骨牌响。

"说个故事,何干。"

"说什么呢?肚子里那点故事都讲完了,没有了。"

"就说那个纹石变成了漂亮女人的故事。"

"你都知道啦。"

"说嘛。说纹石的故事。"

"我们那儿也有这么一个故事,说的是蚌蛤。"秦干说,"捡个蚌蛤回家更有道理。"

"嗳，我们那里说纹石，都是这么说的。"何干说。

"陵少爷！别进去，臭虫咬！"秦干趁他还没溜进男人住的地方，便把他拉了回来。

"哟，我们有臭虫。"厨子老吴在麻将桌上嘟囔。

打杂的嗤笑，"她自己一双小脚，前头卖姜，后头卖鸭蛋。"他套用从前别人形容缠足身材变形的说法，脚趾长又多疙瘩，脚跟往外凸，既圆又肿。

志远瞅了他们一眼，制止了他们。怕秦干听见，她的嘴巴可不饶人。

"坐这里，陵少爷，坐好，我给你讲个故事。"秦干说，"从前古时候发大水，都是人心太坏了，触怒了老天爷，所以发大水，人都死光了。就剩下两个人，姐弟俩。弟弟就跟姐姐说：'只剩我们两个了，我们得成亲，传宗接代。'姐姐不肯，说：'那不行，我们是亲姐弟。'弟弟说没办法，人都死光了。末了，姐姐说：'好吧，你要是追得上我，就嫁给你。'姐姐就跑，弟弟在后头追，追不上她。哪晓得地上有个乌龟，绊了姐姐的脚，跌了一跤，给弟弟追上了，只好嫁给他。姐姐恨那乌龟，拿石头去砸乌龟，所以现在的乌龟壳一块一块的。"

"可不是真的，乌龟壳真是一块一块的。"葵花笑着说。

琵琶听了非常不好意思，不朝弟弟看。他也不看她。两人什么事都一起，洗澡也同一个澡盆洗，省热水，佣人懒得从楼下的厨房提水上来。家里有现代的浴室，只有冷水。有时候何干忙就让佟干帮着洗澡。看姐弟俩扁平的背，总叹气。

"不像我们的孩子,背上一道沟。"她跟秦干说,可怜地笑着,"都说沟填平了有福气。"

"我们那儿不作兴这么说。"

琵琶跟陵各坐一端,脚不相触,在蒸气中和他面对面,老妈子们四只手忙着,他的猫儿脸咧着嘴,露出门牙缝,泼着水玩。她知道哪里不该看。秦干常抱着他在后院把尿,拨开开裆裤,扶着他的小麻雀。

"小心小麻雀着了凉。"葵花会笑着喊,而厨子会说:

"小心小鸡咬了小麻雀。"

"六七岁的孩子开始懂事了,"何干有次说,"这两个还好,听话。"

他们坐在月光下,等着另一阵清风。秦干说了白蛇变成美丽的女人,嫁给年青书生的故事。

"畜牲嫁给人违反了天条,所以法海和尚就来降服白蛇。她的法力很高强,发大水抵抗。淹了金山寺,可是和尚没淹死。末了把她抓了,压在钵里,封上了符咒,盖了一个宝塔来镇压。就是杭州的雷峰塔。她跟书生生的儿子长大后中了状元,到宝塔脚下祈祷痛哭,可是也没有别的法子。人家说只要宝塔倒了,她就能出来,到那时就天下大乱了。"

"雷峰塔不是倒了么?"葵花问道。

"几年前倒的。"秦干郁郁地说道。

"是了,露小姐上次到西湖就是瓦砾堆,不能进去,"葵花说,"现在该倒得更厉害了。"

"难怪现在天下大乱了。"何干诧道。

"哪一年倒的?那时候我们还在上海。嗳,就是志远说俄国老毛子杀了他们的皇帝的那一年。"葵花道。

"连皇帝都想杀。"佟干喃喃道。

"这些事志远知道。"何干赞美道。

"秀才不出门能知天下事。"秦干套用古话。

"我们呢,我们只听说宣统皇帝不坐龙廷了。"何干说,"不过好像是最近几年才真的乱起来的。"

"雷峰塔倒了,就是这原故。"葵花笑道。

"有人看见白蛇么?"琵琶问道。

"一定是逃走了。"葵花道。

"都不知道她现在在么?"

"哪儿都有可能。像她那样的人多了。"葵花嗤笑道。

"那么美么?"

"多的是蛇精狐狸精一样的女人搅得天下不太平。"

"有时候她还变蛇么?"

"还问,"秦干道,"就爱打破砂锅问到底。"

男佣人的房里传来的灯光声响很吸引人。琵琶走过去,立在门口。

"回来,陵少爷。里头太热了,又出一身汗,澡就白洗了。"

琵琶没注意弟弟跟在她后头,这次拿她做掩护,蹦蹦跳跳进屋去了。

"琵琶小姐,你想谁赢钱?"王发从麻将桌上喊。

她想他赢钱,可是她也喜欢志远。

何干来到她背后,教她说:"大家都赢钱。"

"大家都赢钱,那谁要输钱?"厨子说。

"桌子板凳输。"何干套了句老话。

琵琶走过去,到志远记账的桌上。有次傍晚何干带她过来,跟志远说:"在她鼻孔里抹点墨,说是止血。一个冬天靠着炉子,火气大。"志远拿只毛笔帮她点上墨,柔软的笔尖冷而湿,一阵轻微的墨臭。从那时起她就非常喜欢这个地方,每天晚上进来拿纸笔涂涂抹抹,很熟悉屋子里的气味,甚至熟悉了微咸的墨味。

"有纸么,志远?"

"他们忙,别搅糊人家。"何干说。

"报纸底下。"志远说。

"又画小人了。"厨子老吴说,"碰!"他喊,大赚一手。

琵琶画了一族的青年勇士,她和弟弟是里头最年青的。砚台快干了。没上漆的桌子上有香烟烫焦的迹子,搁了杯茶,她把冷了的茶倒了一点。蚊子在桌子底下咬她。唇上的汗珠刺得她痒酥酥的。王发取错了牌,咒骂自己的手背运。花匠也进来了,坐在吱嘎响的小床上,一阵长长的咳声,从喉咙深处着实咳出一口痰来,埋怨着天气热。一局打完了,牌子推倒重洗,七八只手在搅。厨子老吴悻悻然骂着手气转背了。花匠布鞋穿一半,拖着脚过来看桌上一副还没动的牌。每个人都是瓮声瓮气的,倒不是吵架。琵琶顶爱背后的这些声响,有一种深深的无聊与忿恨,像是从一个更冷更辛苦的世界吹来的风,能提振精神,和楼上的世界两样。

三

她与弟弟每天都和老妈子待在楼上。漫长的几个钟头，阳光照在梳妆台上，黄褐色漆，桌缘磨白了。葵花会上楼来，低声说些楼下听来的消息，小公馆或是新房子的事，老爷的堂兄弟或男佣人的事。

"王爷昨晚跟新房子的几个男佣人出去了，在堂子里跟人打了一架。"她和何干相视一笑，不知该说什么，"他们是这么说的。他倒真是乌了只眼，脸上破了几处。"

"什么堂子？"琵琶问道。

"吓咦！"何干低声吓噤她。葵花吃吃傻笑。

"到底什么是堂子啊？"

"吓咦！还要说？"

何干至少有了个打圆场的机会。她很尊重王发，像天主教的修女尊重神父。

琵琶想堂子是个坏地方,可是王爷既然去也就不算坏到哪儿去。

佟干进来了,嘴里嚼着什么。

"吃什么?"陵问道。

"没吃什么。"她道。

他呜呜咽咽地拉扯她的裤子,"明明在吃嚜。"

"没有吃。"

"这个时候她能吃什么?"何干道。

他揪了一把佟干的裤子,死命地摇,"吃什么?我要看。"

"嗳呀,这个陵少爷,这么馋。"葵花笑道,"人家嘴巴动一动,他都要管。"

"好,你自己看。"佟干蹲下来,张开嘴。

他爬上她的膝,看进她嘴里,左瞧右瞧,像牙医检查牙齿。

"看见了么?"

"你吞进去了。"他又哭了起来。

"陵少爷!"秦干锐声喊,小脚蹬蹬蹬的进了房间,"丢不丢脸,陵少爷。"把他拉开了。

"嗳,这个陵少爷。"葵花叹道,"也不能怪他,这不能吃那不能吃的。"

"想吃?那就别闹病。"秦干把他搂进怀里擦眼泪。

吃饭的时候常常有些菜陵不能碰,他总是哭闹,秦干就会拿琵琶给他出气。弟弟吃完了琵琶还没吃完,秦干就说:"贪心的人没个底。"

琵琶下一顿吃得快了,跟何干抱怨说:"咬了舌头。"

"怎么吃那么急？"何干说。秦干便唱道：

"咬舌头，贪吃鬼，咬腮肉，饿死鬼。"这次换琵琶先吃完，秦干又唱道：

"男孩吃饭如吞虎，女孩吃饭如数谷。"

琵琶筷子拿得高。秦干就预卜说：

"筷子抓得远，嫁得远；筷子抓得近，嫁邻近。"

"我不要嫁人。"

"谁要留你在家里？留着做什么？将来陵少爷娶了少奶奶，谁要一个尖嘴姑子留在家里？把她嫁掉，嫁得越远越好。"

琵琶改把筷子握得低一点，"看，我抓得近了。"

"筷子抓得远，嫁得远；筷子抓得近，嫁得远！"

"不对！你以前不是这么说的。"

"就是这么说的，俗话就是这么说的。"

"才不是！你说：'抓得远嫁得远。'"

"嗳哟，现在就想嫁人的事了。"

何干不插手，只是微笑看着秦干嘲弄，设法让他们继续吃饭。

琵琶一次又一次拣一盘猪肉吃。

"猪肉吃多了不好。"秦干说。

"鱼生热，肉生痰，青菜豆付保平安。"

下次吃豆付，琵琶爱吃，她又说："豆付软，像竹条，一下肚，变铁片。"

"你自己说豆付好。"

"豆付是好，就是一落胃会变硬。"

23

陵掉了一只筷子，自然是好兆头："筷子落了地，四方买田地。"

可是琵琶掉了筷子，她就曼声唱道："筷子落了土，挨揍又吃一嘴土。"

"不对，我会四方买田地。"琵琶说。

"女孩子不能买田地。"

"女孩跟男孩一样强。"

"女孩是赔钱货，吃爹妈的穿爹妈的，没嫁妆甩都甩不掉。儿子就能给家里挣钱。"

"我也会给家里挣钱。"

"你是这儿的客人，不姓沈。你弟弟才姓沈。你姓碰，碰到哪家是哪家。"

"我姓沈我姓沈我姓沈！"

"唉哎嗳。"何干不满地哼了声，"别这么大嗓门。年青小姐不作兴乱喊乱叫的。"

"你这个脾气只好住独家村。"秦干说。

"我不跟你说话了。"琵琶吃完了饭,放下碗。还剩了几个米粒。

"碗里剩米粒，嫁的男人是麻子。"秦干还说。

她们争执陵是不插口的，可是琵琶有时也恨他是男孩子。她记得第一次看见他，两个小娃并排坐在床上，隔了有两尺。都像泥偶，她决心转头不看他，招人嘲笑。她面前搁了一只盘子，抓周，她的第一次生日。从盘子上抓的东西能预测未来。后来她听老妈子们说红漆盘里搁了一只毛笔，一个顶针，一个大的古铜钱拿红棉绳穿着中央的方洞眼，一本书，一副骰子，一只银酒杯，一块红棉胭脂。

"我抓了什么?"她那时问。

"抓了毛笔,后来又抓了棉花胭脂,不过三心两意,拿起来又放下。"何干说。

"女孩子喜欢胭脂不要紧,要是男孩就表示他喜欢女人。"葵花笑着说。

"弟弟抓了什么?"

"陵少爷抓了什么?"她们彼此互问。琵琶感觉他也跟平常一样没个定性。

"抓了钱吧?"秦干说。

"嗳,他将来会很有钱。"葵花说。

好东西总搁得近,铜钱、书、毛笔。骰子和酒杯都搁得远远的,够不到。

会走路之后,琵琶到弟弟房里,看见他在婴儿床的阑干后面,一只憔悴衰弱的笼中兽。后来他挪到大铁柱床上,秦干带他一床睡。有次生病,哭闹着要吃松子糖,松子糖装在小花磁罐里,旁边有爽身粉,搁在梳妆台上。

"吃点松子糖不要紧吧?"秦干同露说。

"不能吃甜的,他在发烧。"露说。

他大哭,把只拳头完全塞到嘴里去。

"他是怎么塞进去的?"露说,"嘴又不大。"

秦干把他的拳头拉出来,抓着不放,一放手,又塞进了嘴里。

"嘴会撑大的。"露担忧地说。

"松子糖里掺进黄连去,断了他的念。"末了秦干想出了这个主意。

他们把黄连磨成粉,掺进松子糖,和成糊,抹在他拳头上。他吮着拳头,哭得更惨。

他长大漂亮了,雪白的猫儿脸,乌黑的头发既厚又多。薄薄的小嘴红艳艳的,唇形细致。蓝色茧绸棉袍上遍洒乳白色蝴蝶,外罩金班褐色小背心,一溜黄铜小珠钮。

"弟弟真漂亮。"琵琶这么喊,搂住他,连吻他的脸许多下,皮肤嫩得像花瓣,不像她自己的那么粗。因为瘦,搂紧了觉得衣服底下虚笼笼的。他假装不听见姐姐的赞美,由着她又搂又吻,仿佛是发生得太快,反应不及。琵琶顶爱这么做,半是为了逗老妈子们笑,她们非常欣赏这一幕。

出了家门他总是用一条大红阔带子当胸绊住,两端握在秦干手里,怕他跌倒。上公园,他的一张脸总像要哭出来。整个人仆向前,拼命往前挣,秦干在一码后东倒西歪地跟着。连琵琶也觉得丢脸,旁人也都好奇地看着他们。

"早呀。"有个洋人的阿妈道。不穿蓝,而是白净的上衣。"这主意好,不跌跤。"

秦干不同生人搭话,由何干代答道:"嗳,这法子不跌跤。"

"他顶娇贵的。"白衣阿妈说,并不直问是哪里不对。

"他现在好了,就是还有脚软病。"

"姐弟俩?"

"嗳。"

"真文静。"

"是啊,不比你家少爷小姐活泼。"

"嗳呀。那几个!天不怕地不怕。嗳,野孩子。啧啧啧啧。"她装模作样地学着欧洲人的声口,"比不上你们这两个,又可爱又规矩。"

"他们俩倒好,不吵架。"

琵琶心里忸怩。其实我们谁也不喜欢谁,她大声跟自己说。说不定少了秦干她会喜欢弟弟,谁知道呢。

"吉米!"阿妈突然锐声大喝,震耳欲聋,"吉米过来。吉米不听话。"

她皱眉望着亮晃晃的远处,又回头安然织她的东西,一双黑色长手套,似乎也是她的制服。老妈子总是在织东西,倒像是从洋人雇主那儿学到的名门淑女的消遣。

草地蔓延开去,芥末黄地毯直铺上天边。这里几个人那里几个人,可是草地太辽阔,放眼望去净是平坦的黄,没有人踩过。琵琶忍不住狂奔起来,尽情享用那要求她贯穿、占据和吞噬的空间。她大叫一声。过了前头的小驼峰,粼粼的蓝色池塘会跳上来,急急在池边阻住她。洋人的小孩蹲在水边,一身的水兵服,戴草帽,放着汽船、玩具帆船。高耸的大楼倒映在池面,闪着白茫茫的光,像水里的冰块。她很清楚是什么样子,到水边这段路她总是跑过来。后面隐隐听见陵也跟着喊,也跟着跑。大红带断了?

"陵少爷!"秦干像鹦哥一样锐叫着,声音落在后头,"陵少爷!快不要跑!"秦干也迈动一双小脚追赶上来,蹬蹬的跑步声让草吞哑了。她跑起来髋部动得比脚厉害,所有动作都朝同一个方向,歪歪扭扭的。"陵少爷,会跌跤,跌得一蹋平阳。"她锐叫道,自己也跑得东倒西歪的,"乐极生悲呀。"

琵琶和陵不同洋人的小孩说话,在家里玩倒是满口的外邦语言,滔滔不绝,向蛮夷骂战。他们把椅子并排排列,当成汽车的前后座,开着上战场,喇叭嘟嘟响。又出来重排椅子,成了山峦,站在山脊上,双手抆腰,大声嘲笑辱敌。末了扑向蛮夷,近身肉搏,刀砍剑刺,斩下敌人首级,回去向皇帝讨赏。中午老妈子们送午饭来,将椅子扶正。饭后他们又将椅子放倒,继续征战。一个叫月红,一个叫杏红,是青年勇士族里两员骁将。琵琶让陵长了岁数,成了八岁的孩子,她自私地让自己十二岁。叫他杏弟,要他喊月姐。她使双剑,他要一对八角铜锤。

"我不要使锤。"他说。

"那使什么?"

"长矛。"

"铜锤比较合适,年青,也动得快。"

他背转过去,像是不玩了。

"好,好,长矛就长矛。"

没人在眼前他们才玩。可是有天葵花突然对琵琶低声哼吟:"月姐!杏弟!"

"你说什么?"琵琶慌乱地说。

"我听见了,月姐!"

"不要说。"

"怎么了,月姐?"

"不要说了。"霎时间她看见了自己在这个人世中是多么的软弱无力,假装是会使双剑的女将有多么可耻荒唐。

葵花正打算再取笑她几句,可是给琵琶瞪眼看了一会儿,也自吃惊,她竟然那么难过,便笑了笑,不作声了。可是有几次她还是轻声念诵:"月姐!"

"不要说了。"琵琶喊道,深感受辱。

她的激动让葵花诧异,她又是笑笑,不作声。

战争游戏的热潮不再,末了完全不玩了。

现在在楼上无所事事。宽宽的一片阳光把一条蓝色粉尘送进嵌了三面镜的梳妆台上。蟠桃式磁缸里装着痱子粉。冬天把一罐冻结的麦芽糖搁火炉盖上融化,里面站了一双毛竹筷子。麦芽糖的小褐磁罐子,老妈子们留着拔火罐。她们无论什么病都是团皱了纸在罐子里烧,倒扣在赤裸的有雀斑的肩背上。

等麦芽糖变软了,何干绞了一团在那双筷子上,琵琶仰着头张着嘴等着,那棕色的胶质映着日光像只金蛇一扭一扭,等得人心急死了。却得坐着等它融化,等上好几个钟头。做什么都要很久。时间过得很慢,像落单的一只棉鞋里的阳光。琵琶穿旧的冬鞋立在地板上,阳光斜斜射过内面鞋底的粉红条纹法兰绒里子。

"等我十三岁就能吃糯米。"琵琶说,"十四岁能吃水果,十六岁能穿高跟鞋。"

她母亲立下的规矩是不能吃糯米做的米糕,老妈子们则禁止她吃大多数的水果。柿子性寒,伤体质。有一次秦干买了个柿子,琵琶还是头一次看见。老妈子们都到后门去看贩子的货,只有秦干真讲价真买。柿子太生了,她先放在梳妆台的抽屉里。房间没人,琵琶就去开抽屉看看,炭灰色的小蒂子,圆墩墩红通通的水果,看过一眼就悄悄关上抽屉。万一让人发现她偷看柿子,还不尽力张扬,洗刷陵的馋嘴污名!他馋归馋,可没动过老妈子的好东西。

隔两天她就偷看一次,疑心怎么样才叫熟。有一次拿指甲尖去戳,红缎子一样的果皮上留下了一个酒涡,兴奋极了。若不是秦干的柿子,她就会去问她:"什么时候吃柿子?"秦干肯定会说:"小姐可真关心我的柿子啊。"

又过了一个多月。有天秦干打开了抽屉。"嗳呀,我都忘了。"她说。把柿子拿了起来,剥掉了一点皮。"坏了。"她短短地说了一句。

"整个坏了?"何干问。

"烂成一泡水了。"她急急出房去把她这罕有的失误给丢了。

琵琶一脸的惊诧,柿子仍是红通通圆墩墩的,虽然她好久前就注意到起皱了。就算里头化了水了,也是个漂亮的红杯子。可是她没作声。一颗心鼓涨了似的,重甸甸空落落的。

四

秦干买了一本宝卷。有天晚上看，叹息着同何干说：

"嗳，何大妈，说的一点也不差，谁也不知道今天还活着明天就死了：'今朝脱了鞋和袜，怎知明朝穿不穿。'"

"仔细听。"何干跟站在她膝间的琵琶说，"听了有好处。"何干才吃过了饭，呼吸有菜汤的气味，而她刚洗过的袍子散发出冬天惯有的阳光与冻结的布的味道。大大的眼睛瞪得老大，好看的脸泛着红光。

"来听啊，佟大妈。"葵花喊着浆洗的老妈子，"真该听听，说得真对。"

佟干急步过来，一脸的惊惶。

"生来莫为女儿身，喜乐哭笑都由人。"

"说得对。"佟干喃喃说，鲜红的长脸在灯光下发光，"千万别做女人。"

"儿孙自有儿孙福,莫为儿孙做牛马。"

"说得真对,可惜就是没人懂。"葵花说。

"嗳,秦大妈,"何干叹道,"想想这一辈子真是一点意思也没有。"

"可不是嚜。钱也空,儿孙也空,"秦干道,"有什么味?"

她倒没说死后的报应也是空口说白话。谁敢说没有这些事?可是她们是知道理的人;学会了不对人生有太多指望,对来生也不存太大的幻想。宗教只能让她们悲哀。

幸好她们不是虔诚的人。秦干也许是对牛弹琴,可是她的性子是死不认输的。说到陵少爷,她的家乡,旧主人露的娘家,她总是很激昂。绝口不提她的儿子和孙子,在她必然是极大的伤惨与酸苦。

她是个伶俐清爽的人,却不常洗脚,太费工夫了。琵琶倒是好奇想看,可是秦干简单一句话:"谁不怕臭只管来看。"琵琶就不敢靠近。

别的老妈子哈哈笑。"不臭不臭。"葵花说,"花粉里腌着呢。"

"你没听过俗话说王婆的裹脚布——又臭又长。"秦干说。

她一腿架着另一腿的膝盖,解开一码又一码的布条。变形的脚终于露了出来,只看见大脚趾与脚跟挤在一块,中间有很深一条缝,四根脚趾弯在脚掌下,琵琶和陵都只敢草草瞟一眼,出于天生的礼貌,也不知是动物本能地回避不正常的东西。

"裹小脚现在过时了。"秦干道,"都垫了棉花,装成大脚。"

"露小姐也是小脚,照样穿高跟鞋。"葵花道。

"珊瑚小姐倒没缠脚?"浆洗老妈子问道。

"我们老太太不准裹小脚。"何干道,"她说:'老何,我最恨两桩事，一个是吃鸦片烟，一个是裹小脚。'"

"杨家都管老妈子叫王嫂张嫂，年纪大了就叫王大妈张大妈。"秦干道。

"这边是北方规矩。"何干道。

"露小姐总叫你何大妈，杨家人对底下人客气多了。"秦干道。

"北方规矩大。"何干道。

"嗳，杨家规矩可也不小。有年纪的底下人进来了，年青的少爷小姐都得站起来，不然老太太就要骂了。"

"我们老太太管少爷管得可严了。"何干道，"都十五六了，还穿女孩子的粉红绣花鞋，镶滚好几道。少爷出去，还没到二门就靠着墙偷偷把脚上的鞋脱下来换一双。我在楼上看见。"她悄悄笑着说，仿佛怕老太太听见。双肩一高一低，模仿少爷遮掩胁下的包裹的姿势。"我不敢笑。正好在老太太屋里，看见他偷偷摸摸脱掉一只鞋，鬼鬼祟祟地张望。"

一听见姑爷，秦干就闭紧了嘴，两边嘴角现出深摺子。

"怎么会把他打扮得像女孩子？"葵花问道。

"还不是为了让他像女孩一样听话文静，也免得他偷跑出去，学坏了。"她低声道，半眨了眨眼。

"怪道人说家里管得越紧，朝后就越野。"葵花道。

"也不见得。少爷就又害羞又胆小。"何干恋恋地说道，"怕死了老太太。"

"老太太多活几年就好了。"葵花道。

"哪能靠爹妈管，"秦干道，"爹妈又不能管你一辈子。"

"太太在这里,不至于像今天这么坏。"何干柔声说道。

"是啊,他也怕露小姐。"葵花道,"真怕。"

"太太能管得住他。论理这话我们不该说,有时候我忍不住想要是老太太多活几年就好了。她过世的时候少爷才十六。"

秦干又决定要沉默以对。一脚离了水,拿布揩干。红漆木盆里的水转为白色,硼粉的原故。

"厨子说鸭子现在便宜了。"浆洗老妈子突然道。

秦干看了她一眼,眼神犀利。脚也俗称鸭子。

"过年过节厨子会做咸板鸭。"何干道。

"葵花爱吃鸭屁股。"琵琶道。

"可别忘了,陵少爷,把鸭屁股留给她吃。"秦干道。

这成了他们百说不厌的笑话。

"还是小丫头就爱吃鸭屁股了。"何干道。

"有什么好吃。"浆洗老妈子笑道。

"怎么不好吃?屁股上的油水多嚜。"秦干道。

葵花笑笑,不作声。望着灯下她扁平漂亮的紫膛脸,琵琶觉得她其实爱吃鸭子,吃别人不要吃的,才说爱吃。她是个丫头,最没有地位,好东西也轮不到她。

有天下午葵花上楼来,低声道:"佟干的老鬼来了,打了起来。"

"怎么才见面就打。"何干道。

"厨子忙着拉开他们。我插不上手,叫志远又不在。"

"两个都这么一把年纪了,也不给她留脸面。"

"我要是佟大妈就不给他钱。横竖拿去赌。"

"她能怎么办,那么个闹法?"

"他一动手就给钱,下次还不又动手。"

"那种男人真是不长进。"

"就让他闹,看他能怎么。"

"要是把这地方砸了呢?"

"叫巡捕来。"

"老爷会听见。"

"至少该拿巡捕吓吓他。"

"不长进的人,什么也不怕。"

"佟大妈都打哭了,那么壮的人。"

听见佟干沉重的脚步声在楼梯上响,两人都不言语了。她进了老妈子们的房里,一会儿出来了,怯怯地喊了声:"何大妈。"

何干走过去,两人低声说了一阵。何干进了老妈子们的房间。

"月底我就还给你。"佟干的声音追上去。

"不急。"

"别下楼去。"葵花跟琵琶说。

"我要看老鬼。"

"嗳,何大妈,小姐想下楼去。"

"我要打老鬼。"

"唉哎嗳!"何干紧跟在后面,气烘烘地喊了声。

"小姐真好。我哪能让你帮我出气。"佟干难为情地说。琵琶倒诧异,她并没有感激的神态。

"别怕,我帮你打他。"

"吓咦！"何干一声断喝，"人家都是做和事佬，你倒好，帮着人家窝里反。"

"我讨厌他。"

佟干斟酌着该怎么说，不能说她是孩子，"他那个蛮子不识高低，伤了你可怎么好？"

"我不怕他。"她自信男佣人会来帮她。她气极了，已经在想像中扑上去拳打脚踢。等老鬼回过神来，别人也制住了他。她心里积存的戾气有许久了，受够了秦干重男轻女的论调。这是最后一根稻草。佟干这么高大壮健的女人也被男人打，而且逆来顺受，还给他钱。她会让他们瞧瞧。她弟弟钉着她看，眼睛瞪得有小碟子大，脸上不带表情。秦干坐在那里纳鞋底。葵花上楼来说老鬼来了，她就没开过口。

"吓咦！黄花大闺女说这种话！"

她在秦干面前给何干丢人。要下楼她得一路打下去。指不定下次更合适，奇袭才奏效。老鬼还会再来。

可是他们说好了就瞒住她一个人。每次等人走了琵琶才知道他来过。过了一年，近年底她的决心也死了一半，碰巧看见一个又瘦又黑、没下巴的男人坐在佣人的饭桌上，同打杂的和佟干说话。后来才知那就是老鬼，很是诧异。和那些乡下来的人没什么两样。

何干的儿子也隔三差五就上城来找事，总是找不到事做。何干老要他别来，他还是来，日子过不下去了，不是收成不好，就是闹兵灾蝗虫。何干自是愿意见到儿子。在厨房拿两张长板凳铺上板子，睡在那里，吃饭也是同佣人一桌吃。何干闲了就下来同他说话。住了约摸一个月就叫他回去了,临走带了一大笔钱,比何干按月寄回乡下的钱还要多。他生下来后就央了乡下的塾师帮他取名字。塾师都一样,满脑子想着做官,因为自己就是十年寒窗指望一试登天的人。他取的名字是富臣,一个表哥叫重臣。富臣既干又瘦,晒成油光铮亮的深红色。琵琶每次看见他总会震一震,自己也不知是为了什么原故。她忘了他年青的时候有多好看,也说不定是在心底还隐隐记得。

"富臣会打镰枪。"佟干说,透着故作神秘的喜气。似乎是他们同乡的舞蹈。

"我哪会。"

"叫富臣打镰枪给你看。"王发说。

富臣只淡笑着,坐在那儿动也不动。

"现在添了年纪了,"何干说,"前一向还跳的。"

"镰枪是什么?"

老妈子们都笑。

"跳舞的时候手上拿着的。"

"拿着怎么跳?"

"给富臣一根竹竿,让他跳给你看。"王发说。

琵琶知道问富臣也问不出个什么道理来。他坐在饭桌的老位子上,极少开口。单独跟他母亲一块,竟然像受了屈的小男孩,那样的神情在他这样憔悴的脸上极为异样。

他守寡的姐姐也为了钱来,隔的日子长些,因为她是嫁出去的女儿,不该再向娘家伸手。她也晒得一张枣红脸,只是脸长些,倒像是给绞长的。何干称她女儿"大姐",这种久已失传的习惯让母亲在女儿的面前矮了一截。她也叫琵琶"大姐",所以讲起她女儿来称为"我家大姐",以资识别。但是有时候跟琵琶特别亲热,也叫她"我家大姐"。我家大姐生得既苍老又平凡,媳妇也带着来了,想到别人家里帮工。从哪里来的,这枣红色的种族?

"乡下什么样子?"琵琶问何干。

"嗳,乡下苦呵。乡下人可怜啊。"她只这么说。可是吃饭的时候她说:"别这么挑嘴,乡下孩子没得吃呵。"说着眼睛都雾湿了。

有次她说:"乡下孩子吵得没办法,舀碗水蒸个鸡蛋,一人吃一匙,骗骗孩子们。"

王发下乡收租大半年了,这向来是账房的差事,可是沈家人总叫个可靠的老家人去。田地靠何干的家乡近,也和王发的家乡近,可是他家里没人了。他娶过老婆,死了,也没留下一儿半女。何干到男佣人的屋子找琵琶和陵,总会找他说说话。他给她倒茶,再帮姐弟俩添茶,茶壶套在藤暖壶罩里。

"喝杯茶,何大妈。"

"唉哎嗳,"她作辞道,"不麻烦,王爷。"

他把茶端到门口。老妈子们有条不成文的规矩,不进男佣人的屋子。

他回屋里坐在小床上,何干站在门口。陵在床上爬来爬去,掀开枕头找枕下的东西。

"乡下现在怎么样,王爷?"

"老样子。"他咕噜了一句。

"还闹土匪？"她问道,眯细着眼,等待着凶讯。

"到处都闹。我在的时候来了四趟。"

"嗳呀!"心酸的叹息由齿缝间呼出来。

"现在好多人有枪。"

"嗳呀!年景越来越坏了。"

"我也学了打枪。横竖闲着也是闲着。"

"嗳呀!乡下这么乱。"

何干离乡太久了,许多事都是道听途说,想像不出来。王发往下说,她草草点头。琵琶觉得他们都是好人,老天却待他们不公平。她很想要补偿他们。

"等我大了给王爷买皮袍子。"她突然说。

两人都好像很高兴。何干说:"大姐好,分得出好坏。"

"是啊。"王发说。

"我呢,大姐?我没有?"何干说。

"你有羊皮袄了。我给你买狐狸毛的。"

"真谢谢你了。可别忘了,谢过了就不作兴反悔了。"

"等我大了马上买。"

"陵少爷呢?"王发说,"陵少爷,等你大了老王老了,你怎么帮老王?"

陵不吭声,只是在床上爬,东翻西找。

王发与何干苦笑,并不看彼此。论理他们是该得到远比工钱多的养老金,可是现实上还得寄希望于年青的一代。可惜是女孩子这一边。

"还是大姐好。"王发低声说。

"大姐好。"何干喃喃说,仿佛也同意可惜了。

王发到小公馆去见榆溪,没派什么差使给他。

"王发又笨脾气又坏。"榆溪从前说,可是没办法打发了他。他服侍过老太爷。王发瘦瘦的,剃着光头,两颊青青的一片胡子碴,从前跟着老太爷出门,走在轿子后,投帖拜客。

"我学王爷送帖子。"打杂的说,"看,就是这个身段!"他紧跑几步,一只手高举着红帖子,一个箭步,打个千,仍然高举着帖子,极洪亮的嗓子宣读出帖上的内容,说着说着就笑了起来。他其实没亲眼见过。民国之后就不兴了。

"王爷送帖子给我们看看。"他说。

王发一丝笑容也没有,正眼也不看他一眼。

"王爷送帖子给我看。"琵琶说,"好不好,就一次。"

无论她怎么求,他一定不理睬,虽然他也疼她。有时候他会带她出去走走,坐在他肩头。看木头人戏,看耍猴戏,看压路机,蒸气船一样的烟囱,有个人驾驶,慢悠悠的在铺整的马路上来来回回航行。周围蒸腾出毒辣的沥青味,琵琶倒觉得好闻,因为这是上海夏天融化的气味。有时遇见了卖冰糖山楂的,一串串油亮亮红澄澄的山楂插在一只竹棍上,小贩扛着竹棍像是京戏里的武生的红绒球盔冠。偶尔王发会自掏腰包买一串给她。

"王爷,你不送帖子给我看么?哪天给我看看好不好?旁边没有人的时候?"琵琶坐在他肩头上恳求着,可是他像不听见。

有天深夜榆溪突然回家来,坐在楼下房里。琵琶没听见声响,可是早晨醒了，老妈子们才在梳头发。她还是第一次看见何干披着白发立在穿堂的衣柜小镜前，嘴里咬着一段红绒绳绑头发。顶吓人的，长长的红绳从腮颊垂下，像是鬼故事里上吊自尽的女人的舌头。她还不知道她父亲在家里。慢慢地听见有人说话，声气倒轻快，老妈子们低声叽喳，像柠檬水嘶嘶响。

"不回那儿了。叫人去收拾衣服烟枪，班竹玉烟嘴那一只。"

王发到小公馆去把东西拿了回来。

"她说告诉你们老爷自己来拿。"他跟志远说，"我就说姨奶奶，我们做底下人的可不敢吩咐主子做什么，主子要我们做什么我们就做什么，我是奉命来拿东西的，拿不到可别怪我动粗，我是粗人。这才吓住了她。"

"她一定是听过你在乡下打土匪。"志远说。

"老爷老说我脾气不好。她要把我的脾气惹上来了，我真揍她。她也知道。就算真打了她，也不能砍我的脑袋。打了再说。我要是真打了她，老爷也不能说什么，是他要我无论如何都得把东西拿回来。这次他是真发了火，这次是真完了。"

他反复说了好几天，末了榆溪自己回姨太太家，把衣服和班竹烟枪拿了回来。

榆溪只有在祭祖的时候才会回大房子来，小公馆是不祭祖的。看人摆供桌，他在客室踱来踱去，雪茄烟飘在后面，丝锦袍子也飘飞着，半哼半吟小时候背的书。檄文、列传、诗词、奏摺，一背起来滔滔汩汩，中气极足，高瘦的身架子摇来晃去打节拍，时常像是急躁地往前冲。无边六角眼镜后纤细的一张脸毫无表情。琵琶与他同处一室觉得紧张,虽然他很少注意到两个孩子。有次心情好抱她坐在膝盖上,给她看一只金镑,一块银洋。

"选一个。"他说,"只能要一个。"

琶琶仔细端相。大人老是逗弄你。金镑的颜色深,很可爱,可是不能作准,洋钱大些,也不能作准。

"要洋钱还是要金镑?"

"我再看看。"

"快点选。"

她苦思了半天。思想像过重的东西倾侧,溜出她的掌握。越是费力去抓,越是疑神疑鬼,仿佛生死都系于此。一毛钱比一个铜钱小,却更值钱。大小和贵贱没有关系。她选了洋钱。

"你要这个?好吧,是你的了。"他将金镑收进了口袋,把她放到地板上。

何干讨好地笑,想打圆场,"洋钱也很值钱吧?"

"傻子不识货。"他冷哼了一声,迈步出了房间。

又一次她母亲还在家,他心情好,弯腰同琵琶一个人说话。

"我带你到个好地方。"他说,"有很多糖果,很多好东西吃。要不要去?"

他的态度有些恶作剧、鬼鬼祟祟的,弄得琵琶惴惴然。她不作声,她父亲要拉她走,她却往后躲。

"我不去。"

"你不去?"

他将她抱起来,从后头楼梯下去,穿过厨房。她隐隐知觉到是为了不让她母亲看见。跟他出去非但危险，也算是对母亲不忠。她紧紧扳住后门的轴条，大嚷："我不去，我不去！"

她挨了打，还是死不放手，两腿踢门，打鼓似的咚咚响。他好容易掰开了她的手，抱她坐上人力车。到了小公馆她还在哭。

"来客了。"他一壁上楼一壁喊。

房间仍旧照堂子的式样装潢，黄檀木套间与织锦围边的卷轴。盖碗茶送上来了，还有四色糖果瓜子，盛在高脚玻璃杯里，堂子里待客的规矩。有个女人一身花边黑袄裤，纤长得和手上拿的烟一样，俯身轻声哄着琵琶，帮她剥糖果纸，给她擤鼻子擦眼泪，并不调侃她。她的手指轻软干燥，指尖是深褐色，像古老的象牙筷。琵琶不肯正眼看她，羞于这么快就给收服了。姨太太并没有在她身上多费工夫，榆溪也不坚持要琵琶跟她说话。两人自管自谈讲，琵琶在椅子上爬上爬下，检查家具的下半部，像一只狗进了新屋子。样样东西都是新的，自然也都洁净无瑕，像是故事里收拾的屋子。

"她喜欢这儿。"榆溪轻笑道。

"就住下来吧？不回去了？"姨太太倾身低声跟琵琶说，"不想回去了是不是？这里比家里好吧？"

琵琶不愿回答，可是她父亲带她回家又舍不得。老妈子们吓死了。她母亲也生气，却笑着说不犯着瞒着她。

他们都是遥远的过去的人物了，她一点也不留恋，可是在家里有时确实是无趣。她时时刻刻缠着何干，洗衣服也粘着她。她弯着腰在爪脚浴缸里洗衣服，洗衣板撞得砰砰响。闲得发慌，她把何干的围裙带子解开了，围裙溜下来拖到水里。

"唉哎嗳！"何干不赞成的声口，冲掉手上的肥皂沫，又把围裙系上。系上又给解开了，又得洗手再绑上。琵琶嗤笑着，自己也知道无聊。碰到这种时候她总纳罕能不能不是她自己，而是别人，像她在公园看见的黄头发小女孩，只是做了个梦，梦见自己是天津的一个中国女孩。她的日子过得真像一场做了太久的梦，可是她也注意到年月也会一眨眼就过去。有些日子真有时间都压缩在一块的感觉，有时早几年的光阴只是梦的一小段，一翻身也就忘了。

靠着浴缸单薄内卷的边缘，她用力捏自己，也只是闷闷的痛。或许也只是误以为痛，在梦里。要是醒过来发现自己是别的女孩呢？躺在陌生的床上，就跟每天早上清醒过来的感觉一样，而且是在一幢大又暗的屋子里。她也说不上来是什么原故，总觉得外国人是活在褐色的阴影里，从他们的香烟罐与糖果盒上的图片知道的。沈家穿堂上挂了幅裱框的褐色平版画，外国女人出浴图，站着揩脚。朦胧微光中宽背雪白，浴缸上垂着古典的绣帷，绣帷下幅落进浴缸里。白衣阿妈锐声吆喝楼下的孩子，吵醒了琵琶，纱门砰砰响。她母亲在洗澡，她父亲吃着早餐，浓密的黄色八字胡像卖俄国小面包的贩子。餐桌上搁了瓶玫瑰花，园子里也开满了玫瑰花。电话响了。有人往窗下喊。小孩和狗一个追一个跑，每个房间钻进钻出。门铃响了。她有点怕这一切，却又不停地回来。怎么知道这是真实的，你四周围的房间？她做过这样的梦，梦里她疑心是一场梦，可是往下梦去又像是真实的。说不定醒着的真实生活里她是男孩子。她却不曾想到过醒来会发现自己是个老头子或老太太，一辈子已经过完了。

突然之间不犯着再渴望更多人更多事了。姨太太进门了。

五

姨太太叫老七,是堂子里老鸨的第七个挂名女儿。榆溪的亲友笑话他怎么会看上这样一个女人,比他还大五岁,又瘦骨伶仃的,不符合时下的审美标准。她和榆溪的太太略有些神似,只个子高些,尖脸眯眼,眼中笑意流转,厚厚的溜海像黑漆方块。挽了个扁扁的麻花髻,颈脖上一个横倒的S。在家里老七穿喇叭裤,紧身暗色铁线纱小夹袄。

榆溪占了楼下一个套间,有自己的佣人,起居都在里头。他并没有让两个孩子正式拜见姨太太,见了面突然又搬出了孔教的礼教来,不让孩子们喊她什么,连阿姨、姨奶奶都不叫。她也不介意,经常要人把琵琶带下楼来,逗着玩,也可能是为了巴结她父亲。她带她上戏院吃馆子。老妈子们楼上楼下分得一清二楚,尽量照前一向过日子,姨太太对孩子好她们倒也欢喜。姨太太也只能笼络女儿,不能染指儿子,怕背上一个带坏了沈家嫡长子的罪名。

女儿不那么重要,不怕人说是为了谋夺家产。琵琶长得健壮,脾气也好,当然也比较带得出去。有何干跟着就更不要紧了。老七倒许不犯着特为冷落陵,她自然会嫌嫡子碍眼,因为自己没有孩子,可能和堂子里的姑娘一样都不能生养。有天她到顶楼去翻露留下来的箱子,经过陵的房间。陵正病在床上,她也没问起。

"问也不问一声,连扭头看一眼也不肯。"葵花后来说。

"嗳,连回头看一眼都不看。"何干低声说,还极机密似的半眨了眨眼睛。

"难道不知道?"佟干说。

"我要她翻箱子轻着点,陵少爷正病着。"何干说。

"问一声又不费她什么。哼,就那么直着脖子走过去,头都不回。"葵花说。

"有的人就是这么心狠。"佟干说。

唯独秦干不作声。她总是处处护着陵,怕他吃亏:"姐姐大,让弟弟。""他想换回来,就换给他,你年纪大,小姐,怎么还这么孩子气。"这会儿姨太太一力抬举琵琶,又是送玩具小粉盒又是胸针的,秦干一句话也不说。老七找了裁缝来做衣服,拿了块她买的灰紫红绒布给琵琶也做一套一式一样的。

"又不是花自己的钱,当然不心疼。"葵花小声说。

何干伤惨地笑笑,"糟蹋钱啊,穿不了几天就穿不下了。"

琵琶给叫下楼去试穿。下面皱裥长裙曳地,最近流行短袄齐腰,不开衩,毫无镶滚,圆筒式高领。裁缝跪在她脚边,幽暗的房间里穿衣镜立在架子上,往前敧斜着,缩短了她已抽高的身量。镜中人比笼罩住她的无重力的绝妙迷濛还要不真实,衣服两侧一溜冰碴似的大头针倒添了精神。她恍恍惚惚立着。深紫红绒布在脚下旋转,她巍巍颤颤漂浮在浓稠的水坑上,错一步就会沉下去。

老七躺在烟炕上指点裁缝,末了还是下床来,趿着拖鞋走过来。

"紧一点。"她捏来捏去找不到琵琶的腰,估量着正中揪了一把,"腰紧点才有样子。"

裁缝走后,老七抱着她坐在膝上。"我对你好不好?你妈给你做衣裳总是旧的改的,从不买整匹的新料子。你知道这个一码多少钱?还是法国货。你喜欢妈妈还是喜欢我?"

"喜欢你。"琵琶觉得不这么说没礼貌,但是忽然觉得声音直飘过了洋,她母亲都听见了。

两人穿着母女装到吉士林,是一家德国餐馆,可以跳舞。晚上十点以后才去,老七走前头,何干殿后,中间夹着她,走过金灿灿的镜面地板到她们的餐桌去。老七把黑绒茧丝斗篷披在椅背上,俯身向琵琶,长钻耳环在肩膀上晃来晃去。

"要吃什么?"微微做作的声口,说官话的时候就会这样。跟堂子里的姑娘一样,她也应该是苏州人。

"奶油蛋糕。"

"又吃这个?不换点别的?巧格力蛋糕?他们的巧格力蛋糕做得很好。不要?好吧,就奶油蛋糕吧。咖啡还是可可?"

一大块蛋糕送上来了,琵琶坐高些,蛋糕面上的白奶油高齐眉毛。何干立在她背后,搅着可可。何干换下了工作衫,露出底下帐篷似的轧别丁黑袄,还是老太太在世时的打扮,其实就连老太太那时候都已经有若干年不时兴了,她只是恋恋不忘孀居该守的分际。宽袖松裤费的布料比一般衣裳还多,可是何干负担额外的开支,多年来毫无怨言。她倒不是不察觉这身装扮在这场合特为触目,却仍维持着略带兴味的表情看着乐队演奏,男男女女搂搂抱抱,转来转去。

老七啜着饮料,对相识的人点头。只有几个人过来,通常是女人和随同的男人,或是一群人一块过来,鲜少是单独一个男人。大半时间她一个认识的人也不看见。像经验丰富的女演员,她会自己找事来打发时间,抽烟,展示戒子,随着熟悉的调子哼唱摇晃,打开皮包找东西,俯身张罗琵琶。孩子是顶好的道具,老古董似的老妈子也是,显然是伴妇,倒给她添了神秘与危险之感,引诱着什么禁忌。是哪个军阀的姨太太?某个名门大家的风流俏寡妇?人们猜疑地看着她,可是似乎不见发生什么事。琵琶总是坐着坐着就睡了,半夜两三点钟回家来,趴在何干背上睡得很沉。榆溪从不过问,指不定是他不愿意老七一个人出门。

冬天有个晚上她换衣服出门,要烧大烟的帮她叫黄包车。独自带琵琶出去。年底天气极冷,顶着大风,车夫把油布篷拉上挡风,油布篷吹得喀哒响,一阵阵沙尘打在上面像下雨。这段路竟不短。

"可别摔出去了。"她轻笑道。紧裹着毛皮斗篷,握着热水袋,要琵琶偎着她。有时也让琵琶握着热水袋。

进了一条巷子,人影不见,下了车,站在一扇门前,冻得半身麻木了。门灯上有个红色的"王"字,灯光雪亮。黄包车车夫慢悠悠走了。老七和琵琶并肩立在朱红大门前,背后是一片墨黑,寒风呜呜的，却吹不乱老七上了漆似的头发，斗篷领子托住一朵压皱的黑玫瑰。她把热水袋给琵琶拿着，腾出手来打开银丝网皮包。热水袋装在印花丝锦套子里，只露出头尾，乌龟一样。竟还是热的，蠕蠕地动，随时会跳出琵琶麻木的双手。老七取出一卷钞票来点数，有砖头大。

琵琶想道："有强盗来抢了！"不禁毛发皆竖。佣人老说年关近了晚上出门危险，缺钱过年的人会当强盗小偷。黄包车车夫走了吗？还是躲在角落里？老七怎知道没有人看？耳中仍是听见窸窣的数钞票声，两只眼睛特为钉着前面看。她听见屋子里有说笑声。还是没有人来应门。老七把钞票捱进皮包里，又取出一卷，这卷更厚。皮包装不下，也许是装在斗篷的口袋里。她又点数起来。琵琶的头皮脖颈像冰凉的刀子刮过，刮得她光溜溜的，更让她觉得后背空门大开，强盗随时会跳出来，工发今年去收租的钱就这么没了。虽然不是她的钱，还是心痛。

开了门老七不慌不忙把钱收好，故意让佣人看见。进去人很多，每个房间都在打麻将、推牌九、赌轮盘。她在桌子之间徘徊，招呼认识的人。老妈子送上茶来，又帮她把热水袋添上。她让琵琶在一张点心桌边的小沙发椅上坐，跟一个胖女孩说："这是沈爷的女儿。"她的小姐妹看了琵琶一眼，带着嫌恶的神气，抓了把糖果给她，两人就一齐走向一张大圆桌。桌上低低垂着一盏大灯，桌子上的人脸都照成青白色，琵琶钉着她们俩看了一阵子，极好奇这个诡秘的地方是个什么地方，这群人又是什么人，可是老七要她坐在这里别动。回来找不着她，说不定往后就不带她出来了。

她钉着看她们两人走远，神情冷漠憎恶。传进耳朵里的只字片语听不出个所以然来，听着倒像是平常的北方话。她觉得气沮，像是飞蛾在玻璃窗外，进不了屋子。老七跟另一个女孩已经不在大灯下那几张绿脸里了。她看着看着眼睛也累了，靠在那里睡着了。几个钟头之后老七推了她一把，叫醒了她，带她回家。

旧历年一到赌钱也开始了。榆溪和老七除夕夜就出了门。琵琶和陵自己过年，这几年也惯了。陵代替父亲祭祖，越过了长幼之序。等会儿烧纸钱也是他擎杯浇奠。团圆饭两人都有一银杯温热的米酒，两人的阿妈拿筷子蘸酒，让他们吸吮。

吃过饭后坐在客厅，供桌上一对红烛高照，得燃上一整夜。孩子也可以彻夜守岁。规矩都暂且放下，每个房间灯火通明，却无事可做。两人的阿妈帮他们拿糖果蜜饯，装在矮胖的瓜式磁果盒里，搁在中央的桌子上。全城都在放鞭炮。姐弟两人对坐，像两个客人。除夕夜来临，缓缓罩在他们身上，几乎透着哀愁的沉重。

"留点肚子明天早上吃年糕饺子。"两人的阿妈说。

"嗳，明天就又大一岁了。"老妈子们欢容微笑，仿佛只有姐弟俩大一岁，是老天爷单独赐给他们的礼物。

"今晚要守岁吧？"葵花说，"今天晚上都不睡了。"

"也别玩得太晚了。"何干说，"明天还有好多事做，别弄得整天昏沉沉的。"

"我要看他们天亮开大门。"琵琶说。

"难道从前没看过？"葵花说。

"没有。"

"好玩呢。"葵花说,"门一开炮竹就响了,有人唱:'大门开,银钱滚进来。'"

"我今年要看。"

"我喊你起来。"何干说。

"不,我要等到天亮。"

"唉哎嗳!会累坏的。"

"还说了好些话,"葵花回忆道,"听着真吉利。"

"再坐一会就睡了,明天一大清早叫你。"

枕头旁边搁了盘点心,上床睡觉也不犯着连哄带骗了。朱红漆盘上有蜜枣,金桔,一个苹果,芝麻糖,蜜花生,蜜莲子,米做的玉带糕,便条纸似的一片片剥着吃。琵琶曾在梦中仔仔细细地剥雪白的玉带糕,怕撕坏了,好容易剥下一片来,放进口里却成了纸。

"可别忘了叫我啊。"

"知道。别忘了没穿新鞋子可不准下床。鞋底不能踩上去年的灰尘,今年的运气才会更好。"去年来了姨太太,不是个好年。

"我不会忘的。千万别忘了叫我。天一亮就叫我。不,天没亮就叫我。"何干不作声,"好嚜,天一亮就叫我。我真的不会不看见?"

"不会,快睡了。"

第二天琵琶醒来天色已经大亮了。

"怎么不叫我?"她大哭,"大门开了么?"

"你睡得好香,"何干说,"还是让你多睡一会吧。昨晚熬夜太辛苦了。"

"你说会叫我起来的。"

"大过年的不作兴哭哭啼啼的。快别哭了。哪有大年初一就哭的!"

琵琶抽抽嗒嗒哭个不住,何干给她穿新鞋,她两脚乱踢。一切的繁华热闹都已经成了过去,她没有份了。即使穿上新鞋也赶不上了。

何干说对了,大约是因为年初一早上哭过了,所以一年哭到头。

六

同老七出去过，走亲戚并不让琵琶格外高兴。榆溪独自去拜年，何干带孩子另外去。秦干不一齐去。两个老妈子带孩子太多余，明摆着是为了赏钱。

"是沈家的亲戚，你认得清，还是你去。"秦干豪爽地说。

琵琶梳洗过，抬起头来让何干拿冷冷的粉扑给擦上粉。何干自己不懂得化妆，把张脸涂得像少了鼻子。陵也擦了粉。姐弟俩同何干挤一辆黄包车，抢着认市招上的字，大声念出来。电线杆上贴了一张红纸，琵琶念了出来：

"卖感冒，卖感冒，

谁见一准就病倒。"

有个自私的人想把感冒过给别人。

"别念。"何干说，"看都不该看。"

"我又不知道写了什么。"

"你会感冒，你先看到。"陵笑道。秦干不在，他就活泼些。

他们到沈家的一门亲戚家，叫"四条街"，在天津的旧区，是一幢很大的平房。先到一扇小门前，老佣人从长板凳上站起来，带着穿过了肮脏的白粉墙走道，转弯抹角，千门万户，经过的小院是一块块泥巴地，到处晾着褴褛的衣服。遇见的人都面带笑容，一转身躲进了打补丁的破门帘后。小孩子板着脸躲开了。他们都是一家人，并不是房客，可是何干也认不出是谁。走了半天，终于快到了，改由这一家的媳妇带路，进到老人家房里。里头很阴暗。听说他的眼睛不好，说不定半瞎了。琵琶叫他二大爷，是她祖父的侄子，第一代堂兄弟的儿子，可是年纪比她祖父还大。他总坐在藤躺椅上，小小斗室里一个高大的老人。瓜皮小帽，一层层的衣服。旧锦缎内衣领子洗成了黄白色，与他黄白的胡须同样颜色。他拉着孩子的手。

"认了多少字啦？"

"不知道。"琵琶说。

"有一百个吧？"

"大概吧。"

"有三百个吧？"问话中有种饥渴，琵琶觉得很是异样。

"不知道。"

"请先生了没有？"

"老爷说今年就请。"何干说。

"好，那就好。会不会背诗？"

琵琶还不会走路的时候，女佣会把她抱到她母亲床上，跟她玩一会，教她背唐诗。琵琶记得在铜床上到处爬。爬过母亲的腿总磕得很痛,青锦被下两条腿瘦得只剩骨架子。可是她还是像条虫似的爬个不停。

"只会一两个。"她也不知道记不记得牢。

"背个诗我听。"

顿了一顿,她紧张地开口:

"烟笼寒水月笼沙,夜泊秦淮近酒家。

商女不知亡国恨,隔江犹唱后庭花。"

背完了他不作声。一定是哪个字记错了。却看见他拭泪,放开了她的手。琵琶立在那儿手足无措。这首诗她只背诵字音,并不了解其中的含义。志远说二大爷在前清做过总督,她倒没联想到诗里的改朝换代。她听人说过革命党攻破了南京城,二大爷是坐在篮子里从城墙上缒下来逃走的。南京也在诗里说的秦淮河畔。佣人们背着她也说"新房子"会送月费给"四条衖",因为新房子阔,做了民国的官。二大爷总不收,怪他们对皇帝不忠,辱没了沈家。可是他儿子瞒着他收下了,家里总得开销。

"好,好。"他说,不再拭泪了。"有什么点心可吃的?"他问媳妇。

"改天再来叨扰吧,二大爷。"何干说。

"不,不,吃了点心再走。春卷做好了么?"

"还没有,"他媳妇说,"有千层糕,还有苏州年糕,方家送来的。"

她约摸五十岁,穿得像老妈子,静静站在门边,一双小脚,极像仆佣。房里的金漆家具隐隐闪着幽光。她啃一声打扫喉咙。

"新房子送了四色礼品来。我给了两块钱赏钱。"

他不言语。她又吭一声。

55

"他们家的一个儿子刚才来了,他父亲叔叔还没回来。"她不说他们在北洋政府做事。

"叫一个人去回拜。"

"是。"

何干从不让琵琶和陵留下来吃茶吃饭,知道他们家里艰难,好东西都留给老人家吃。有时候二大爷的儿子会进来,也站在门边,他媳妇就挪到另一角。他儿子矮,比他父亲坐着高不了多少,总是咕噜着"是"。琵琶其实没仔细看过他们的长相,只认得年青的一辈,因为他们前一向会到她家里,男孩女孩都有二十岁大,叫她小姑。她母亲姑姑在家的时候常请他们过来,可怜他们日子过得太穷苦。琵琶到"四条衖"很少见着他们。她总是一来就给领着到二大爷房里,那间屋子舒服漂亮,然后就又给领着出了门。

她在这里察觉到一点什么,以后才知道不曾在别处找得着,那是一种温厚,来自真正的孔教的生活方式,或至少也极为相似。可能是因为沈家世代都是保守的北方小农民,不下田的男子就读书预备科举考试,二大爷就是中了举的人。宦途漫漫,本家亲戚纷纷前来投奔,家里人也越来越多。现在由富贵回到贫困,这一家人又靠农夫的毅力与坚忍过日子。年青人是委屈了,可是尽管越沉底的茶越苦,到底是杯好茶。

"新房子"是一所大洋房,沈六爷盖的,他是北洋政府的财政总长。当时流行的是北京做官天津住家,因为天津是北京的出海港口,时髦得多,又有租界,万一北洋政府倒了,在外国地界财产还能得到保障。沈家这一支家族观念特别重,虽然是两兄弟,却按照族里的大排行称六爷。家里有老太太、两位太太、孩子和姨太太。老太太按着姨太太进门的时间来排行，独一无二的做法，单纯一点，可也绕得人头晕眼花，简直闹不清姨太太是兄弟哪一个的。最常见的是二姨太太，女客都由她招待。以前是堂子里的，年纪大了，骨瘦如柴，还是能言善道，会应酬。琵琶始终不知道她是谁的姨太太。

老太太废物利用。大姨太太在顶楼主持裁缝工厂，琵琶最喜欢这里，同裁缝店一样，更舒服些。大房间倒像百货公司，塞满了缝衣机，一匹匹的衣料，烫衣板，一大卷一大卷的窗帘料子，铜环。长案上铺了一床被单，预备加棉花。

"给大姨奶奶拜年。"何干说，行了个礼。

姐弟俩也跟着说，倒不用屈膝。

大姨太太离了缝衣机，还个礼。一身朴素的黑袄裤。低矗的眉毛，小眼睛全神贯注。

"嗳，何大妈坐。老李，倒茶！坐。"

"大姨奶奶忙啊。"何干恭维道。

她短促地一笑，"嗳，我反正总不闲着。过年头五天封了针线篮，这不又动手了。"

"大姨奶奶能干嘛。"

"能干什么！还不是家里人口太多，总有做不完的事情。"

"是啊。"

"见过老太太了？"

"还没有。横竖是等，我就说先上来给大姨奶奶拜年。"

她在缝衣机上踏着，一面说沈家的亲戚谁要结婚了，谁要远行，谁又生了个女儿。"见过我们新姨奶奶了么?"

"没有。"

"芦台人,才十六岁,很文静的一个女孩子。"

她说话的声口听不出新姨太太是她丈夫的还是丈夫的兄弟的,何干也不敢问。大姨太太正在帮新姨太太踏窗帘。

她儿子上楼来了。

"来跟姐姐哥哥玩。"她说,"陵少爷比他大吧?"

她儿子却有自己的主张,扯着他母亲衣襟粘附在身边,嘟囔着不知道要什么。

"嗯?"她低低地叱了声,想吓走他。母子俩视线交会,搅扰的目光,他们家特有的,仿佛两只蚂蚁触角互碰,一沾即走。

她从口袋里摸出点钱来塞给他,"好了,去吧去吧!"

"俩孩子多斯文啊,跟个小大人似的。不像我们这儿的,一点规矩也没有。"她说。

有个老妈子跑上楼来。"可找着了,何大妈,到处都找遍了。"她把声音低了低,"见六爷吧?"

六爷在楼下房间,端坐在小沙发上。琵琶和弟弟给他磕头,他倾身要他们起来。他蓄着八字胡,很饱满。

"十二爷好?"他问何干道。榆溪的大排行是十二。"见过老太太了?"

除了这两句再没别的话,何干就带他们出去了。老妈子等在门外,又领他们上楼,这次是到二楼的大客厅。更多女客来了,又开了一桌打麻将。他们向着房间另一头的新姨太太过去。紫色开衩旗袍映着绿磁砖壁炉，更显得苗条。新嫁娘的原故所以穿紫的。梳着两只辫子髻，一边一个，额上覆着溜海，脸上的胭脂红得乡气。她一直站着，客厅里没有她的座位，进来出去的人太多，个个都比她的地位高。她同样是被冷落的人，便搭讪着找话说，免得开罪了客人。

"少爷几岁了？小姐呢？来了多少年哪？多大岁数了？是哪儿人哪？"

何干恭恭敬敬一句一个"十一姨奶奶"。究竟也无话可说，连新姨太太都走开了。何干带着姐弟俩转了好半天，终于老妈子在门口招手叫他们。他们这里倒学会了医生的时髦手段，让病人从这间候诊室换到另一间，感觉上像动了。走过去是一整排的小房间，一色一样的奶黄色墙，麻将桌上垂着绿珠灯罩。琵琶觉得很漂亮，一点也不知道赌场也是这样子。他们在一个房间里坐，又有打麻将的人进来了，挪到另一个房间，佣人送上了蒸糕。

终于老妈子又来找他们。"见老太太去。"她咕噜着说。

琵琶每回见老太太总见她坐在床沿上，床帘向两旁分开，就跟她的中分的黑锦缎头带一样。她在雕花黄檀木神龛里伛偻着身体，面皮沉甸甸的，眼睛也沉甸甸的，说话的声音拖得长长的。

"过来让我看看。嗳呀，老何，这两个孩子比我自己的还让人欢喜。多大啦？都吃些什么？"

"没大变，老太太，蒸鸡蛋，豆付，鸭舌汤。"

"鸭子现在不当时了。"

"是啊，老太太。这一向就只吃蒸鸡蛋，豆付，冬瓜汤。"

"要厨房给他们做这些菜。"老太太吩咐一个老妈子。琵琶一

59

颗心直往下沉。

"不，不，不用麻烦，老太太。"何干说。

"不麻烦。汤里加点火腿行吧？豆付煮软一点？加点虾仁？"

"大白菜，老太太。"

"豆付和大白菜。"她对老妈子说，"还是小心点好，老何，两个孩子娇贵。你们太太好些东西不叫吃。唉，俩孩子怎么扔得下。嗳呀，还亏得有你们老人照顾喔。"

"他们很听话，老太太。"

"十二爷怎么样？"压低了声音，表示这一次是认真问。

"还不错，老太太。"

"我倒不放心他。他怎么样？"

"不大常看见，老太太。楼下就两个烧烟的。"

"那两个是下人？"

"两个烧烟的也整理房间，递递拿拿的。"

"还有姨太太，不会不方便么？"半笑半皱眉，又好笑又嫌恶。

"衣服是拿到楼上洗的。"何干补了句，似乎就情有可原。

"你一定听见了什么。"何干不能上前，所以虽然是低声说的，却像是舞台上的低语，远远地传了出去。

"我们都在楼上，老太太，烧烟的都是男的，不大常看见他们。"

"不是说有一个还会打针？"

何干也低声答道："不知道，老太太。"

"我就担心这个。抽大烟是一回事，吗啡又两样了。"

"要是老太太下回见着了，倒可以说两句。我们做底下人的是不敢说什么的。"

"嗳，老何！我只是伯母，伯母能说的也不多。你们太太也该回来管管了。"

"是啊，太太回来就好了。"

"这可不是说着玩的，老何。那么年轻的人，一辈子还长着呢。"

"可不是嘿，老太太。"

"嗳呀，老何，你都不知道我有多操心。将来叫我拿什么脸见他母亲？"她不想说等她死后。

何干知道她也只是说说，跟榆溪的母亲素来也不往还。至少从她口里打听不到什么。现实是何干真的知道的不多，也不想知道。碰上这种时候就可以老实地说什么也不知道，也不会为了乱说话而惹恼了老爷。

"只希望老太太能说句话。"她说，伤惨地笑着。

"让那个男佣人给姨太太打针，也不看地方。"老太太着恼地说，"她也吃大烟吧？"

"我们不知道。"何干低声说，像是刚说了什么秘密。

"一定也吃，才会带坏了他。"老太太叹气，"还亏你们这些老人来照顾孩子。"问话完毕便向孩子们说："去玩去吧。要什么东西跟他们要，家里没有的就叫人买去。"

榆溪来了半个钟头，何干带着孩子在屋子的另一处。他从不带老七来，怕她受不了新房子的规矩，新房子里姨太太们都是安分守己的。榆溪和老七有自己的朋友，不过他要她跟她的姐妹们都不来往了，因为她们还是堂子里的。他本人也跟朋友渐行渐远，想安顿下来，俭省度日，所以才不要小公馆，搬回家来住。这一向见的人也少了。老七也不能跟男人调笑，惹他妒忌。她很高兴能哄得他花大钱，像是过年去赌钱。两人志同道合，孟浪鲁莽，比什么时候都要亲密。有个朋友正月里终日不闭户，他们天天去，债台高筑，终于吵了起来。

她照堂子的规矩活动都在里间，没有兴趣向外扩展。大理石面的黄檀木五斗柜上搁着进口的银盘洗用具，每个堂子里的姑娘都有：高水罐，洗脸盆，漱盂，肥皂盒。她在中央的桌子吃饭，梳妆台镜里倒映出她的身影，斜签着身子，乏味地拨着碗里的热茶泡饭。堂子里的姑娘吃得很简单，只有几样卤菜或是咸鸭蛋。她也只知道这种生活。榆溪烟瘾过足了，从烟炕上起来，同她一齐吃饭，像独获青睐的客人。日子像是回到了过去，宾客都散了之后的一刻温柔，静静坐下来吃卤菜粥或茶泡饭。有时鸨母也一块吃，他也不介意，觉得像一家人。连丫头也曾没规矩地坐下来跟他们一起吃饭，他也很喜欢。但是老七离了堂子之后唯一的改变就是容不下别的女人接近两人的生活。

两个烧大烟的仆人一个高瘦一个极矮，滑稽的组合。有一次矮子把长子挤走了，没几个月又回来了。老妈子们总说矮子会待得久。"矮子肚里疙瘩多。"葵花说。

一般的佣人总跟佞幸的人尽量少来往，遵守孔教的教诲，敬鬼神而远之。可是矮子爱打麻将。男佣人的屋里一张起桌子，他准在，怒视着牌，嘴里骂骂咧咧的，扬言再也不打了。

"不打只有一个法子，剁了十根指头。"厨子老吴说，"看见易爷的手了不？"他问打杂的小厮。

矮子有次戒赌，自己说是输光了家产，恨得剁下了左手无名指，作为警惕。

"他九根指头打得比十指俱全还好。"志远说。

矮子懊恼地笑笑，麻点桔皮脸发着光，更红了。琵琶和陵总吵着要他的手看，那只指头还剩一个骨节，末端光滑，泛着青白色。他也让他们摸。他也同老佣人一样应酬他们，尽管知道孩子其实无用。

长子就不浪费时间应酬，只是拖着脚在老爷的套间进进出出，谁也不理。他的肩膀往上耸，灰长袍显得更长。脸色白中泛青，眼神空洞，视线落在谁身上，谁就觉得空空的眼窝里吹出了一阵寒风。他坐在烟炕前烧大烟，听老爷谈讲，偶尔咕噜一句，淡然笑笑，两丸颧骨往上耸动。套间里说的话只有榆溪和烧大烟的两个男佣人知道。老七跟他现在已经不说话了。只有榆溪压住一边鼻孔清鼻子才会打破房里的寂静。

老七的父亲住在穿堂尽头一个小房间里。

"听说不是她的亲生父亲。"老妈子们低声咕哝，"小时候把她卖到堂子里的。"她们并不奇怪老七怎么会养着他。谁都需要有个人。他是条大汉，一张灰色大脸，跟烧大烟的长子一样，也穿灰布长袍，拖着脚在他女儿房里掩进掩出的，悄然无声。榆溪很不喜欢他也吃大烟，经常短缺，四处搜刮他们吃剩下的。烧大烟的佣人把烟盘拿出来清理，就放在穿堂的柜子上，知道老头子会把烟枪刮干净。实在没法了，他会到女儿房里，低着头，淡淡笑着，谁也不看，从银罐里倒出点鸦片烟到自己的土罐里。他来去都像鬼影，仿佛京戏管舞台的，堂而皇之就在观众眼前搬道具。

老七收容了一个自己的侄子。也不知是谁带来的，也不知是她让人去领来的，屋子里就这么多出了一个孩子，矮胖结实，一张脸像个油光唧亮的红苹果。老头子在穿堂上忙着刮烟枪挖烟灰吃，小男孩站在旁边猛吸鼻涕。

"老子都不是亲老子，侄子还会是亲侄子？"老妈子们一头雾水。

"她连父母是谁都不知道，又怎么知道有个兄弟？难道是老东西的孙子？"葵花说。

"老东西不怎么管他，可怜的东西。"佟干说。

"他总是冷的样子。"何干说，"棉袄不够暖。"

"他姑妈也不管。"佟干说。

葵花说："她不会是要领养这个乌龟吧？"拉皮条的也叫乌龟，男人娶了不守妇道的老婆也是乌龟。

秦干说："那种人谁也说不准。今天想个孩子玩玩，明天就丢到脖子后头了。"

葵花明白她的意思，"是啊，这一向也不要琵琶小姐了。"

"正好。"何干说，半眨了眨眼，机密似的。

男佣人的猜臆就更天马行空了，"是她儿子。堂子里的姑娘很多都有私孩子藏在乡下还是自己的小屋里。她可不是刚出道的雏。"

他们只是说着玩。看起来也不像。老七并不特为照顾侄子，让他跟着老头子吃睡，眼不见为净。他们是她收集的破布，给她取暖，却也让她恶心。

"他真好玩。"琵琶跟弟弟说新来的男孩子。

"他好胖。"她弟弟说,两人都笑。男孩比他们俩小一点,像个洋娃娃,也像小丑。他们总想去跟他说话,可是不犯着老妈子们告诫也知道不行。他是另一边的人。

七

"先生来了！"老妈子们快心地道，"先生来了就好了。都归先生管。先生有板子，不听话就挨板子。"

板子是一块木板，专打犯人屁股，打学生手心。琵琶只是笑笑，表示不屑理会，可是同样的笑话说了又说，本来就不好笑，再后来就更笑不出来了。她和弟弟在后院玩，厨子蹲在水沟边刮鱼鳞，忽然抬头，眼睛闪过会心的一笑，唱道："先生来了！"

楼下收拾了房间当课室，是当过书童的王发把书房里的配备都找了出来。老妈子们带孩子们进来看。

"看见没有？"秦干指着先生案上的板子。没有琵琶想像中大，六寸长，一块不加漆的木头，四角磨光了，旧得黑油油的，还有几处破裂过，露出长短不齐的木纤维，已经又磨光了。搁在铜器磁器间极不相称，像是有什么法力，巫医的细枝或是圣骨搁在礼器里。

"看见板子了么，大姐？"何干问道。琵琶假装不理会，心里还是吊着水桶似的。

　　生平第一次琵琶与陵有了休戚与共的关系。先生来的前一晚,姐弟俩默默看着老妈子收拾冬衣,诀别似的看着这熟悉的一幕。两人的衣服堆在椅子上,穿旧了的织锦漾着光,丝缎里子闪着红艳。那是晚餐后,电灯暗了,金褐色的光,像是要烧坏了。世界弥漫着一股无以言之的恐怖。

　　"嗳,先生明天就来了。"何干突然想起来说,摺好了一件棉袄。

　　第二天,虽然心理上早该预备好了,还是有措手不及的感觉。先生已经来了,在房里休息。现在又和榆溪在课室里说话,榆溪要孩子们下楼来见先生。墙上挂着孔夫子的全身像,黑黑的画轴长得几乎碰地。孔夫子一身白衣,马鞍脸,长胡子,矮小的老头子,裙底露出的方鞋尖向上翘。琵琶不喜欢画像,还是得向供桌上的牌位磕头。心里起了反抗,还是向供桌磕了三次头,再向先生磕头。他是人间的孔夫子的代表,肥胖臃肿,身量高,脸上有厚厚的油光,拿领子擦了,污渍留在淡青色的丝锦料子上。榆溪一旁观礼,两指夹着雪茄烟,银行家一样。佣人送上了午餐。这是第一天,先生与东家学生同桌吃饭,还有酒。琵琶觉得先生不该吃吃喝喝。榆溪倒是滔滔不绝,畅谈教育,痛诋现今的学校,也藉题大骂外国的大学。

　　"先要下工夫饱读经书,不然也只是皮毛。底子打得越早越扎实。女儿也是一样。我们家里一向不主张女子无才便是德,反倒要及早读书。将来等她年纪大了再弛纵也不迟。"

　　他让先生知道他是一个严父。先生不时客气地点头称是。脸上的厚厚的油光掩不住疲惫与厌恶，仿佛是医生见着一个病人，看遍了医生，对自己的病了如指掌。

午餐过后就开始上课，第一堂就上《论语》，木刻大字线装书，很容易就弄脏。琵琶的指尖全黑了，脸也抹黑了。一天上完像是煤坑里出来的。她老想把指头塞进薄薄的双层摺竹纸里，撕开书页。没多久她的书全撕了页，摺了角，很难翻页。

"板子开了张没有？"老妈子们问道。

"先生客气是刚来的原故，可别让板子开了张，不然可就生意兴隆了。"她们说道。

先生每次伸手拿板子旁边藤壶套里的茶壶都有点紧张，唯恐误会了。他身上有蒜味，在藤椅上打盹还打呼，可是琵琶已经习惯了他也是常人。有时要她背书，背着背着他就睡着了。她把书给先生，站在几尺外，身体左摇右晃。同一句念了又念，忘了下半截，先生却不提点，就知道他真睡了。这时很可以蹑着脚上前去偷看椅背上的书。陵大声念着书，瞪大眼睛看着她，声音越来越小。然后发奋图强，又往下咕噜着摇篮曲。

他们一齐辛勤苦读，一星期七天，最近的假日还在几个月后。先生要等到年底才会回家。他有一个打杂的小厮帮他洗衣服端饭。榆溪和姨太太的套间就在对过，不睡的时候门都是敞开的，对先生极不尊重，可是学校纷纷成立，塾师的工作并不好找。

榆溪和老七这一向的心情很坏。两个烧大烟的都吃了排头，矮子为了面子还解释为什么讨了一顿好骂。他们到冯家推牌九输了不少，疑心遇上了郎中，彼此埋怨认识了冯家。想卖地找不到买主。

不犯着长子戳矮子的壁脚，日子就很难过了，末了矮子给逼走了，收拾行李的时候发誓说要讨回这笔债，"砍了你。老子少了指头，要你少了脑袋。"

老七的父亲也尽量躲着榆溪。

"乌龟都怕了。"老妈子们快心地道，"嗳，乌龟都怕了。"

榆溪消沉之余倒留心起孩子的教育来。中国一向有这个传统，怀才不遇的文人闭门课子，寄希望于下一代。他叫琵琶和陵带着书本来。

"上到哪里了？"他问道，又说，"上得这么慢，几时才上完？"要他们背书，都背得不熟。

"从今天开始晚饭后在客厅念书。温习白天上的课跟以前忘了的。背熟了就过来背给我听。不背熟不准睡。"

他们没告诉先生读夜书的事，可是吟吟哦哦的声音一定是听见了，也一定扫了他的面子。琵琶觉得在客厅读夜书，欢庆气氛的壁灯嘲笑着他们，非常不是味道。她坐在窗前，房里的灯光照亮了夜空，蓝得像块玻璃。夜晚真美，却得坐在这里摇摆着背诵一本看不懂的书，最让她生闷气。齐宣王见孟子于雪宫。王曰："叟⋯⋯"她忘了说的是什么，却看见白皑皑的宫殿。最让她不平的是读夜书整个没道理。她想关闭耳朵不听房间另一头弟弟惨惨戚戚小声的念书声。两个人这样子一齐受苦太丢脸了，这种事不该两个人一道。

终于该她拿着书到对过房间了。

"爸爸。"她喊了声，上前站到烟炕前，把书给他，他一言不发接了过去。老七躺在他对面，隔着鸦片盘子。老七前一向对她那么好，现在不理她了，可是当着她背书非常不得劲。老七穿着黑色袴袄，喇叭袴脚，抱着胳膊侧身躺着。白丝袜上绣的钟表发条花样像一行蜘蛛爬上她的脚踝。

琵琶摇摆身体背书，却不得劲。长子坐在小矮凳上烧烟，两边肩膀耸得高高的，拿烟炕当桌子使，玩弄着烟架、烟签、烟灯，榻上躺着两个人，倒像是演儿子的人选错了角，看着比父母还要年纪大。蓝色的烟雾弥漫。两个房间中间一个大穿门，像个洞窟，住着半兽半神，牛魔王与铁扇公主。后来学英文，见着"父亲的窝"这说法倒吃了一惊。

"子曰：人能弘道，非道弘人。子曰——"

"过而——"榆溪催她，闷闷地坐了起来，伛偻着看书，眼泡微肿，瘦削的腮颊凹陷。

"过而——子曰：过而——"

书本砰一声扔在脚下，"背熟了再来。"

她来来回回三次。陵早已上床睡了。第三次榆溪跳起来拉紧她一只手，把她拖到空书房里，抓起桌上的板子，啪啪地往下打。琵琶大哭起来，手心刺痛。榆溪又抓她另一只手，也打了十几下。

"老何！"他大声叫在穿堂窥探的何干进来，"带她上楼，再哭就再打。"

"是，老爷。"何干轻快地说。

一上了楼安全了，琵琶哭得更响。

"吓咦，还要哭！"何干虎起脸来吆喝，一面替她揉手心。"好了，不准哭了。"她又说，不耐地替她揉手心。琵琶摸不着头脑，抬头看她冷漠的脸，有种她招惹父亲不高兴时，何干就不喜欢她的感觉，只是她并不相信。

差不多每天晚上她都哭，倒是不再挨板子了。陵反倒比她聪明，从来没出过事。老妈子们也不再拿板子说笑了。

老七也感染了教育热，想教侄子识字。榆溪很不屑，要他看他瞧不起的学校一年级教科书，比读古书要实用。她每天把他叫到烟炕前问功课。不认得的字她总问榆溪。不用板子，单是徒手，抓着什么就什么，摺扇，绣花拖鞋，烟枪，不用起身，也把他打得青一块黑一块。现在屋子里白天晚上都是琅琅的读书声。琵琶和陵白天在课室里，晚上在客厅，那个男孩在穿堂一个人站着读。他吸着鼻涕，大声读着老七的官话，没腔没调的，像个扭曲声音的扩音器，一个钟头又一个钟头反复地念，末了总算念出点什么阴森森的意思来："池中鱼，游来游去。"

两行字配上了图画，有只鱼在海草间游水。他有一只眼睛肿得睁不开。

"把个头打得有百斤篮子那么大。"老妈子们低声咕噜，吓坏了。

"嗳呀！"咬着牙叹气，"小东西，也可怜——"小乌龟也不该受这个罪，可是她们话说了一半，缩住了。

先生听见了哭声和吟诵声也不问，端午节以前却辞馆了。端午是一年三次决定是否延聘先生的节日。先生走后，榆溪对孩子们的学业也意兴阑珊，要他们自己温书，等下一位先生来，可是他也不查问了。只听说要请新先生，始终没来，姐弟俩便把书本抛下了,又恢复了旧貌。

早晨坐在后院,母鸡在脚边走来走去。老妈子们在户外洗衣服,轮流端着三脚红木盆接水。晌午以前北方的天空特别蓝,空气净是水和肥皂味。水龙流下的水冲在洗衣板上。琵琶一身白点粉红棉纱小褂,黑裤子。她一直等着夏天才穿这件小褂。是她外婆送的出生礼物,一整柜衣服,足足可以穿到十岁。一直收在箱子里,散发着樟脑味,摺子再洗也洗不平。她把竹凳搁在阴凉的地方,绿色的鸡粪也最少。厨房里厨子在剁肉,咚咚响。肥皂泡、白菜叶、鸡毛顺着水沟流走。

她拿了弟弟和自己的扇子。"不能两只扇一起扇,"老妈子们告诫道,"会变成蝴蝶。"也不知是真是假,每次她想试立刻就被拦住。这会儿没有人。她一手拿一把扇子,战战兢兢地摇了一下。两股相对的气流抵消了,手腕子倒特别觉得无力,一路延伸到两条胳膊。可是脸上微微的风就让她机伶伶地打了个寒颤,突然不想探个究竟了。人的生活太美好,不值得拿它冒险。蝴蝶是美,却活不长,也不能做什么。

"陵少爷,别踩了鸡屎。别到太阳底下去。"秦干蹲着洗衣服,还不忘扭头锐声喊。

楚志远找了个石板练书法,一个有桩子的石砧板。志远想在公家机关做事,得要写一笔好字。他拿只大毛笔沾水练字,水碗搁在厨房外头窗台上。琵琶过去看。他站着写,手腕悬空。大大的字在平滑的灰色石面上浮现一会儿,水渍一干就消失了。可以省纸。

"说三国给我听嘛,志远。"琵琶求他。

"你怎么不自己看？都读书了。"

"我要听你讲。"

"书在那儿。自己拿去。"

"我也要写，就写一个。"

他没作声。

"你写完了说三国好不好？你说的比书上写的好。"

他可以把《三国演义》倒背如流。他的声音小，跟他的身材一样，年青的脸五官像挤住了，有点鼠头鼠脑的，可是一说起空城计、舌战群儒、草船借箭、苦肉计、锦囊妙计来，眉毛就会向上斜挑，逸兴遄飞，连说带比，拿捏得恰到好处。

"给我写嘛，志远。"

末了他把毛笔给了她。她站在板凳上写。写得并不好。为了挽回颜面，她画起了拿手的画来，画了脸，有人脸那么大，从灰色圆石板上瞪着看，活灵活现的，某个枉死的鬼魂被囚禁在石板里。一串寒颤蠕蠕地在琵琶脊梁上爬。脸消失了。

"别画画。"志远说，"这是练字用的。"

他拿走了毛笔，倒水在石头上，仿佛被她弄脏了。

志远是有抱负的，并不想一辈子当仆佣。他和琵琶的母亲一齐长大，他父亲是杨家的总管。露和弟弟小时候请先生，志远做伴读，得到了受教育的机会。露出嫁，也把他带了过来，以佣人的工钱请个秘书。新娘必须预备一切派得上用场的东西，才能完全独立，在夫家才能抬头挺胸做人。妆奁甚至包括便桶、脸盆、洗脚盆、各色澡盆。露出国之前要求志远留下，定期写信报告孩子和家里的情况。他答应会等到她回国，露也把葵花嫁给了他，让他满意。三年过去了，贫穷的年青人要出人头地已经很难，年纪大了就更难。写信给露他从不问露的归期，生怕不耐烦似的。他并不知道榆溪一直在要求太太回来。最近志远才替他寄了这么一封信：

"前函想已收览。此间政治情势犹如风雨将至，遍地阴霾，唯天津可望逃过一劫。托庇于洋人篱下，余不胜汗颜。琵琶与陵已从子萧所荐之夫子读书，《论语》指日习完。近日余颇觉浮躁无聊，书空咄咄。陈氏进城，余与之簿战，小输。春寒料峭，心怀远人。英格兰气候向以严酷闻名，望多加珍重。珊瑚素性疏懒不愿提笔，但岂不怀莼羹鲈脍之思？若须余寄送什物，但请直言。随函附上余小照一帧，唯瘦削瘠悴，不忍卿览。"

他的照片小小的、鹅卵形，装在硬纸夹里。憔悴的鹅蛋脸，头发油亮亮的梳到后面。无边六角眼镜使眼睛闪动着空茫的光。照片后他题了自己作的诗：

"才听津门金甲鸣，

又闻塞上鼓鼙声。

书生徒坐书城困，

两字平安报与卿。"

志远的信写得像公文，他希望能够写得熟练以备将来，只是有些地方总不脱他最爱的《三国演义》的声口。他自称志远，两字写得小，偏右：

"露小姐与珊瑚小姐钧鉴：前禀想已入钧览。今再禀一事，必快君心。四月初八爷电话召志远前往新房子，问姑爷事。志远禀云赌债事，周堡卖地事，并打吗啡吸大烟事。

"承八爷下问逐老七之策。志远以为为今之计，莫若调虎离山。八爷意欲去沪，唯老七南人，恐跟踪南下。上上之策先由八爷接姑爷至新房子小住，彼处金城汤池，不可攻也。再行驱逐老七，立逼其远离天津，其伪父亦不得留，防其居中策应。必杜绝再见之机，因姑爷懦弱，不能驾驭也。

"八爷命志远不得声张，恐事机泄露，陷志远于险境。本月十日志远又奉召前往。六爷亦在。命志远潜入姑爷内室，盗取针药一枚，交周大夫送去化验。幸不辱命……"

他做的远多于露的要求。同高级官员秘密会商，他觉得深受倚重。若是获得赏识，说不定就能讨个差事。两兄弟随便一个说句话就行了。可是那已是几个月前的事了，新房子并没有什么动静。也许是等北洋政府的消息。

"新房子"拿不定主意。好事之徒才会背着堂兄弟把他的姨太太逐出家门，可也不能不管。放着不管，早晚会上瘾，最后穷愁潦倒，讹上他们。末了还是拗不过八爷的母亲的意思。新房子的老太太最见不得不受辖治的姨太太，这一个连过来给她磕头都不曾。赶走她是件好事，可以拿来说上几年，也能让榆溪已逝的母亲感激。

志远奉命监视，报告最新发展。榆溪和老七大吵了一架，老七抓起痰盂罐，打破了榆溪的头。琵琶正好从套间门口走过，看见她父亲头上裹着纱布，穿着汗衫，坐在铜床床沿上，悻悻然低头看报。看上去非常异样。琵琶只怕给父亲看见了又叫进去背书，赶紧跑了。

隔天葵花匆匆上楼，悄声说话，声音却很大，"八爷来了。"

别的老妈子都噤声不语，像是宣战了。

"在楼下呢。"

何干向孩子们说："别下去，就在楼上玩。谁也不下去。"

他们静静地玩，竖着耳朵听楼下的动静，也不知道该听什么。琵琶还不知道她父亲不在家里，早就藉故送到新房子了。何干秦干耐着性子待在楼上，给两个孩子做榜样，也不到楼梯口去听个仔细。只隐隐听见低沉的官话大嚷大叫，夹杂着女人高亢尖薄的嗓子，一点不像老七的声音。没有人听过老七拉高嗓门。说的又不是她的乡音，吵起来显然吃亏。倒是没有哭音，只是直着嗓子叫嚷，时发时停。还跺脚，两种声音重叠，然后一顿。

"八爷走了。"佟干从楼梯口回房来说。

葵花进来了，低声说："要她马上走。说是她的东西都给她带去。真走了。乌龟也走了。"

"老天有眼。"秦干说。

"可不是，秦大妈，可不是。"何干说。

"这可好了。"佟干说。

"谢天谢地。"葵花说。

接着就是搬东西。

"记不记得那次她上楼来翻旧箱子？"葵花说，"陵少爷正病在床上，她走过去头也不回。"

"连头都不回。"秦干说。

"嗳，连句'好点没有'都不问。"何干说。

"就有这种人。"葵花说。

秦干不作声。

葵花又出去了,过了一会又回来了。

"男人都帮着收拾。我可不想在附近,指不定连我都给使唤上了。"

"知道往哪儿去?"秦干问。

"说是到通州。"

"老乌龟就是通州人。她上通州做什么?又不是亲女儿。"秦干说。

"嗳,她又没个老家。"何干说。

"谁知道是不是上通州去。"葵花说,"幸亏走了。"

"那么个小地方要到哪去弄大烟跟吗啡?"秦干说。

"通州很大。"何干说,"在我们回老家的路上。"

"那是北通州。"秦干说,"这是南通州。"

"八爷说不准她到北平、上海、天津这三个地方挂牌子,沈家的亲戚太多了。"葵花说。

"横是还有别的地方。"秦干说。

"再出去挂牌子做生意也不容易,又不年青了。"葵花说,"是啊,又抽大烟,又打吗啡的。"

佟干口里啧啧啧地响,做个怪相,"一天该花多少钱!"

"只有姑爷供得起她。"葵花说。

"她不会有好下场。自己的亲侄子——一个头还打得有篮子大。"秦干说。

"心真狠。"何干也说。

"看她现在怎么办,瘦得就剩一把骨头,浑身都是针眼。"葵花说,"只有姑爷当她是宝。"

楼下仍忙着理行李。

行李只理了几个钟头,几辆塌车却堆得高高的拉出大门,箱笼、家具、包袱、电扇、塞得鼓涨的枕头套、草草拿报纸包的包裹、塞满了什物的痰盂和字纸篓。老妈子们挤在楼上窗口看。

"哪来这些东西?"口里啧啧地响,又是皱眉又是笑。

"我要看。"琵琶说。

何干把她举到窗口。

"我也要看。"陵说。秦干也把他抱了起来。

又出来一辆大车,堆得小山似的,苦力在前面拉,车后还有人推,摇摇晃晃走了。后面又一辆。

"不是说只能带他们自己的东西?"佟干起了疑心。

"他们房里的都是他们的东西。"葵花说。

他们默默看着底下,紧贴着黯淡的窗子玻璃,下午时间灰濛濛的。大车仍是一辆接一辆。

"哪来这些东西?"葵花喃喃自语,摸不着头脑,脸上不再挂着笑。

又出来了一辆车。看着看着,心也掏空了似的。

过后几个星期,秦干忽然辞工了。她说年纪大了,想回家去。主意一定,一天都等不得,归心似箭。沈家也要搬到南边,到上海跟露和珊瑚会合。露回来了,有条件,离开天津,以免新房子的老太太不待见她。上海和秦干的老家南京隔得不远，跟着走可以省一笔路费，可是她还是自己买了火车票。

"嗳，陵少爷，"葵花说，"秦干要走了，不回来了。你不难过？不想她？"

陵不言语。

秦干说："是啊，秦干走了。再没人凶你了，没人叫你别跑怕跌跤，叫你别吃怕生病。你会像大孩子，自己照应自己。要听话。秦干不在你跟前了。"

"秦干走了，等你娶亲再回来。"何干跟陵说，想缓和生离死别的气氛，编织出阿妈最欢喜的梦想，"等你讨了媳妇，秦干再回来跟你住。"

秦干不作声。行李都拿到楼下了，黄包车也在等着。她一个转身跟琵琶说话。

"我走了，小姐。你要照应弟弟，他比你小。"

泪水刺痛了琵琶的眼睛，洪水似的滚滚落下，因为发现无论什么事都有完的时候。

"还是小姐好，"葵花说，"又不是带她的，还哭得这样。看陵少爷。"半是取笑，"一滴眼泪也没流，一句话也没有，真是铁石心肠。"

秦干不作声，扭头草草和老妈子们道别，小脚蹬蹬的下了楼。老妈子们跟在后面，凄凄惶惶似的，送她出了屋子。

八

"到上海去喽！到上海去喽！"老妈子们说。

房间都空了，家具先上了船。新房子送了水果篮来饯行。琵琶慢慢吃一个石榴，吃完了在只剩床架的床下用核做兵摆阵。拿鲜红招牌纸当秦淮河，学着《三国演义》慢慢地渡江包抄埋伏。光线还够，倒是头一次看见床底下的灰尘。拆光了的房间给她一种平静的满足感。她不觉得是离开这里，而是要到什么地方去，随便哪里都好。她在这里很快乐，老妈子们也没有上头管着，可以毫无顾忌地扬声叫喊。下雨天房顶上喊着帮忙收衣服："下雨了，何大妈！"一声递一声，直喊到楼下来，"下雨了，秦大妈！"打雷，老妈子们说："雷公老爷在拖麻将桌子了。"

临行前一晚，打地铺睡觉，两个孩子睡在中间，何干佟干一边一个。很觉异样，像露宿在外，熟悉的脸却贴得那么近，天花板有天空那么高，头上的灯光特别遥远黯淡。

"到上海去喽！欢不欢喜，小姐？"佟干问道，"陵少爷呢？"

琵琶不答，只在枕上和陵相视而笑。看着他椭圆的大眼睛，她恨不得隔着被窝搂紧了他压碎他，他脆薄得像苏打饼干。

上了船两个老妈子带着两个孩子住一间舱房，葵花同志远厨子老吴坐三等舱。榆溪带着长子先走了。琵琶没见过海，天津虽然是对外商埠，其实不靠海。在白漆金属盒里过日子完全两样，除了遥远的海天什么也没有。她惊喜交集，看着何干把一袋书吊在金属墙面的钩子上，摸着又冰又粗糙，像树皮，很难相信是金属。终于在小床上躺下来，她心满意足地读着《三国演义》，已经不知道读了多少次。船上的茶房送饭来，把墙上的小桌子拉下来，她和老妈子们吃吃笑个不停。茶房姓张，前一向在新房子做事，转荐到海船上来，赚的钱多。船上的茶房都走私。何干说是"带货"。新房子想要什么新鲜便宜的东西也很方便。老张什么都带得。前一向他会从烟台送几个四尺高的篓子，装满了海棠果。佣人吃得腮颊都酸了。上了他的船，他更是老往他们的舱房送热水，给他们泡茶洗手，立在舱门口谈天。肩上甩条布，黑袄裤，身材魁梧，一张脸像个油亮的红苹果。

"明天就过黑水洋了。后天过绿水洋。"

"黑水洋真的是黑的么？"琵琶问道。

"真是黑的。"琵琶却看出他脸上闪过一丝犹豫。

"那绿水洋真的是绿的么？"

"嗳，真是绿的。"

"很绿么？"

"很绿很绿。"

她发现颜色总是各说各的,没个准。她就老嫌颜色总是不够,色块应该大量地堆上去。她想让颜色更强烈,所以穿绿褂子配上大红背心。

"红配绿,看不足。"

葵花那时就这么说。隔天琵琶又换了紫褂子配大红背心,更加喜欢。两种颜色冲撞,看得人眼花缭乱。可是葵花取笑她:"红配紫,一泡屎。"一片黑的漆黑绿的碧绿的海是超乎想像的,她趴在舷窗边,唯恐错过了。何干要她躺下,到了再叫她。琵琶不放心,而且又不像佟干晕船,不犯着躺下。她抓着佟干的手肘,摇摇摆摆走向洗手间。

"靠着我。"她快活地说,感觉到山一样的重量,迎面而来的摇晃,她们俩会像洋铁筒里的骰子一样乱甩。

"嗳唷,小姐,这哪行。"佟干虚弱地笑道,想扶着墙走,却东倒西歪,怕跌在她身上。

黑水洋虽然不是墨黑的,倒也够黑了。乘客都倚着阑干看。半个钟头左右,黄海又变成了灰黄色。有一段黑黄两种颜色并流,界线分明。绿水洋则是鲜绿色,水面有泡沫。和她想像中两样,总觉得失望。

靠了岸大家会合。坐汽车和黄包车都不合适,末了志远找了两辆马车来。老妈子们各带一个孩子坐敞篷马车,其他人押着行李坐黄包车。离了码头才知道这一向马车成了稀罕物,开汽车的人嫌慢等不及,黄包车车夫也少不得挖苦几句。琵琶同何干并坐,何干两腿夹着藤篮。马车的油布篷卷着没放下,箱笼绑在车顶上,头不能向后靠。

近午的阳光很强,琵琶的棉布袄裤像羊毛一样扎人。粉红袄裤上飞着大大的蓝蝴蝶。这套衣裳是何干买料子为她做的。琵琶很喜欢,虽然总显得侉气,像乡下的孩子。前溜海太长,得仰着头看。原来这就是上海,她心里想。码头边的街道两边是简陋歪斜的棚屋。两边宽敞的大马路一路往外伸,在强光中变白,褪了色。她用力看,却看不出个所以然。她来了,来住着,这就够了。人们看着她一身新衣服,她很是得意。马车走得太慢,像游街。她弟弟的马车从后头跑上来,四个人神气地挥手微笑。凯旋入境走了两个钟头,黄包车早到了。

马车衖堂里停不下,太窄了。车夫进去了,志远跟着回来,还带了一个新的打杂的。三人动手卸行李。老妈子们带琵琶和陵跟着他们从后门进去。衖堂里紧挨着一溜小门,一式一样。

"就是这儿?"佟干说,略有些愕然。何干倒没表示什么。

"嗳,就是这儿。"志远笑道,肩上扛着箱子,老鼠脸上有微微的变化。

他们穿过阴暗的厨房,进了小小的客厅。阳光照在新的红漆梁木上。

"我喜欢这儿。"琵琶说。

"嗳,屋子不大,可是挺好。"何干说。

"上海屋子都像这样。"志远谎称,出去搬行李。

有煮牛奶的味道。帮榆溪管家的新来的底下人关掉了煤油炉,倒出牛奶给两个孩子喝。

"留给老爷吧。"何干说,"我们等开饭。"

"老爷一早就出去了,不喝这个。"

"老爷好吗?"

"很好。"答得太快了,声音也低了。

默然了一会,何干赶紧快心地插口说:"这么早就起来了。"

"是啊,一大早就出门了。"他咕噜了一声,不想解释老爷晚上没回来。

"他一向起得早。"何干得意地说。不犯着指明了抽大烟的人是难得早起的。

"七点就起来了。"他也喃喃附和。

"每天早上还喝杯奶。"

"牛奶解毒最好了。"

"老爷很知道照应自己。"

牛奶太烫,喝不得,打了鸡蛋,成了一片金黄。琵琶小心啜着边上的牛奶泡沫。

榆溪回来了,微有些醺醺然。见了他们似乎很欢喜,却带着点压抑的兴奋,一壁跟何干说话,一壁在客厅里踱方步,走得很快。

"等会儿带他们到大爷家去。先拜自己亲戚。杨家不急。今天下午就去。"一句一顿,确定她听懂了,"再到小公馆去。"

"是。大太太还不知道小公馆的事?"

"不知道。"他微摇了摇头,怯怯地笑笑。

"吉祥的儿子一定也大了,大太太还不知道?"

85

"知道就坏了。"他冷嗤，一侧身又踱起方步来。

"一点也不知道？"

"一点也不知道。"头又动了动，眨眼强调，"她以为吉祥嫁给了一个家具商做继室，汽车夫是媒人。他们还弄了个人来给太太磕头道谢呢。"

"嗳呀，我们只知道大爷收了吉祥做姨太太，其他的都不知道。"

"到大房可别乱说话。"他瞅了眼孩子。

"知道。什么也不会说。"

她带着琵琶和陵到大爷的旧灰泥房子去。谨池是榆溪的异母兄长，榆溪珊瑚的生母是他的继母，分家之前一直住在一块。琵琶不知道就是为了躲避大爷大妈才举家迁往天津的，现在又为了躲避新房子迁回上海。

有个胖得都圆了的女人在楼梯口等着。

"总算来了。嗳，长大了！嗳，老何，你还是老样子，一点也没变。"

一头乌云低低压着额头，她带路到客厅，移动像座小山，步履艰难。

"嗳，太太好？珊瑚小姐好？什么时候回来？"句末扬声，高亢刺耳，显然不想知道，也不指望会告诉她真话。

"说是快了。我们不知道，大太太。"

单是提到这一对叛走的姑嫂她就有气。亏得送上茶来了，她消了气，同何干说些这边的家常。

"王家搬到芜湖了。吉祥嫁人了，夫家开了爿家具店。"

"真有福气。"

"我也是这么说。这丫头算是一步登天了。放她嫁人也是积德。人是汽车夫的同乡,我见过。我要吉祥偷偷看看,她也愿意。死了老婆。真要挑起来,人家也可能嫌她是丫头出身的。我给她送了点嫁妆,毕竟跟了我那么些年了。"

"是啊,她刚来的时候小着呢。"

"生儿子了。前一向我就想给她找人家,可是使惯了的人,少了又不方便。"

脸上暴躁的线条说话时柔和了,蹉跎的神气。她起身,缓缓跋涉到另一边的写字桌,掀起玻璃垫,拿了张照片,递给何干都还似举棋不定,怕跟底下人太亲热了。

"这是她跟孩子。"赧然一笑,"在南京,说是特为照的照片寄来的。"

"她当然感激大太太,大太太对她太好了。"

"这丫头有良心,倒是不能不夸奖两句。孩子顶胖的吧?"

"真是个胖小子。吉祥的气色也好。"她将照片还给大太太,没给孩子们看。大太太顺手又拿给他们看。

"记不记得吉祥?"

"不记得。"琵琶说。

"上海的事一点也记不得了吧?"

"年纪太小了。"何干说。

"琵琶大些。你是在这儿出生的知不知道?在我们这老房子里。"

"是啊。陵少爷就不是了,他在医院生的。"

"叫小爷来。"大太太跟她的阿妈咕噜,"请先生给他放个假。"

一会儿一个十五六岁的男孩笑着进来了。

"这是大哥哥,"她说,"不认识了吧?"

寒暄已毕,她喃喃问他:"你爹在书房里?"

"不知道。"

他们让琵琶想起了新房子,也不知是什么原故。是在人前讲悄悄话的那种神秘的态度,不管是母子还是姨太太和佣人,都是面无表情咕噜几句,由嘴角流出几句话,像帮会的兄弟和当家的商议什么。

一个老妈子带何干和孩子们到大爷的书房。大爷矮胖结实,留了两撇椒盐色小胡,戴无边眼镜,锦缎瓜皮帽。有点雌鸡喉咙,轻声叽叽喳喳、絮絮叨叨地问道:

"他们怎么样?路上好?念书了?房子还可以吧?缺什么?少什么跟大妈要去。"

问完了又把他们推给他太太张罗。

告辞回家是坐汽车送回去的。

"去过小公馆了?"汽车夫问道。

"没去过。"何干笑道。

"我带你们去,不远。"

小公馆并不是熠熠烁烁的新玩具屋,只有几间房。特为端出规矩人家的样貌。母子二人之外只有两三个老妈子,三层楼却能分布均匀。二手家具倒是有居家过日子的味道,也不排拒亲戚上门,表示小公馆并不是见不得天日。年青的姨太太约摸三十岁,模样沉稳踏实，满脸的雀班，只薄施脂粉，头发挽个髻，溜海稀稀疏疏的。黑色轧别丁袄裤倒是像老板娘。

"刚才是她么？"琵琶低声问道，扯了扯何干的袄子。

何干忙笑着解释道："大太太拿姨奶奶跟孩子的照片给我们看，我都吓死了。"

吉祥窘笑道："是老爷教送的，我也不知道是什么原故。"

"大爷是高兴，老来得子，谁不欢喜？"

"将来太太知道，准定生气。"吉祥笑道。

"有了小少爷就两样了。"

"我们太太可不是。"

"她多欢喜，说孩子真是个胖小子。"

"知道了就不欢喜了。何大妈，你口风紧我才跟你说这话。老爷答应我不跟太太住，我才肯的。"

"放心吧，姨奶奶，你有福气。"

"什么福气！有福气还做丫头？"

"姨奶奶客气，打小就懂规矩。"

琵琶和陵跟四岁大的可爱男孩子玩，他叫驹，跟他哥哥骏一样都是马字辈的。吉祥让他们留下吃饭，又叫了黄包车送他们回家。

九

隔天何干带他们上杨家,他们母亲的娘家。他们的国柱舅舅是他们母亲的弟弟。谨池大爷的大小公馆都井然有序,杨家却吵吵闹闹。绝对是最好玩的地方。琵琶和陵像失散多年的孩子终于归乡了,在外吃了许多苦头,需要好好弥补。秦干虽然杨家长杨家短,真来了还是百闻不如一见。拦门躺着几只褐色大狗,像破旧的门垫,耳朵披在地上。杨家没有人喜欢狗,也不知狗是怎么来的,整个地上都是狗腥气。也不是看门狗,陌生人来了也一点不反应。

"嗳呀!看这只狗!"一个表姐喊了起来,踩了地上一摊尿,拿狗当抹布,将鞋在狗背上擦来擦去。"张福!看这一摊尿。"

老佣人拖着脚拿着扫帚来了,嘴里嘟嘟囔囔的,又去拿拖把。杨家的佣人都是服侍过上一代的老人。国柱只弄了几个新人进来,一个汽车夫,一个发动汽车的小车夫,一个保镖,大家管他叫胖子,前一向是巡捕,现在仍是巡捕的打扮,黑色软呢帽低低压着眉毛,黑长袍底下藏着枪，鼓蓬蓬的。国柱到哪里都带着胖子，还觉得是绑匪眼中的肥羊，其实家产都败光了，只剩下一个空壳子。现在他多半待在家里，同太太在烟榻上对卧，就像榆溪和老七。国柱太太抽完大烟坐起来，将琵琶和陵拉过去。

"过来点，让舅母抱抱。嗳呀，舅母多心疼啊！何大妈，你不知道我有多不放心，就要叫人去接了，就要叫人去接了，就只怕你家老爷生气，反倒害了姐弟俩。多亏了有你照应，何大妈。"

她说话的声口像新房子的老太太，也是拖着调子，哭诉似的，只是她憔悴归憔悴，仍是美人，更有女演员的资格。她瘦削却好看的丈夫话不多，一次也不问姐弟俩读了什么书。几个女儿都围在身边，靠着他的大腿。

"嗯，爸爸？嗯？好不好？嗯？"

推啊揉啊，闹脾气似的乱扭，他全不理会。

"够了，够了，"他说，"给我捶捶背，唉，背痛死了。"

两排小拳头上上下下捶着他的腿，仍是不停哼着嗯着，比先更大胆。得不到答复就动手打他。

"嗳唷！嗳唷！"他叫唤起来，"打死了。嗳唷，别打了。受不了了。这次真打死了，真打死了。"

女孩子们哈哈笑，捶得更使劲，"去是不去？起不起来？"

"好，好，饶了我，让我起来。"

"又什么事？"他太太问道，不怎么想知道。

国柱咕噜了句："看电影。"

一听见这话，女孩子们欢呼一声，跑回房去换衣服。一会又回来，看她们母亲还在换衣服化妆，就磨着她，催她快点。琵琶和陵从头至尾都挂着好玩的笑容，似乎事不关己，听见一起去，倒也露出摸不着头脑的样子。

一群人全都挨挨挤挤坐进了黑色老汽车后座，放倒了椅子。小车夫摇动曲柄发动了汽车，跳上车和保镖坐前座。汽车顺利过了两个十字路口，却不动了。曲柄再摇也发动不了。两个车夫里里外外忙着，通力合作得再好也不济事。汽车夫下车将车头盖打开，敲敲打打引擎，又发动一次，试了一次又一次。

"要胖子下车，"女孩子们说，"他太胖了，都是他害的。"

国柱不言语，胖子也巍然不动，软呢帽下露出来的肉摺子青青的一片发碴。两个车夫一个摇曲柄一个推车，找了不少路人来帮着推，男人男孩子喜欢摸汽车，顺带赚点外快。琵琶察觉一波波的力量从车子后面涌上来，转头一看，后车窗长出了密丛丛的胳膊森林，偷偷希望汽车向前滑动磨掉胖子这个阻碍。她真讨厌他。她尽量减轻自己的重量，坐着不敢往后靠，撑持着身体，不敢出力，怕又成了拖累。后车窗里笑嘻嘻的脸孔突然欢声大嚷，汽车发动了。人群给丢下了，也就不知道他们的胜利是短命的。第二次抛锚，琵琶心里一沉，知道赶不上电影了。等赶到了，票房也关了。

有一次再去又迟了半个钟头。单是坐汽车上戏院就是一场赌博，比一切的电影都要悬疑刺激。琵琶总嫌到舅舅家的次数不够多。有次她父亲带她去。榆溪和小舅子倒是感情不错。以前在上海常一块上城里玩。国柱对姐姐一去四年倒是护着她。传统上女儿嫁出去了，娘家还是得担干系。榆溪倒不为这事怪他，两人有知己之情。

"令姐可有消息？"榆溪讥刺地问道。

"就是上次一封信，什么时候的事了？你们搬来以前。"

"没提什么时候动身？"

"没有。最近收不收到信？"

"没有。"

"那两个人，还是别催的好。依我看，你的手腕再圆滑一点，也不会弄到今天这个地步。"

"你倒会说风凉话。令姐的脾气你又不是不知道。"

"别怪我，帮着她的可是令妹，不是我。我都不知道帮你遮掩了多少回。我老婆可没跑。"

"谁不知道你老婆脾气好？少卖弄了。"

"我们也吵。她要是够聪明，没抽上大烟，也早出洋了。"

"少没良心了，这么漂亮的老婆，这么一个良伴，还陪你抽大烟呢。"

榆溪也同国柱的太太打情骂俏，她的愚钝给了他胆子。她正忙着抽今天的第一筒烟，傍晚六点钟。从床上移到烟榻上，她在一边躺下，绿色丝锦开衩旗袍，同色的裤子，喇叭裤脚。发鬈毛了，几丝头发拖在毫无血色的雕像一样的脸上。绯红的小嘴含着大烟枪，榆溪想起了抽大烟的女人的黄笑话。他在房里踱来踱去，说着话，一趟趟经过她穿着丝袜的脚，脚上趿着绣花鞋。躺着见客并不失礼，抽大烟的人有他们自己一套礼节。最后一口吸完了，国柱的太太这才开口。

"带表妹下楼玩去。"她同第三个女儿说，她和琵琶同龄。

琵琶不知道最喜欢哪个表姐妹，通常总是派最小的一个来陪她玩。两个大表姐也在楼下。客厅摆着张小供桌，系着藏红丝锦桌围。穹形玻璃屋顶下有尊小小的磁菩萨，钟一样盘坐着。像是暂时的摆设，就在房间正中央，进进出出都会踢到蒲团。摆在这里的时候也不短了，大红蜡烛都蒙上了一层灰。给琵琶另端上茶来的一个老妈子说：

"嗳，我来磕个头。"

她在桌前跪下，磕了个头，站起来走开了。

"我也来磕一个。"琵琶的三表姐说。

"我先磕。"二表姐说。

"我帮你敲磬。"三表姐说。

"我来敲。"琵琶说。

"让表妹敲。"二表姐说。

琵琶接过铜槌，立在桌边，敲了铜磬空空的球顶。磕一下就敲一次。小小闷闷的声音并不悦耳，倒像是要求肃静。敲第二声之前似乎该顿一顿。琵琶真想叫表姐们别磕得那么快，促促的动作像是羞于磕头。

"要不要磕一个？"她们问她。

"不要，我只想敲磬。"

为了配合她，又磕了一遍。

一个瞎眼的老妈子闻声而来，说："我也来磕个头。桌子在哪？二小姐，扶我过去。三小姐。"

谁也不搭理她。

老妈子并不走开。她异常矮小,一身极破旧的蓝褂子。看着地下的眼睛半阖着,小长脸布满皱纹,脸色是脏脏的白色,和小脚上自己缝的白布袜一样。蹬着两只白色的蹄子,她扶着门,很有点旧式女子的风情。

"大小姐。"她又喊,等着。

扶墙摸壁走进来。

"好了,我来搀你。"三表姐说。

"嗳唷,谢谢你,三小姐。还是三小姐好。我总说三小姐良心好。"

"来,走吧。"三表姐搀着她的胳膊,"到了。"

老妈子小心翼翼跪下来,却跪在一只狗面前。三表姐笑弯了腰。

"笨,"大表姐憎厌地说,"这是做什么?"

老妈子嘴里嘀嘀咕咕地爬了起来,摸索着出去了。

"她真讨厌,"三表姐说,"脏死了。"

"她顶坏了,"二表姐,"你当她眼睛看不见啊?专门偷香烟。"

"她会抽烟?"琵琶诧道。

后来她看见老妈子在穿堂里抽香烟,深深吸着烟,脸上那静静的凄楚变成了放纵的享乐。吞云吐雾之间,仰着下颏,两腮不动。瞎了的眼睛仿佛半闭着看着地下,讥诮的神色倒也吓人。

女孩子们总是小心眼里转呀转的。

"要张福买一磅椰子糖来。"二表姐跟三表姐说。

"他不肯垫钱了。"

"叫胖子去,他刚领工钱。"

"不要,胖子顶坏了。"她说,眯细的眼睛闪着水光,牙齿咬得死紧。

"再租点连环图画来。"

"还要鸭肫肝。"

"好。"

"我去问厨子借钱。"

"连环图画可以赊。"

没多久最小的女儿回来了,把连环图画书和一纸袋的肫肝朝她们一丢。

"还有椰子糖。"

"这是半磅?"

"嗳。"

"到房里躺着看去。"

大家躺到没整理的床上,每人拿本连环图画书。绉巴巴的大红花布棉被角上脏污了,摸着略带湿冷。租来的书脏脏的气味和鸭肫肝的味道混在一起。琵琶拿的是《火烧红莲寺》的第一册,说的是邪恶的和尚和有异能的人。三表姐愿意等她看完,好从头看起,自己拿了两个肫肝出去了。

"舒服吗?"二表姐问琵琶。

"舒服极了!"

"你喜不喜欢我们这儿?"

"喜欢极了。"

"那就不要回去了,就住在这儿。"

"那不行。"

"怎么不行？就住下别走了。"

不可能的。琵琶还是希望这幢奇妙的屋子能圆了她的梦。这里乱糟糟的人，乱糟糟的事，每分钟都既奇美又恐怖，满足了她一向的渴望。

"姑爹下来了。"三表姐进来说。

"快点，躲起来。"二表姐跳了起来，"找不着你就得他一个人走。"

"躲到门后边。"大表姐忙笑着说，也兴头起来了。

"琵琶呢？"榆溪站在门口笑问道。

"楼上，姑爹。"

"躲在哪里？出来出来。"他喊道，两句话做一句讲。

琵琶紧贴着墙躲在门后，心跳得很。她父亲的脚步声进了隔壁房间。

"出来出来。"

"真的，姑爹，她不在这儿。她在楼上。"

他出房间到过道上，上了楼。二表姐在门口帮琵琶偷看。

"这样不行。我知道哪里他找不到。"

"哪里？"大表姐问道。

"五楼。总不能到姨奶奶的房里找人。"

三表姐从楼梯口招手。四下无人。二表姐用力拉着琵琶，一步跨两级跑上楼去，过了二楼呼吸不那么紧张了，仍拉着琵琶的手不放，又推着她一路跑到顶楼。把琵琶推到屏风后，说："姨奶奶，可别声张。"说完自己又跑下楼去了。

98

"玩躲猫猫？"姨奶奶吃吃笑道。

琵琶动也不敢动。她只瞧见一眼，姨奶奶身材瘦小，眯细的眼睛，贝壳粉袄裤。家具也是同样的粉红色，琵琶觉得很时髦，可是白布屏风却像病院。顶楼这个大房间也像病院里的病房，悄然无声，跟屋子的其他地方完全两样。她听见姨奶奶走动，不知道做些什么。表姐们曾说："我们不上去。她顶坏，老编谎，在爸爸面前歪派我们。谁也不想沾惹她。"多了个人在这监视她的一举一动，她不介意？她在屏风后站了很久。榆溪定是回家去了。这房子的法力奏效了。舅母不就老说要叫人去接她？就在这里等表姐们来带她，不犯着偷看露了形迹。

脚步声上楼来了，姨奶奶吃吃笑着招呼："请进，进来坐，姑老爷。"

"我就要走了。琵琶呢？"

"没见着。倒茶给姑老爷。"她吩咐老妈子。

"喝过了。这上头倒宽敞，没上来过。"

他绕着圈子喊："出来出来。"他有点窘，但是也乐意参观她这香巢。他总是嘲笑小舅子怎会挑了这么一个姨太太，就跟别人也奇怪他怎么会看上老七一样。他和国柱以前常一起出去嫖，各弄了个堂子里的姑娘回家。他不明白国柱的日子过得这么荒唐，怎么还能像别人一样勉强维持下去。他自己的太太要回来了，却不与他同住，只说是回来管家带孩子。他自然是同意了。也不知国柱和他太太知道不知道，想想真觉得窝囊。

最后还是姨奶奶不自在了，想到人言可畏，又一个个乌眼鸡似的。朝屏风瞟了眼,歪个头。

他懊恼地笑着把琵琶拉出来,带她下楼告别。父女俩坐黄包车回家,琵琶坐在他腿上。罕有的亲密让琵琶胆子大了起来。

"舅舅的姨奶奶真不漂亮。"

他嗤笑,"油炸麻雀似的。"

"舅舅信佛么?"

"不信吧,我倒没听说过。"他讶然道,"信佛的多半都是老太太和愚民。不过你舅舅也是不学无术。"

"舅母信么?"

"信佛么?不知道。也说不定。你舅母笨。"他笑道。

"真的?"

她很惊异,一个大人肯告诉孩子们这些话。也很开心,觉得跟她父亲从没这么亲近过。这一趟路太短了,黄包车一下就到了。她一点也不怀疑他说佛教是无知的迷信,她倒是顶喜欢客厅那张供桌。藏红丝锦桌围已褪成了西瓜红,蜡烛蒙上了灰尘,香炉冷清清的,可是不要紧。舅舅家的人显然当它是吃苦耐劳的东西,不需要张罗。供桌随处一摆,立刻就能上达天听。杨家那样穷困肮脏的地方尤其需要这么一个电报站。她曾想住下,却更爱自己的家。他们现在住的是衖堂房子,太小了,不够志远和葵花住,所以两口子到南京去投奔亲戚了。房子既暗又热,便宜的板壁,木板天花板,楼梯底下安着柜子。琵琶极爱深红色的油漆,看着像厚厚的几层。拿得到何干的缝衣针,她就用针戳破门上一个个的小泡,不然就用指甲。

晚上和老妈子们坐在洋台，低头就看见隔壁的院子，一家人围坐着看一个小女孩彩排学校的戏剧。她穿洋装舞着，头上一个金属发圈，在眉毛上嵌了个黄钻。她一会飞过来一会又蹲下，拉开淡色的裙子，唱着《可怜的秋香》：

"太阳，

太阳，

太阳它记得照耀过金姐的脸和银姐的衣裳，

也照着可怜的秋香。

金姐有爸爸疼，

银姐有妈妈爱，

秋香啊，

你的爸爸在哪里？

你的妈妈在何方？

你呀！——

整天在草原上。

牧羊，

牧羊，

牧……羊——可怜的秋香！"

琵琶学她跳舞，一会滑步，一会蹲下，洋台上空间不够旋转。

"别撞着了阑干，晃得很。"何干说。

杨家一个叫陶干的老妈子傍晚总来他们家。她也是国柱继承的老人，她只在大日子才帮工，打算自己出来接生做媒，帮寺庙化缘修葺，帮人荐僧尼神仙阿妈。只是这一向太太们不那么虔诚了。

又时兴自由恋爱，产科医院也抢了她不少生意。可是她还是常来。整个人像星鱼。这一向她越常来敷衍老妈子们，想卖她们花会彩票，要她们把钱存在放高利贷的那儿，或是跟会。沈家的老妈子刚搬来，人生地不熟，是顶好的主顾。另一个好处是屋子只有她们是女人，不犯着担心太太会说话。

她跟她们一齐坐在洋台上乘凉，谈讲着从前的日子。她装了一肚子的真实故事，不孝的儿子自己的儿子也不孝，算计别人的自己的钱也给骗光了，诱拐良家妇女的人自己的女儿也给诱拐了卖作娼妓。报应不到只是时候未到。她知道一个女人，是"走阴的"，天生异禀，睡眠中可以下阴司地界。丧亲的人请她去寻找亡魂，要在阎罗殿众多鬼魂中找人并不是容易的事，有时她找到了人，却见他受着苦刑，这种事却不能对亲戚明言他是罪有应得。陶干隐瞒了名字，却说了一个这样的故事，就是南京这里的沈家亲戚。

"等等，"琵琶喊道，"等我搬板凳来。"

大家都笑。陶干懊悔地笑，不想竟成了给孩子说故事。

琵琶把小板凳摆到老妈子的脚和阑干之间，生怕有一个字没听见。原来是真的？——阴间的世界，那个庞大的机构，忙忙碌碌，动个不停，在脚下搏动，像地窖里的工厂。那么多人，那么刺激。握着干草叉的鬼卒把每个人都驱上投生的巨轮，从半空跌下来，一路尖叫，跌在接生婆手中。地狱里的刀山油锅她不害怕，她又不做坏事。她为什么要做坏事？但是她也不要太好了，跳出轮回上天去。她不要，她要一次次投胎。变成另一个人！无穷无尽的一次次投胎。做梦自己是住在洋人房子里的金发小女孩，她都不敢相信会有这么称心的事。投胎转世由不得人,但刺激的部分也就在这里。她并没有特为想当什么样的人——只想要过各种各样的生活。美好的人生值得等待。可能得等上很长的时间,遥遥无期。可是现世的人生也是漫无止尽的等待,而且似乎没有尽头。时间足够,大概每个人都会有机会做别人。单是去想就闹得你头晕眼花。这幅众生相有多庞大,模式有多复杂,一个人的思想行为都有阴间的判官记录下来,借的欠的好的善的都仔仔细细掂掇过,决定下一辈子的境况与遭际。千丝万缕纠缠不清,不遗失一样,也不落下一人。正是她想相信的,但是无论怎么样想相信,总怕是因为人心里想要的,所以像是造出来的话。

"嗳呀,何大妈,佟大妈,可别说是假的。"陶干喊道,虽然并没有人打岔。"真有这事!"她酸苦地说道,仿佛极大的代价才学到的教训,"山西酆都城①有个通阴司的门,城外有山洞,可以下去阴曹地府。那儿有间出名的庙,在庙里过夜的人能听见底下阎罗殿里严刑拷打,阎王爷审阴魂。有人还吓破胆呢,真的。"

"真有个地方叫酆都么?"琵琶愕然问道。太称心了,不像真的,证据就在那里,辗磨出生命之链的辽阔的地下工厂,竟然有入口。

"可出名了,山西省酆都城。"

"真能去吗?"

"我知道有人还去旅游。火车不知到不到,这一向坐骡车的多。"

"北方都这样,坐骡车。"何干道。

---

① 酆都城应在四川,山西省的十八层地狱塑像则位于浦县柏山的东岳庙。

"山西也在北方。"陶干道。

"很远吧?"佟干道。

"现在指不定有火车了。"陶干道。

"有人下去洞里吗?"琵琶问道。

"下去就出不来了,嘿嘿!"她笑道,"倒是有一个出来了,是个孝子,到阴曹地府去找他母亲,所以才能出来。还要他答应看见什么都不说,会触犯天条。可是真有这些东西。嗳呀,何大妈!佟大妈!所以我说使心眼算计人家是会有报应的,有报应的。"

她的故事帮她建立起她的正直。老妈子们喃喃附和,大蒲扇拍打着脚踝椅腿,驱赶蚊子,入神听着教诲,也入神听着接下来的财物上的讨论。她们都对赚外快的机会很心动,可是陶干也发现她对钱都很小心。以后她也不来了。

琵琶倒是后悔没要求见见这个走阴的。陶干认识的人多,说不定真有人可以进出阴司。他们是在多大年纪知道自己有这个本事的?还许琵琶也会发现这个本事。她索遍了做过的梦,有没有像阎罗殿和刀山油锅的,可是她的噩梦就只是坐舅舅的车去看电影车子却抛锚。

屋子虽小,她还是难得见到父亲。他整天关在房里。烧大烟的长子进进出出,照应他的起居所需。佟干帮忙打扫。她把字纸篓拿出来,琵琶看见两个老妈子蹲着理垃圾,顶有兴趣地察看空药瓶。有的空药瓶仍搁在锯齿形的硬纸盒里,跟西方的一切东西一样做得很精致。每只小瓶都锉掉了一半,成了两个洋葱黄玻璃柱。

"真好看。"琵琶说。

"别碰,小心割手。"何干说。

"我要当娃娃屋的花瓶。"

"站不住的,底下是尖的。"

"可以钉在墙上,当壁灯。"

何干想了想,"不行,不玩碎玻璃。"

佟干把小锉刀留下了。

秋天热得像蒸笼,突然就下起雨来。琵琶到洋台上看。大雨哗啦啦地下,湿湿的气味。粗大的银色雨柱在空中纠结交织,倾泻而下,落到地面拉直了,看得她头晕。北方不这么下雨。阑干外一片白茫茫,小屋子像要漂浮起来。湿气也带出了洋台的旧木头味与土壤味,虽然附近看不见土地。她先没注意她父亲坐在自己房间的洋台上。穿着汗衫,伛偻着背,底下的两只胳膊苍白虚软。头上搭着一块湿手巾,两目直视,嘴里喃喃说些什么。琵琶总觉得他不在背书,是在说话。她很害怕,进了屋子。屋里暗得像天黑了。雨声哗哗。她看见佟干在门口跟何干低声说话。

"不知道。"佟干说,"自个说话自个听。"

"长子怎么说?"

"说不知道。这一向自己打针。"

说着两人齐望着隔壁房间,怕他进来似的。黯淡灯光下面色阴沉。

十

一家人等了一整天。何干晚上九点来把琵琶叫醒,她还是不知出了什么事。

"起来,妈妈姑姑回来了。"

志远一大早就到码头去接,怕船到早了。下午只送了行李回来。杨家人都到码头接船去了,露和珊瑚也接到杨家去了。

"老爷也去码头了?"

"去了。"志远说。

"也到杨家去了?"

"不知道。"

志远到杨家去听信,晚饭后回来了,老妈子们问:

"老爷也在那儿?"

"不看见。"

"晚上回不回来?"

"没说回不回来。"

他们都咬耳朵说话,没让孩子察觉有什么不对。

早先琵琶说:"我要到码头去。"

"码头风大,不准去。"

"表姐都去了,她们就不怕风大?"

其实她也习惯了什么事情都少了她。

她从床上给人叫醒。她母亲已经坐在屋子里了。她忽然害怕,担着心事。

"我要穿那件小红袄。"

橙红色的丝锦小袄穿旧了,配上黑色丝锦裤仍很俏皮。何干帮她扣钮子,佟干帮陵穿衣服。两人给带进了楼上的客厅。

两个女人都是淡褐色的连衫裙,一深一浅。当时的时装时行拖一片挂一片,虽然像泥土色的破布,两人坐在直背椅上,仍像是漂亮的客人,随时会告辞,拎起满地的行李离开。

"太太!珊瑚小姐!"何干极富感情地喊道,声音由低转高。

"嗳,何大妈,你好么?"露道。

"老喽,太太。"

"嗳唉,不老,不老。"珊瑚学何干的口音,还是跟小时候一样闹着玩。

"老喽,五十九喽,头发都白了。"

"叫妈,叫姑姑。"

孩子们跟着何干喃喃叫人。

"还记得我嚜?"露问道。

"记得我么？"珊瑚道。波浪鬈发紧贴着玳瑁眼镜。她和露一点也不像，这天晚上却好似孪生姐妹，跟琵琶见过的人都不同。

"嗳唷，何大妈，她穿的什么？"露哀声道，"过来我看看。嗳唷，太小了不能穿了，何大妈，拘住了长不大。"

"太太，她偏要穿不可。"

"看，前襟这么绷，还有腰这儿。跟什么似的。"

"是紧了点。"何干说。

"怎么还让她穿，何大妈？早该丢了。"

"她喜欢，太太。今晚非穿不可。"

"还有这条长裤，又紧又招摇。"她笑了，"跟抽大烟的舞女似的。"

琵琶气得想哭。她最好的衣服，老七说本来就该紧一点。我才不管你怎么说，她在心里大喊，衣服很好看。露又拨开她的前溜海，她微有受辱的感觉。她宝贝的溜海全给拨到了一边。

"太长了，遮住了眼睛。"露道，"太危险了，眼睛可能会感染。英文字母还记不记得？"

"不记得。"琵琶道。

"可惜了，二十六个字母你都学会了。何大妈，前溜海太长了，萋住眉毛长不出来。看，没有眉毛。"

"陵真漂亮。"珊瑚插口缓颊。

"男孩子漂亮有什么用？太瘦了，是不是病了，何大妈？"

"我喜欢陵。"珊瑚道，"陵，过来。"

"陵，想不想秦干？"露问道，"何大妈，秦干怎么走了？"

109

"不知道嘛，太太。说年纪大了回家去了。"

"那个秦妈，"珊瑚笑道，"叽叽喳喳的，跟谁都吵。"

"她是嘴快了点。"何干承认，"可是跟我们大家都处得好，谁也想不到她要走。"

"想不想秦干啊，陵？"露问道，"嗳唷，陵是个哑巴。"

"陵少爷倒好，不想。"

"现在的孩子心真狠，谁也不想。"露道，若有所思。

"珊瑚小姐的气色真好。胖了点吧？"

"胖多了。我还以为瘦了呢。"

"珊瑚小姐一路晕船。"露说。

"在外洋吃东西可吃得惯？"

"哪①吃不惯？"珊瑚又学何干的土腔，"不惯就自己下厨做。"

"谁下厨做？"何干诧道，"太太做？珊瑚小姐也做？"

"是啊，我也做。"

"珊瑚小姐能干了。"何干道。

"嗳，今天怎么睡呀？"

何干笑笑，珊瑚开玩笑她一向是微笑以对，但也知道这次带着点挑战的口吻。"都预备好了。就睡贴隔壁。"

"太太呢？怎么睡？"

"睡一块，太太可以吧？"

"可以。"露说。两人睡一房榆溪就不会闯进来。两人都不问

---

①怎样。

榆溪睡哪里，何干也不提他搬到楼下了。

"有两张床。"

"被单干不干净？"珊瑚唠唠叨叨地问，遮掩掉尴尬的问题。

"啊啊，干净！"何干喊道，"怎么会不干净。"

"真的干净？"

"啊啊，新洗的，下午才铺上的。"

"这房子真小。"露四下环顾。

"是啊，房子不大。"何干道。

"这房子怎么能住。"珊瑚道。

房子有什么不好，琵琶悻悻然想。她就爱房子小，就爱这么到处是棕红色油漆，亮晶晶又那么多泡泡。就像现在黯淡的灯光下，大家的脸上都有一团黑气，她母亲姑姑跟何干说话，别的老妈子站在门边，笑着。一派和乐，新旧融合，遗忘的、半遗忘的人事物隐隐然浮现。真希望能一个晚上谈讲下去。

"大爷收了吉祥做姨太太了。"珊瑚道。

"都生了儿子了。"何干道。

"大太太不知道？"露道。

"不知道。"何干低声道，半眨了眨眼，摇摇头。

"女人到底是好欺负的，不管有多凶。"露说。

"他以前每天晚上都喊：'吉祥啊！拿洗脚水来！'"珊瑚学大爷，"吉祥就把洗脚盆水壶毛巾端进去，给他洗脚。'吉祥啊！拿洗脚水来！'"头往后仰，眼镜后的眼睛眯细成一条缝。

"嗳，从小开始就给大爷洗脚。"何干道。

"也不知道他是什么时候看上她了。"珊瑚道。

"别人纳妾倒也是平常的事,他可是开口闭口不离道学。"露道。

"大爷看电影看到接吻就捂着眼睛。"珊瑚道,"那时候他带我们去看《东林怨》,要榆溪跟我坐在他两旁,看着我们什么时候捂眼睛。"

"吉祥现在怎么样?"露问道。

"还是老样子。"

"不拿架子?"珊瑚问道。

"不拿架子。"何干半眨了眨眼,摇摇头。

"我喜欢她。"珊瑚道。

"实在可惜了。"露道。

"她倒许盘算过了。"珊瑚道。

"不愿意还能怎么样?一个丫头,怎么也跳不出他的手掌心。"露道。

"可以告诉太太啊,他怕死太太了。"珊瑚道。

"嗳,大爷怕大太太。"何干道,"一向就怕。"

"不然早就讨姨太太了。"珊瑚道。

"大太太话可说得满。"露说,"'你谨池大伯那是不会的,榆溪兄弟就靠不住了。'"

"她每次说'你谨池大伯'总说得像把他看扁了似的。"

"还是受了他的愚弄。"露道。

"我最受不了就是这样演戏——什么开家具店的,还弄人来给太太磕头。"

"吉祥总不会也以为是要嫁出去做老板娘吧？"

"她知道。"何干悄然道，半眨了眨眼。

"她当然知道。"珊瑚道。

"她说大爷答应她另外住，她才肯的。"何干道。

"她恨太太，也难怪。"露道，"这么些年受了那么多气。"

"她的妯娌都受不了，更别说是丫头了。"珊瑚道。

"既然大家都知道，怎么会只瞒住大太太一个？"

"谁有那个胆子说啊。"何干低声道。

"也不犯着害怕了，木已成舟了。"珊瑚道。

"骏知道也不告诉他母亲？多了个兄弟，他不觉得怎么样？"

"他说了也没用。"珊瑚道，"孩子是沈家的骨肉，老婆再凶也没办法。"

"大爷这么做也算是报了仇了。"露道。

"他一定是早有这个存心了，丫头天天在跟前，最惹眼。"珊瑚道。

"男人都当丫头是嘴边的肉。就连葵花，国柱也问我要，好几个人也跟我说过，我都回绝了，一定得一夫一妻，还要本人愿意才行。"

"志远的新娘有福气，有太太帮着她。"何干道。

"还叫志远的新娘？她都嫁了多少年了？"珊瑚道。

"十六岁就嫁人是太早了，可是我不敢把她一个人留下。"

葵花脸红了，半个身子在门内半个身子在门外。看见榆溪上楼来，趁这机会走开了。

"才回来？"榆溪一进房就说，"还以为今天住在杨家，让你们讲个够。缺什么没有？"

"这房子怎么能住？"露说，"珊瑚跟我明天就去看房子。"

他说："我知道你们一定要自己看房子，不然是不会合意的，所以先找了这么个地方将就住着。"

他绕房间踱圈子，长长的影子在灯下晃来晃去，绕了一圈就出去了。

他进来了空气就两样了。珊瑚打呵欠伸懒腰。

"嗳，我要睡了。"

第二天屋子挤满了亲戚。露和珊瑚出门拜客，看房子，有时也带着孩子们。兴奋之余琵琶没注意她父亲是几时消失的，也不想到要问，一直到后来要搬家了，才听见说他上医院去把毒瘾戒了，美其名是戒大烟。露坚持要他戒，榆溪始终延挨着不去，还是珊瑚跟哥哥大吵了一场他才去了。也是珊瑚安排好了医院，可是临到头还是没办法把他拖上汽车。末了找了国柱来，他带着胖子保镖和两个车夫，一边一个押着他，坐杨家的黑色大汽车走了。前一向胖子始终没有用武之地，这次倒看出他架人的功夫高明。国柱靠着一隅，劝得唇焦舌敝：

"这是为你好。我是不愿多事的，可是谁叫我们是亲戚？亲戚是做什么的？"

事后他说："我可真吓坏了。沈榆溪发了狂似的，力气可大了，不像我气虚体弱的，他用的那些玩意倒像一点影响也没有，我还听过他吹嘘会打针。万一让他抢了胖子的枪呢？万一扭打的时候枪走火了呢？我心里想：完了，完了，这一次真完了。我倒没想到穿上蚕丝背心，听说可以防弹。我让张福坐前座，充人数壮壮胆，我知道张福不管用，可是他比我还孬，抖得跟筛糠似的。你知道我最怕什么？最怕我们家的老爷车抛锚。嘿嘿，幸亏没有，一次也没有，嘿嘿！一定是沈家祖宗显灵。"

露找到了一幢奶黄色的拉毛水泥屋子，黑色的屋椽交错，有阁楼，后院。"就是人家说的花园洋房。"她说。有中央暖气，还有一个琵琶格外喜欢的小升降架。罗家两个表姐来，看了看客厅。

"真漂亮，"两个表姐悄声说，"倒是蓝椅子红地毯——"

"是不是很好看？"琵琶喊，"我最喜欢红红蓝蓝的。"

已经长大的表姐们不作声。

"你们房间要什么颜色？"露问。琵琶和陵合住一间房。"房间跟书房的颜色自己拣。"

琵琶与陵并坐着看颜色样本簿子，心里很怕他会一反常态，发表起意见来。照例没开口。琵琶拣了橙红色，隔壁书房漆孔雀蓝。动工以前始终疑心她母亲会不会照样吩咐工人，工人知道是小孩子的主意会不会真照颜色漆上。房间油漆好了。像是神仙生活在自制的世界里，虽然颜色跟她心目中的颜色不大一样，反正总是不一样。她还是开心地看着新油漆的地方，一眼望去像看不尽。在孔雀蓝书房上课，也不在意先生了。她把先生关在盒子里了。

她母亲帮他们请的先生是个白胡子老头，轻声细语的，比别的先生讲得仔细。可是开课前露先送他们住了两个月医院澈底检查。她把自己的法国医生荐给所有的朋友，又做人情，也把两个孩子送进了他刚开业的疗养院。"那里很漂亮。"她说。

琵琶与陵很生气要给拘禁起来,幸好有何干陪着,要什么玩具她都会送来。就跟住在洋人的餐馆里一样。琵琶还是第一次吃到加了奶酪的通心粉。白俄护士长胸部鼓蓬蓬的,是个金发美人。检查肠子运动,她总敲敲他们的赛璐珞洋娃娃,用怪腔怪调的中文问:"有没有?"逗得姐弟俩捧腹。医生诊断很正常,可是出院后每天还是要回院注射营养针,每隔一天还要去做紫外线治疗。

露也像紫外线灯一样时时照临他们。吃晚饭,上洗手间,躺下休息,她都会训话:注意健康,受教育最要紧,不说谎,不依赖。

"老妈子们都是没受教育的人。她们的话要听,可是要自己想想有没有道理。不懂可以问我。可是不要太依赖别人。老妈子们当然是忠心耿耿。可是就是何干也不能陪你们一辈子。她死了你们怎么办?我今天在这里跟你们讲道理,我死了呢?姑姑当然会帮你们。可是姑姑也死了呢?人的一生转眼就过了,所以要锐意图强,免得将来后悔。我们这一代得力争才有机会上学堂,争到了也晚了。你们不一样。早早开始,想做什么都可以。可是一定得受教育。坐在家里一事无成的时代过去了,人人都需要有职业,女孩男孩都一样。现在男女平等了。我一看见人家重男轻女,我就生气,我自己就受过太多罪了。"

真该让秦干听听,琵琶心里想。仿佛有人拨开了乌云,露出了清天白日。

有天晚上何干发现她仰躺着,屈起了膝盖,讲她她也不听了。

"唉哎嗳!"何干将她的膝盖压平。

"妈也是这样。"

"太太嫁人了。"

"跟嫁不嫁人有什么关系？"她又屈起膝盖，"你问妈，她一定说没关系。"

何干不言语，只是硬把她的腿压平，她也立刻又屈起膝盖。何干这次就算了，往后一见她屈膝躺着，必定会至少压个一次，当提醒她。何干不大管她，除非是涉及贞洁和孝顺的事。

现在琵琶画的人永远像她母亲，柳条一样纤瘦，脸是米色的三角脸，波浪鬈发，大眼睛像露出地平线的半个太阳，射出的光芒是睫毛。铅笔画的淡眉往下垂，靠近眼睛。好看的嘴涂了深红色，近乎黑色的唇膏。她母亲给她买了水彩、蜡笔、素描簿、图画纸、纸夹。她每天画一幅。珊瑚每天教她和陵四个英文字母。坐在珊瑚的椅臂上，看她膝上的大书，很是温馨。露给她梳头，靠得她很近，却不那么舒服。她母亲脸庞四周六寸的空气微微有些不稳定，通了电似的，像有一圈看不见的狐毛领。

"老妈子说的话她不信。"露同国柱的太太说，欣喜的神气，"问过我才肯照她们的话做。"

榆溪回家来住进了他的房间，吗啡戒了，还是可以抽大烟。他下楼来吃午饭，踱圈子等开饭。他不会吹口哨，只发出促促的嘟嘟声，像孩子吹陶哨。孩子们问好他只咕噜答应，向妻子妹妹窘然点头，僵着脖颈，头微偏向一边。大家坐下来，老妈子们盛上饭来。饭桶放在外头穿堂里。珊瑚榆溪谈论亲戚的消息，才没多久就嘲笑起彼此喜欢的亲戚来了。"嗳呀！那个王三爷！""嗳唷，你那个周奶奶！"两个木偶互打嘴巴子似的，兄妹俩从小习惯了。露一直不作声，只帮孩子们夹菜，低眉敛目，脸上有一种脉脉的情深一往的神气。

"吃肉，对身体好。市场没有新的菜蔬么，何大妈？"

"不知道，太太，我去问厨房。"

榆溪也不同妹妹争论了，假装只有他一个人。拇指揿住一边鼻翅，用另一边鼻孔重重一哼，又换一边，身体重心也跟着换。他挑拣距他最近的一盘鱼，一双筷子不停翻着豆芽炒碎猪肉，像找什么菜里没有的东西。末了，悻悻然一仰头，整碗饭覆在脸上，只剩一点插筷子的空间，把最后一口饭拨进嘴里，筷子像急雨似的敲得那碗一片声响。吃完将碗往桌上一掼，站起来走了。

餐桌的空气立时轻松起来。桌面拾掇干净之后，老妈子们端上水果，是露的创举。她教孩子两种削苹果皮的方法：中国式的，一圈一圈直削到最后皮也不断；外国式的，先把苹果切成四瓣。她的营养学和教育训话带出了底下的问题：

"长大了想做什么事？"

"画画。"

"姐姐想做画家。"露跟陵说，"你想做什么？"

这是第三次提起这问题。陵只低声说："我想学开车。"

露笑道："你想做汽车夫？想开汽车还是火车？"

陵不作声。选了个听起来不算坏的答案。"开火车的。"他终于说。

"好，你想开火车。"露也不再追问下去。

"我看看你的眉毛长了没有。"她同琵琶说,"转这边,对着灯。像这样子捏鼻梁。没人的时候就捏,鼻子会高。人的相貌是天生的,没办法,姿态动作,那全在自己。顶要紧的是别学了什么习气。"

"什么习气?"琵琶问道。

她无奈地摆了摆手,"习气,唔,就像你父亲。你父亲有些地方真,呃,真恶心。"末一句用了个英文字 disgusting。"中文怎么说来着?"她问珊瑚。

"没这个字。"

"就是——就是让人想吐。"她笑着解释,往喉咙挥挥手,"我就怕你们两个也学会你们父亲的习惯。你注意到没有?"

"没有。"琵琶搜寻心底,却突然一片空白。她父亲举止怪异的时候她从来没正眼看过。

"下次仔细看,可是千万别学他。你爸爸其实长得不难看,年青的时候很秀气的,是不是,珊瑚?"

"可不是,他的毛病不是出在长相上。"

"就是他的习气。当然是跟他害羞有关系。别玩嘴唇,从哪学来的?"

"不知道,我没想。"

"老是碰嘴唇会变厚。也别舔。眉毛上抹点蓖麻油应该长得出来。"

"陵的眼睫毛真长。"珊瑚说,"陵,把眼睫毛借给我好不好?我今天要出去。"

陵不作声。

"肯不肯,呃?就借一个下午,晚上就还你了?"

陵微微摇头。

"啊,借给我一下午都不肯?"

"唉,怎么这么小气呀,陵!"露笑道。

"他的眼睛真大,不像中国人。"珊瑚的声音低下来,有些不安。

"榆溪倒是有这一点好,倒不疑心。"露笑道,"其实那时候有个教唱歌的意大利人——"她不说了,举杯就唇,也没了笑容。

珊瑚去练琴。露喝完了茶也过去,立在珊瑚背后,手按在她肩上,吊嗓子。她学唱是因为肺弱,医生告诉她唱歌于肺有益。

"低了。"珊瑚又敲了几下琴键。

"哪里。我只是少了练习,还是唱到B了。再一遍,拉拉拉拉拉!"

"还是低了。"

"才没有。"露沙哑地笑,说话的声音很特别,弥补刚才在音乐上的小疏失。她洋装肩膀上垂着的淡赭花球乱抖,像窸窣飘坠的落叶。"来嚜,再来一遍嚜。"她甜言蜜语的。

珊瑚又弹了一遍,再进一个音阶。

"等安顿下来,我真得用功了。"露道。

琵琶站在旁边听。

"喜不喜欢钢琴?"露问道。

"喜欢。"她喜欢那一大块黑色的冰,她的脸从冰里望出来,幽幽的,悚惧的。倒是不喜欢钢琴的声音,太单薄,叮叮咚咚的,像麻将倒出盒子。

"想不想像姑姑一样弹钢琴?"

"想。姑姑弹得真好。"

"其实我弹得不好。"珊瑚道。

露去换衣服，要琵琶跟进去，"弟弟不能进来。"

琵琶倚在浴室门口，露穿着滚貂毛的长睡衣，跟她说着话。浴室磅秤上搁着一双象牙白蛇皮鞋。鞋是定做的，做得很小，鞋尖也还是要塞上棉花。琵琶知道母亲的脚也是小脚，可是不像秦干那么异样。脱掉拖鞋看得见丝袜下的小脚，可是琵琶不肯看。长了鳍还是长了脚都不要紧。

"你们该学游泳。"露正说道，"游泳最能够让身体均衡发展了。可惜这里没有私人的池子，公共池子什么传染病都有。还是可以在长板凳上练习，钢琴椅就行。改天我教你们。"

"妈会游泳？"

"游得不好。重要的是别怕水，进了水里就学会了。"

"英国是什么样子？"

"雾多雨多，乡下倒是漂亮，翠绿的。"

"我老以为英国天气好，法兰西老是下雨。"她这完全是望文生义，英国看上去有蓝蓝的天红屋顶洋房，而法兰西是在室内，淡紫红色的浴室贴着蓝色磁砖。

"不对，正相反，法兰西天气好，英国老是下雨。"

"真的？"琵琶道，努力吸收。

"志远来了。"葵花穿过卧室进来。

露隔着关闭的浴室门交代了他一长串待取的东西。他回来了，颤巍巍抱着高高一叠翻译的童书和旅游书，都是给琵琶和陵看的，可是琵琶还是喜欢她母亲的杂志。有一篇萧伯纳写的《英雄与美人》

翻译小说在连载。情节对话都不大看得懂,背景却给迷住了。保加利亚旧日的花园早餐,碧蓝的夏日晴空下,舞台指导有种惊妙的情味与一种奶油般浓郁的新鲜,和先前读过的东西都两样,与她的新家的况味最相近。

葵花有天立在浴室门口哭,只有这时候是个空档。

"他家里人说要不是娶了个丫头,差事就是他的了。"她说。

"什么差事?"露说,"北洋政府没了。就算八爷帮他荐了事,现在也没了。"

"他们说的是将来。"

"谁还管什么将来。再说,一离了这个屋子,谁知道你的出身。"

"他们说他这辈子完了。"

"他们是谁?他父母么?"

葵花不作声。

"他们早该想到才对,当初我问他们的时候,他们还乐得讨个媳妇,一个钱也不出,现在倒又后悔了?"

"他们倒不是当着我的面说。"

"要是因为还没抱孙子,也不能怪你。生孩子是两个人的事,你们还年青,急什么?别理他们,志远不这么想就行了。"

"谁知道他怎么想的。"

"你只是说气话。你怎么会不知道。"

葵花只是哭。

"也许是我做错了,让你嫁得太匆促。你也知道,我不敢留你一个人。你们两个都愿意,志远又是个好对象,能读能写,不会一辈子当佣人。还没发达就会瞧不起人,那我真是看错他了。"

"他倒没说过什么。"

"那你还哭个什么劲,傻丫头?"

"他希望能在南京找事。"

"南京现在要找事的人满城都是。"

"求小姐荐事。"

"现在是国民政府了,我们也不认识人了。"

"求小姐同珊瑚小姐说句话?"

"珊瑚小姐也不认识人了。时势变了。你不知道,志远应该知道。能帮得上忙我没有不尽力的,可是现在我也无能为力。"

"我们也不知道该怎么办。要找不到事,他倒想开爿小店。"

"外行人开店风险可不小。"

"我也是这么想,可是他有个朋友,也是做生意的,说小杂货铺蚀不了本。"

最后他们跟露和珊瑚借钱开了店,总会送礼来,极难看的热水瓶和走味的蜜饯。老妈子们带琵琶和陵去过店里一次,到上海城的另一头顺路经过。在店里吃茶吃蜜饯。老妈子们也掏腰包买了点东西,彼此多少牺牲一点。

志远夫妻来得少了。店里生意不好。终于关了店,回南京跟他父母同住。

十一

陵的生日琵琶送了他一幅画。画中他穿着珊瑚送的西装,花呢外套与短裤,拿着露送的空气枪,背景是一片油绿的树林。他应该会喜欢。画搁在桌上,他低着头看。她反正不相信他会说什么,一会才恍然,他没有地方放。

"要不要收进我的纸夹里?"

"好。"他欣然道。

她并没有补上"画还是你的"这句话,知道他并不当画像是他的东西。一天她忘了将一张画收进纸夹里,第二天到饭厅去找,她总在饭厅画画。画搁在餐具橱上,拿铅笔涂上了一道黑杠子,力透纸背,厚纸纸背都倒凸了出来。是陵,她心里想,惊惧于他的嫉恨。这次她也同陵一样不作声。

姑姑练钢琴,她总立在一旁。她要母亲姑姑知道她崇拜她们。她们也开始问:

"喜欢音乐还是绘画？"

她们总问这类的问题，就跟她父亲要她选金镑和银洋一样。选错了就嫌恶地走开。

"喜欢姑姑还是我？"露也这么问。

"都喜欢。"

"不能说都喜欢，总有一个更喜欢的。"

喜欢母亲吧。当然是她母亲。可是母亲姑姑是二位一体，总是两人一块说，从她有记忆以来就是如此。如今她们又代表了在她眼前开展的光辉新世界。姑姑一向是母亲的影子。

"画姑姑的腿。"露说，"你姑姑的一双腿最好看。"

珊瑚双腿交叉，"只画腿，别画人。"

琵琶并不想画姑姑的胸部与略有点方的脸。除了画母亲之外，她只画九、十岁的孩子，与她同龄的。可是一张画只画腿并不容易。她卯足了劲，形状对了，修长，越往下越细，略有点弧曲，柔若无骨，没有膝盖。

最后的成品拿给珊瑚看，她漫不经心地咕噜："这是我么？"并不特为敷衍琵琶，琵琶还是喜欢她。她当然知道她与母亲有点特殊关系。说不定说喜欢姑姑她母亲不会不高兴。她母亲长得又美，人人喜欢，琵琶是不是最喜欢她应该不要紧。

"我喜欢姑姑。"她终于说了。

珊瑚脸上没有表情，也不说什么。露似乎也没有不高兴。

又得选音乐与绘画了。"不想做音乐家不犯着学钢琴。"露说。琵琶三心二意的。一天珊瑚放了张古典乐唱片，又放了张爵士乐。

"喜欢哪一个?"

琵琶花了很长的时间比较,小提琴像哭泣,幽幽的,闪着泪光,钢琴叮叮咚咚的像轻巧的跳跃。她母亲总是伤青春之易逝,悲大限之速至,所以哀伤的好。

"喜欢第一个?"

她们都没言语。琵琶知道这一次猜对了。

她们带她去音乐会。

"好贵,不为了你对音乐有兴趣,我也不肯带你去。"露说,"可是你得乖乖的,绝对不可以出声说话。去的人多半是外国人,别让人家骂中国人不守秩序。"

琵琶坐在椅子上动也不动三个钟头。中场休息时间也不作声,顶佩服自己的能耐。却听见露和珊瑚咬耳朵:"看那个红头发。"琵琶问:"哪一个?"

"前排那一个。"

她在灯光黄暗的广厅里极目寻找,大红的头颅应该不难找。

"哪里?哪一边?"

"别指。"

离开的时候她还是没能在人群中找到红头发的人。忍受了三个钟头格律的成份过多的声响,像一支机械化部队制伏全场听众,有洋台、柱子、涡卷装饰、灯光昏黄的广厅像老了几百岁。

坐进汽车里,琵琶问道:

"那个女人的头发真是红的?"

"真的。"

127

"跟红毛线一样红？"

"嗳，很红很红。"

她想像不出，也知道颜色方面连母亲也不能轻信。

"想做画家还是音乐家？"

她一直到看了一部电影才决定了。电影说的是一个贫困的画家，住在亭子间，竖起大衣领子御寒，炉子里没有煤，女朋友也弃他而去。她哭了，往后好两天还是一提到就掉泪。

"做画家就得冒着穷愁潦倒的风险。"露说。

"我要做音乐家。"她终于说。

"音乐家倒不会受冻，都在有热气的大堂里表演。"露说。

"音乐家有钱。"珊瑚说，"没有钱根本不可能成音乐家。"

她们送她去上钢琴课。

"第一要知道怎样爱惜你的琴。"露说，"自己擦灰尘，小心别刮坏了。爱惜你的琴，这是一生一世的事。我要你早早决定，才能及早开始。像我们，起步得迟了，没有前途了。我结了婚才学英文，就连中文吧，我喜欢读书，可是十四岁了连学堂也嫌老不收。"

"我也是。十四岁，正是有兴趣的年纪。"珊瑚说。

"想不想上学？"露问琵琶。

"不知道。"她极力想像出学校的样子：三层楼的房子的横切面，每层楼都有一个小女孩在摇头晃脑地背书。

"你想想，跟许多同年龄的女孩子在一块多好。我以前好羡慕别的女孩子上学，可是不敢说什么。你外婆不用骂，只说一句，我的脸就红破了，眼泪都要掉下来了。"

琵琶只觉得微微地反感，也不知什么原故。不能想像她母亲那样子。一个人为什么要这样怕另一个人？太丢脸了，尤其还是个你爱的人，更加地丢脸。她母亲出洋去，人人都是极神秘的神气，她也不想知道为什么，也不在乎。她弟弟也一样。像野蛮人，他们天生就有自尊。

"嗳呀，我们小时候过的那个日子！不像现在的这一代。我就怕说错了话，做错了事，尤其是你外婆又不是我的亲生母亲，却把我当自己的孩子。我要给她争气。"

"你亲生母亲是二姨奶奶还是三姨奶奶？"珊瑚笑着低语，仿佛说了什么略嫌秽亵的话。

"二姨奶奶。"

"她是什么时候过世的？"

"我爹过世后不久就去了。"

"那年纪可不大。"

"死的时候才二十二。"

"我们都快三十了，想想也真恐怖。"珊瑚笑道。

"他到云南上任，因为瘴气死在任上。报信报到家里，我母亲和二姨奶奶正坐在高椅子上绣花闲讲，两个人都连椅子栽倒，昏了过去。"

"他有几个姨太太？"

"正要讨第十二个，一省一个。"

"一打了。外国人都是这么算的。"

"有句俗话叫'十二金钗'，说的就是后宫佳丽。又恰巧中国有十二个省分。"

"亏得还没分成二十二省。"

"现在是二十二省了么?"

"他究竟娶了多少个?"

"只有四个。云南有个女人,给钱打发了。"

"你像你父亲。你们湖南人真是罗曼谛克。"珊瑚窘笑道。

"我老觉得是个男人就好了。"

"'湘女多情'嚜。"珊瑚说了句俗话。

"湖南人最勇敢,"露傲然道,"平定太平天国靠的就是湘军。湖南人进步,胆子比别人大,走得比别人远。湖南人有最晶莹的黑眼睛。"

"你也有那样的眼睛鼻子。"

"我祖父是湘军里的福将,他最听不得人家那么说,单是他运气好似的。告老回家了,还像带兵一样,天一亮就起来,谁没起来,就算是媳妇,也一脚踢开房门。我母亲就常说她都吓死了,过的那个日子啊!我父亲年纪轻轻就死了,又没留下子嗣来,族人还要把他的家产分了。"

"他们可以这么做么?"

"他们什么事都做得出来。二姨奶奶那时有身孕了,他们却说是假肚子,要叫接生婆来给她验身子。谁敢让他们近身啊!知道他们会做出什么事来?临盆那天他们把屋子给围上了,进进出出都要查,怕夹带了孩子进去。一等听见生的是女孩,他们就要踹倒大门,闯进来抢光所有的东西,把寡妇都轰出门去。什么都预备好了,撞槌、火把,预备烧了房子。"

"怎么可以？"琵琶喊了起来。

"他们怕什么？反正是穷，又是大伙一齐干，要杀也不能把他们全杀了。"

珊瑚解释道："没儿子就得从同族里选一个男丁来过继，什么都归他，可是他得照顾这个寡母。"

"这是为了肥水不落外人田。万一寡妇再嫁了，或是回娘家住，不会把财产也带走。"露道。

"倒真是孔夫子的好学生，"珊瑚道，"只不过孔夫子也没料想到会有这种事。"

"后来怎么了？"

"生下了我。"

"果然生了女孩子？"琵琶垂头丧气的。

"是啊，他们想能瞒多久就瞒多久，可是消息还是走漏了。那些人又吼又嚷，撞起大门了。"

就连驯顺地听着，垂眼看着盘中苹果皮的陵都浮躁了起来，转过头去看背后，像看电影看到坏人要杀好人的那一幕。

"后来他们又听见生了男孩子。"

"不是说生女儿吗？"

"你不知道你母亲和舅舅是双胞胎？"

"双胞胎！"

琵琶与陵瞪大了眼睛，像是头一回看见他们母亲。

"双胞胎是一个接着一个生么？"琵琶迟疑地问道。但凡话题涉及生产，多问也是无益。老妈子们只是笑，说她是路边捡来的，要不就是从她母亲的胳肢窝掉下来的。

"是啊。"露淡然说道,掉过脸去,看的不是珊瑚。琵琶却觉得这两人立刻联合了起来,藏匿了什么大人的秘密。

"有时候隔了几个小时才出生。"珊瑚的声音低了低,同样是不感兴趣的神气,让人没法往下问。

"我还以为双胞胎要不就都是男孩,要不就都是女孩呢。"

"不是,有时候是一男一女。"珊瑚轻声说道。

"所以大家都说是你舅舅救了这个家。"露道,"他真是个了不起的孩子,那么沉稳。祭祖的时候他是家里唯一的男人,看他走上前去磕头的样子,人人都说看小男爵,多有气派!"

"舅舅是男爵?"琵琶愕然道。

"现在不管这些了,这如今是民国了。还是以前我祖父平定太平天国有功,封了男爵的。"

"朝廷没钱可以赏赐了,就封了一堆的空衔。"珊瑚道,"从前有句俗话:'公侯满街走,男爵多过狗。'"

"族里有人说:爵位是我们卖命挣来的。解甲归田的兵勇最坏。嗳唷,你外婆过的是什么日子唷!可是最伤心的还是你舅舅长大以后,老是气她!"

"国柱准是个闯祸精。"珊瑚做个怪相。

"嗳呀,别提了。他倒是对我还不错。"

"他有点怕你。"

"到如今他家里有很多地方我还是看不惯。他太太当然也有错。我心里有什么就说什么,我才不在乎,她好像也不会不高兴。"

"她也怕你。"

她们上楼去了。露拿化妆笔蘸了蓖麻油亲自给琵琶画眉毛。佟干拿进一只淡紫色的伞来。

"这是太太的伞是珊瑚小姐的伞？"

"不是我们的。一定是哪个客人撂下的。哪里找到的？"露问道。

"老爷房里。"

"怪了。谁会进去？"

琵琶都不曾进过她父亲的房里。

"收拾房间的时候看见搁在热水汀上。我还以为是太太忘了的。"

"不是，我没见过这把伞。"

"也不是珊瑚小姐的？这是女人拿的伞吧？"

"还搁在老爷房里水汀上。"

等琵琶不在跟前，露又把佟干叫进来问话。

"这一向是不是有女人来找老爷？"

佟干吓死了，"没有，没人来，太太。"

"指不定是半夜三更来。"

"我们晚上不听见有动静。"

"准是有人给她开门。"

"那得问楼下的男人，太太。我们不知道。"

男佣人也都说不知道。可是志远向露说："准是长子，他总不睡，什么时候都可以放人进来。"

榆溪也说没见过这把伞。

"想出去没人拦着你，就是不能把女人往家里带。"露说，"我知道现在这样子你也为难，可是当初是你答应的。我说过，你爱找哪个女人找哪个女人，就是不准带到家里来。"

榆溪矢口不认，还是同意把长子打发了。

"你知道不知道那个女人是谁？"露问国柱，知道他跟榆溪很有交情。

"不会是老四吧？"国柱立即便道，"是刘三请客认识的。叫条子，遇见一个叫老四的，认识他的下堂妾老七。两个人谈讲起来才知道她跟老七是手帕交，姐姐长妹妹短的。过后我听见说两人到了一处，我可不信。她那么老，也是吃大烟的，脸上搽了粉还是青灰青灰的，还透出雀斑来。身材又瘦小。我的姨太太他都还嫌是油炸麻雀，这一个简直是盐腌青蛙。"

"会这么鬼鬼祟祟溜进男人屋里，只怕不是什么红姑娘。"露道。

"这表示你们榆溪倒是个多情种子。"国柱吃吃笑，"念旧。不是纨袴子弟，倒还是个至情至性的人。"

"行了，行了。你掀了他的底，再帮他说好话他也不会感激你。"

"我可没有，是他自己说的。"

露要佟干放回去的淡紫色伞末了终于消失了。

十二

亲戚里走得最勤的是罗侯爷夫人。她带着儿子另外住,儿子也是丫头生的,不是她亲生的。她胖,总挂着笑脸,戴一副无框眼镜。

"打麻将吧?"一见面她总是这么说,"麻将"两个字一气说完,斜睨一眼,邀请似的。

可要是别人想去看美国电影,她也跟着去。

"真怕坐在她旁边。"珊瑚道,"从头到尾我就只听见'他说什么?''她说什么?'"

回来之后侯爷夫人还想要听电影情节。

"让露说,"珊瑚道,"她横竖看了电影非要讲给人听。"

"没人逼着你听啊。"露道。

珊瑚自己不耐烦说,却又忍不住打岔:"还不到这一段吧?"

"到了,你想成别张片子了。"她将钢琴椅挪到房间正中央,拍拍椅面,"来,我学给你看。"

"不犯着你学给我看，我刚看过。"

"雪渔太太，来这儿坐。"

雪渔是罗侯爷的名字。他太太吃吃笑着过来，坐下来，伛偻着肩，紧握着两手放在膝上，捧着灰色丝锦旗袍下的肚子，像只枕头。"嗳，要我做什么？"

"什么都不做，只不跟他说话。他叫'薇拉——'她叫什么来着，珊瑚？是薇拉吧？对了，就是薇拉。他想要跟她求爱。"她伸手越过雪渔太太的头，搂她的肩。

雪渔太太板着脸，别人都噗嗤一声笑了出来。"现在我要做什么？"

"你还是不肯看他。'薇拉——'他想吻你。"

琵琶坐在地上看着，大笑起来，在狼皮褥子上滚来滚去。末了还是她母亲的一个眼神止住了。

"露真会演戏。"雪渔太太道。

"有人就说我真应该去演电影。"露道。

"是啊，在船上遇见的一个人。"珊瑚道。

"他想介绍我一个拍电影的。"

"怎么都不听见珊瑚遇见什么人？"雪渔太太突然问道，又匆匆回答自己的问话，"眼界太高了。"

短短一阵沉默之后，露笑道："谁要她总是喜欢像我一样的人。"

珊瑚没接这个碴，也和一般婚姻大事被拿来谈论的女孩子一样缄默不语。

雪渔太太猜测出洋这么多年，露必定谈过恋爱。她欢喜她这点，像是帮所有深闺怨妇出了口气。这里像是开了一扇门，等着她去探索，可是碍着孩子在眼前，只能作罢。

"你做媒人更好，露。"

"珊瑚不喜欢媒人。"

"总不会一个中意的人都没有吧？"

"我们没见过很多人，不跟那些留学生来往。"

"人家都看着我们觉得神秘。"珊瑚道，"当我们是什么军阀的姨太太。"

雪渔太太笑道："真这么说？"

"现今都这样，总是送下堂妾出洋。"

"南京的要人到现在还是哪个女人不要了，也往国外送。"露道。

"他们自己掉了差事也往国外跑，说是去考察，还不是为了挽回面子。"珊瑚道。

"女孩子还不止是为面子，还为了钓个金龟婿，出洋的中国人哪个不是家里有钱。"

"我就没钓着。"珊瑚笑道。

"你挑得太厉害了。"雪渔太太道，"读书识字的女人就是这点麻烦。不怪人家说：念过小学堂的嫁给念过中学堂的，念过中学堂的嫁给念过大学堂的，念过大学堂的嫁给念过洋学堂的，念过洋学堂的只有嫁给洋人了。"

"倒不是女人老想嫁给比她们高的，男人也宁愿娶比他们低的。"珊瑚道。

"说真格的，怎么没嫁给洋人？"雪渔太太问道，对象是露，不是珊瑚。这话不该她答。

"洋人也是各式各样。"露道,"也不能随便就嫁。"

"别那么挑眼。'千拣万拣,拣个大麻脸。'"

"最气人的是我们的亲戚还说珊瑚小姐不结婚,都是跟我走太近的原故。"露道。

"话可是你亲弟弟说的。"珊瑚打鼻子里哼一声,"说是同性恋爱。"

"他学了这么个时新的词,得意得不得了。"露道。

"我就不懂,古时候就没有什么同性恋爱,两个女人做贴心的朋友也不见有人说什么。"珊瑚道。

"古时候没有人不结婚,就是这原故。"雪渔太太道,"连我都嫁了。"

"是啊,现在为什么有老处女?"珊瑚道。

"都怪传教士开的例。"雪渔太太道。

"老处女在英语里可不是什么好话。"露道,"这里就不同了。处女'冰清玉洁',大家对一辈子保持完璧的女人敬佩得很。"

"是因为太稀罕了。"珊瑚道。

"也是因为新思想和女权的关系。"露道。

"嗳,叫人拿主意结婚不结婚,有人就是不要。"雪渔太太道。

"我从来也没说过不结婚。"珊瑚道。

"那怎么每次有人提亲,十里外就炸了?"雪渔太太道。

"我就是不喜欢做媒。"

"大家都说珊瑚小姐是抱独身主义。"

"这又是一个新词。"

"听说抱独身主义就在小指头上戴戒子,是不是真的?"

何干端了盘炸玉兰片进来,是她的拿手菜。

"小琵琶,"雪渔太太一壁吃一壁说道,"她像谁?像不像姑姑?"

"可别像了我。"珊瑚道。

"她不像她母亲,也不像她父亲。"

琵琶小时候面团团的,现在脸瘦了,长溜海也剪短了,把眼里那种凝视的精光也剪了。现在她永远是笑,总告诉她别太爱笑,怕笑大了嘴。

"琵琶不漂亮。"露道,"她就有一样还好。"

"嗯,哪样好?"雪渔太太身子往前倾,很服从地说。

琵琶也想知道。是她的眼睛?小说里,女主角只有一样美的时候,永远是眼睛。她倒不注意她的眼睛是不是深邃幽黑,勾魂摄魄,调皮而又哀愁,海一样变化万端,倒许她母亲发现了。

"猜猜。"露道,"你自己看看。她有一样好。"

"你就说吧。"雪渔太太咕噜着。

"你猜。"

"耳朵好?"

耳朵!谁要耳朵!她确实不像陵有对招风耳,又怎么样?陵有时睡觉一只耳朵还向前摺,还是一样好看。

"那就不知道了,你就说是什么吧。"雪渔太太恳求道。

"她的头。"露道,手挥动,像揭开面纱。

"她的头好?"

"她的头圆。"

雪渔太太摸了摸她的头顶。"嗳,圆。"仿佛有点失望,"头要圆才好？"

"头还有不圆的？"珊瑚道。

"当然有。"露圣明地说道。

琵琶与陵每个星期上两堂英语课。露把自己的字典给了他们。翻页看见一瓣压平的玫瑰，褐色的，薄得像纸。

"在英国一个湖边捡的。好漂亮的深红色玫瑰，那天我记得好清楚。看，人也一样，今天美丽，明天就老了。人生就像这样。"

琵琶看着脉络分明的褐色花瓣。眼泪滚了下来。

"看，姐姐哭了。"露向陵说，"不是为了吃不到糖而哭的。这种事才值得哭。现在的人不了，不像从前，诗里头一点点小东西都伤感，季节变换，月光，大雁飞过，伤春悲秋，现在不兴了。新的一代要勇敢，眼泪代表的是软弱，所以不要哭。女人太容易哭，才会说女人软弱。"

琵琶得了夸奖，一高兴，眼泪也干了。很希望能再多哭一会儿。虽然哭的理由过时了。

"记得这片玫瑰吧，珊瑚？我在格拉斯密尔湖捡的。"

"嗳，真是个漂亮的地方。只是每次想起来就想起谋杀案。"

"什么谋杀案？"琵琶开心地问道。

"问你母亲，她喜欢说故事。"

"那件案子真是奇怪，最奇怪的是偏让我们碰上了。我们到湖泊区去度假，再没想到那么安静偏僻的地方会遇见中国人。这两个人都是中国的留学生，才新婚，来度蜜月。我们住同一间旅馆，可是我们不愿去打扰他们，他们也不想交朋友，见了面也只点个头。

有一天他一个人回旅馆来,早上他们出去散步。旅馆的人问他太太呢,他说回伦敦了。他们不信。"

"嗳,他们以为小两口是吵架了。"珊瑚道。

"不是,老板说他一开始就不信。这些人以为华人都是傅满洲。"

"那里的人对中国什么都不知道。"珊瑚道,"会问'中国有鸡蛋没有?'头一次见了中国人,偏偏又是个杀妻的,末了上了绞架。真是气死人。"

"他们几天以后才找到她,坐在湖边,两只脚浸在湖里。赤着脚,一只丝袜勒在颈子上,勒死的。"

"最恐怖的地方是伞。"珊瑚道。

"嗳,她还打着伞,可能是靠着树什么的,背影看上去就只是一个女人打着伞坐在湖边。"

"抓到他了吗?"琵琶问道。

"在伦敦抓到了。也许是把她的几张存摺都提出来了露了形迹。"

"还不是为了她的钱才娶她的。"珊瑚道。

"他们两个在一块,让人忍不住想,男的这么漂亮,女的太平常。"

"那女的丑。"

"她是马来亚华侨,听说很有钱,就是拘泥又邋遢。"

"是丑。"

"男的在学生群里很出风头,真不知道怎么会做出这种事,太傻。我看他也不是蓄意的,要杀也不会急于这一时。一定是他们坐在湖边,新婚燕尔嚜,她跟他亲热,他实在受不了,装不下去了。嗳唷,"她羞笑道,"没有比你不喜欢的人跟你亲热更恶心的了!"

"我真弄不懂,她怎么会以为他爱她?"

"当然是昏了头了,一个女孩子,一个人在外国,突然间有个漂亮的同乡青年对她好。"

"我真不懂人怎么能这样子愚弄自己。我要是她,就做不到。"

"像那样的女孩一恋爱了,就一定是真的爱。我倒想起榆溪了。"露笑弯了腰,捧着单薄的胸口,她向琵琶说:"你父亲也有多情的时候,那时候最恶心。"

琵琶爱听这件杀妻案,恋恋不忘的却是干枯的玫瑰花瓣。人生苦短,这粉碎了一切希望的噩耗打上门来了。无论将来有多少年,她总觉过一天少一天。有的只是这么多,只有出的没有进的。黄昏她到花园里,学那个唱《可怜的秋香》的女孩子,在草地上蹦跳舞蹈。触摸每一棵树丛,每一个棚架,每一段围篱,感觉夕照从一切东西上淡去。

"一天又过去,坟墓也越近。"

她唱道,可惜没能押韵。她迫切需要知道有没有投胎转世。她不问她母亲,知道她会怎么说,而她也会立刻就相信,就得放弃那些无穷无尽过下去的想法。问老妈子们也不中用。她们的宗教只是一种小小的安慰,自己也知道过时了,别人看不起。也不想跟谁分享,或说服自己不信。何干趁着跟佟干去买布,偷偷到庙里。两人都烧了一炷香,事后谈起来,还透着心虚的喜悦。

"下次带我去好不好?"琵琶问她。

"啊,你不能去,人太多了。"

琵琶倒没放在心上太久。突然之间她的生活里太多的事情,丰富得一时间不能完全意会。她大字形坐在织锦小沙发上看书，双腿挂着一边椅背。钢琴上一瓶康乃馨正怒放，到处都是鲜花。露用东西两个世界的富丽来装潢房子。她拿嫁妆里的一套玻璃框卷轴做炉台屏风，绣的四季风景。从箱子里挖出布料来做椅套，余下的卖给古董商。沙发上永远堆了异国的东西，偶尔会引出"别碰"的喊声。古董商一次找一个上家里来，针织小帽，黑色长袍微带冰湿的气味，都长得一个模样，面无表情地检视皮袍等什物。琵琶挨近去看这列队的游行，绣花的小图穿插着抽象图案与昆虫，看得她头晕眼花，嗒然若失，只觉得从指缝中溜走，却不知溜走了什么。

需要疾言厉色的时候总是珊瑚登场。

"我们没有时间讨价还价。"古董商一挑剔，她便开口道，"只要开个价钱。价钱不对，我们就找别人来。我们没那个工夫整天争多论少，我们还有别的事要忙。"

古董商很是生气，也不知该不该听信她的话，指不定她这是以退为进。末了铁青着一张脸，他脱口道："十六块。"

"好，十六就十六。"

他铁青着一张脸掏出一幅折起来的白布，打了个包袱，是个庞大的白球，顶上有摺子。

"拿得动么？"露问道。

"行。"

两手环抱住白色巨岩，还得想办法看路，他忍不住露出讽刺的笑容。琵琶看着他两脚外八，开心地走了出去。总是又有东西来填补空出来的位置，而且新的东西似乎是更该买的。给她和陵的三轮的小脚踏车，给陵的一辆红色小汽车，真有驾驶盘，因为他长大了要当汽车夫。买的卖的，双向交通川流不息。有时露上街也带着琵琶。在百货公司某个柜台太久，连琵琶都觉得无聊。店伙很巴结，从柜台后不知哪里搬出椅子来。

"请坐请坐。坐着看舒服。"

露会拒绝，微有些不悦，像是嫌她看得太久了。可是琵琶坐了下来。玻璃下的东西晶晶亮亮的虽然迷人，看久了眼皮子也直往下掉，到最后露也得坐下来。

从百货公司里出来，得穿越上海最宽敞最热闹的马路。

"过马路要当心，别跑，跟着我走。"露说。

她打量着来来往往的汽车电车卡车，黄包车和送货的脚踏车钻进钻出。忽然来了个空隙，正要走，又踌躇了一下，仿佛觉得有牵着她手的必要，几乎无声地啧了一声，抓住了琵琶的手，抓得太紧了点。倒像怕琵琶会挣脱。琵琶没想到她的手指这么瘦，像一把骨头夹在自己手上，心里也很乱。这是她母亲唯一牵她手的一次。感觉很异样，可也让她很欢喜。

圣诞节露为孩子们弄了很大一棵树，树梢顶着天花板。

"站开点，小心，可不能起火了。"她警告道，兴奋地笑。她和珊瑚挂起了漂亮的小饰品，老妈子们帮着把蜡烛从树顶点到树根。

"真漂亮。"琵琶赞叹个不停。蜡烛的烛光向上，粉红的绿色的尖笋。蜡烛的气味与常青树的味道混和，像是魔法森林里的家。露和珊瑚要同罗家的几个年青人出去吃晚餐跳舞，罗侯爷的儿子和侄子。看着她们换装,变成圣诞装饰也是一种享受。露一身湖绿长袍,缀了水滴形珍珠的长披肩,绣着雨中的凤凰。珊瑚是及膝米色长毛绒大衣,喇叭裙厚厚滚了一圈米色貂毛。

"当心蜡烛啊。"露临出门还不忘再嘱咐老妈子们一声。

第二天下午孩子们的礼物在圣诞树下拆开。他们并不习惯得到礼物,每年也只有旧历年有红包,给亲戚磕头,亲些的得十块钱,疏些的得四块钱。老妈子们让他们把压岁钱搁在枕头底下睡一晚,然后就存进了银行账户,再也不看见了。这时他们坐在满地的盒子、包装纸、细刨花里,兴奋地知觉麻木了。打杂的又拿进了一个篮子来,是一只活蹦乱跳的小狗。

"你们要给它取什么名字?"露问道,"随便什么都可以,是你们的狗。"

中国人给狗取名字不外乎小花、小黄、来富。琵琶却决定要叫它威廉,是陵的众多英文名里不用了的。小狗有黄色斑点,耳朵不大看得见。姐弟俩带着小狗躺在地毯上看英文童书上的插画,英文还看不懂。书上的树宝塔似的绿裙展开来,吊着凤梨和银蓟。西方特为孩子们创造的魔法世界欢喜得她不知如何是好。而且她还享受着中国的奢华。有几家亲戚与露很亲热,不是"认养"了她就是陵。她一下子多了三个干妈,旧历年送她钱,每回去都还带糖果回来。自己的母亲依旧是最好的,很像是神仙教母,比一般人的母亲都要好,她很得意有这样的不同。

有天她母亲父亲却在午餐时吵了起来。两人一天中只有这个时候会碰面。

"我是回来帮你管家的,不是帮你还债的。"

"这笔钱我不付。"

"我不会再帮你垫钱了。"

"看看这个。又没人生病,还会有医院的账单。"

"谁像你?医生说你打的吗啡够毒死一匹马了,要你上医院还得找人来押着去。"

"这笔钱我不付。看看这些账单,一个人又不是衣服架子。"

"你就会留着钱塞狗洞,从来就不花在正途上。"

"我没钱。你要付,自己付。"

"我知道你打的什么主意:榨干她,没有钱看她还能上哪。"

何干一听拉高了嗓门,早把孩子们带到法式落地窗外。琵琶不愿走。餐桌是个狡猾的机器,突然不动了,前一向一直好好的,修理起来当然不用一分钟。珊瑚姑姑不就还默默吃她的饭,佟干也一样立在她背后摇着蒲扇?她习惯了父亲母亲总是唱反调。记忆里总是只有在吵架的时候才看见他们两个一块。珊瑚跟陵、她自己也知道是当他们的缓冲器,她也喜欢那样。两人仍是高声。也许是没什么,他们只是见面就吵。洋台上明亮而热。红砖柱之间垂着绿漆竹帘子,阳光筛下来,蝉噪声也筛了进来。

"在这儿玩。"何干低声道,靠着阑干看着他们骑上三轮脚踏车。

两人绕着圈慢慢骑着。洋台不够大,姐弟俩一会儿擦身而过,看也不看一眼。屋里的声音还是很大,露像留声机,冷淡地重叠着榆溪的暴吼拍桌,可是琵琶听不出他们在吵什么。恐怖之中地板下突然空了,踏板一往下落,就软软地往下陷。她又经过弟弟一次,也不看他。两人都知道新房子完了。始终都知道不会持久。

"你姑姑跟我要搬走了。"一个星期之后露向琵琶说。她拿着一根橙色棍子擦指甲油,坐在小黄檀木梳妆台前面,镜子可以摺叠放平,也是她的嫁妆。"我们要搬进公寓,你可以来看我们。你父亲跟我要离婚了。"

离婚对琵琶是个新玩意。初始的畏惧褪去后,她立刻就接受了。家里有人离婚,跟家里有汽车或出了个科学家一样现代化。

"几年以前想离婚根本不可能,"她母亲在说,"可是时代变了。将来我会告诉你你父亲跟我的事,等你能懂得的时候。我们小时候亲事就说定了,我不愿意,可是你外婆对我哭,说不嫁的话坏了家里的名声。你舅舅已经让她失望了,说我总要给她争口气,我不忍心伤她的心,可是她也已经过世这么多年了。事情到今天的地步,还是我走最好。希望你父亲以后遇见合适的人。"

"这样很好。"琵琶不等问就先说。震了震,知道离婚是绝对正确的,虽然这表示新生活也没有了。

露却愣了愣,默然了一会,寻找锉指甲刀,"你跟弟弟跟着你们父亲过。我不能带着你们,我马上就要走。横竖他也不肯让你们跟我,儿子当然不放,女儿也不肯。"

琵琶也觉得自然是跟着老妈子和他们父亲过,从没想过去跟着她母亲。可以就好了!跟着母亲到英国,到法国,到阿尔卑斯的雪地,到灯光闪烁的圣诞树森林。这念头像一道白光,门一关上就不见了。多想也无益。

"这不能怪你父亲。不是他的错。我常想他要是娶了别人,感情很好,他不会是今天这个样子。"

"我们不要紧。"琵琶道,也学母亲一样勇敢。

"你现在唯一要想的就是用功念书。要他送你去上学得力争,话说回来,在家念书可以省时省力,早点上大学。我倒不担心你弟弟,就他这一个儿子,总不能不给他受教育。"

露和珊瑚搬进公寓,公寓仍在装潢,油漆工、木匠、电工、家具工来来去去。倒像新婚,不像离婚。琵琶去住一天,看得眼花缭乱。什么样的屋子她都喜欢,可是独独偏爱公寓。

露与榆溪仍到律师处见面,还是没有结果。

榆溪坚决不签字,"我们沈家从来没有离婚的事,叫我拿什么脸去见列祖列宗?无论怎么样也不能由我开这个风气,不行。"

只要能把婚姻维持下去,有名无实他也同意。倒不怕会戴绿帽子,他了解自己的妻子。娶到这样的妻子是天大的福气。可是他翻来覆去还是那句话:

"我们沈家从来没有离婚的事。"

毫无希望的会面拖下去。

"我一直等你戒掉吗啡。"露道,"把你完完整整地还给你们沈家,我也能问心无愧走开。过去我就算不是你的贤内助,帮你把健康找回来至少也稍补我的罪愆了。我知道你是为了我,我很对不起你。"

她还是头一次这么说。榆溪心一灰,同意了。往后半个钟头两人同沐浴在悲喜交加之中。下次见面预备要签字了,榆溪却又反悔。沈家从来没有离婚的事。

英国律师向露说："气得我真想打他。"租界上是英国律师占便宜，他总算威吓榆溪签了字。

"妈要走了。"露同琵琶说，"姑姑会留下。"

"姑姑不走？"

"她不走。你可以过来看她，也可以写信给我。"

她母亲的东西全摆出来预备理行李，开店一样琳琅满目，委实难感觉到离愁。启航到法国那天，琵琶与陵跟着露的亲戚朋友去送行，参观过她的舱房，绕了一圈甲板，在红白条纹大伞下坐了下来，点了桔子水喝。国柱一家子带了水果篮来，露打开来让大家都吃。

"可别都吃完了。"国柱的太太吩咐孩子们。

"来，先擦一擦。"露道，"没有水可洗，也不能削皮，就拿手帕擦，用点力。"

"哪费那个事！"国柱道，"街上买来就吃，也吃不死，嘿嘿！"

"等真病了，后悔就来不及了。"露说。

"人吃五谷杂粮的，谁能不生病？我们中国人最行的，就是拖着病长命百岁。"

"拜托你别说什么'我们中国人'，有人还是讲卫生的。"

"嗳呀，我们这个老爷，"他太太道，"要他洗澡比给小娃子剪头发还难。"

"多洗澡伤原气的。"国柱说。

"你的原气——整个就是消化不良。"露说。

"这一对姐弟，到了一块老是这样么？"雪渔太太问国柱太太。

她笑道："他是因为姑奶奶要走了，心里不痛快。"

"珊瑚可落了单了。"雪渔太太胖胖的胳膊揽住了珊瑚的腰,"我来看你,跟你做伴。"

"好啊。"

雪渔太太又搂住了露的腰,三人像小女孩似的并肩而站。"再见面也不知道哪年哪月了。"

"在中国舒舒服服地住着偏不要,偏爱到外头去自己刷地煮饭。"国柱嘟囔着。

"上回也是,我倒顶喜欢的。"露道。

"一个人你就不介意做这些事。"珊瑚道。

"只有这样我才觉得年青自由。"露道。

"哼,你们两个!"国柱道,"崇洋媚外。"

"也还是比你要爱国一点。"珊瑚道。

"我们爱国,所以见不得它不够好不够强。"露道。

"你根本是见不得它。"国柱说。

露道:"你们这些人都是不到外国去,到了外国就知道了,讲起中国跟中国人来,再怎么礼貌也给人瞧不起。"

"哪个叫你去的?还不是自找的。"

露不理琵琶与陵。有人跟前她总这样,对国柱的孩子却好,是人人喜爱的姑姑。今天谁也没同琵琶和陵说话。国柱、他太太、雪渔太太只是笑着招呼,就掉过了脸。离了婚的母子,也不知该说什么,不看见过这种情况。他们也都同榆溪一样,家里从来没有离婚的事。琵琶跟着表姐去参观烟囱、舰桥、救生艇,一走远一点就给叫回来。黄澄澄的水面上银色鳞片一样的阳光,一片逐着一片。挨着河太近，温暖的空气弄得她头疼。这是杨家的宴会，她和弟弟不得不出席，虽然并不真需要他们。

好容易，站到码头上，所有人都挥手，只有琵琶与陵抬头微笑。挥手未免太轻佻鲁莽了。

在家里，又搬家了，搬回衖堂里，这次房子比较现代。离婚的事一字不提。榆溪的脾气倒是比先前好。西方坠入地平线下，只留下了威廉这条狗。没有了花园追着狗玩，就到衖堂里追。渐渐也明白了，虽然心痛，小狗待琵琶与陵和街坊的孩子没有什么两样。跟着他们跑，因为精神昂扬，不是因为他们喊它。晚上拴在过道，半希望能变成一只看门狗。老妈子们不肯让狗上楼，榆溪不准狗进餐室。琵琶与陵从来不吃零嘴，三餐间也没有东西喂它。喂威廉的差事落到佟干头上，照露的吩咐给它生猪肝，老妈子们嫌糟蹋粮食，可是没有公开批评。

"别过来，狗在吃饭。"何干警告道，"毛脸畜牲随时都可能转头不认人。"

厨子抱怨猪肝贵，改喂剩饭泡菜汁。

"还不是照吃不误。"老妈子们说。

威廉老在厨房等吃的。厨子老吴又骂又踢，还是总见它在脚边绕。琵琶觉得丢脸，喊它出来，它总不听。它倒是总不离开厨子老吴。厨子高头大马，圆脸，金鱼眼布满了红丝，肮脏的白围裙下渐渐地坟了起来，更像屠夫。

"死狗，再不闪开，老子剥了你的皮，红烧了吃。"他说。

打杂的笑道："真红烧可香了，油滋滋的，也够大。"

"狗肉真有说的那么好吃？"佟干问道。

"听说乡下的草狗有股子山羊的膻气。"打杂的说。

"狗肉不会，没听人家说是香肉嚜。"厨子道，"招牌上都这么写的，有的馆子小摊子就专卖香肉。"

"那是在旧城里。这里是租界，吃狗肉犯法。"打杂的说。

"管他犯不犯法，老子就煮了你，你等着。"厨子向狗说。

"嗳，都说狗肉闻起来比别的肉都要香。"何干说。

"是啊，治绦虫就是用这法子。把人绑起来，面前搁碗狗肉，热腾腾的。"打杂的道，"他够不着，拼命往前挣，口水直流，末了肚子里的绦虫再也受不了了，从他嘴里爬出来，掉进碗里。"

每次厨子老吴扬言要宰了狗，佣人就一阵的取笑讨论，跟请先生一样成了说不厌的笑话。琵琶只有装作不听见。

有天早上狗不见了。琵琶与陵屋子找遍了，还到衖堂里去找，老妈子们也帮着找。下午佟干轻声笑着说："厨子送走了，送到虹口去了。"漫不经心的口气，还是略显得懊恼，难为情。

琵琶冲下楼去找厨子理论。

"我不知道，我不知道狗丢了，没那条狗我的事就够多了。"他说。

"它老往外跑。"打杂的道，"我们都没闲着，谁能成天追着一只狗？"

"那只狗这一向是玩野了。"何干道。

"佟干说是你把它送到虹口了！"

"我没有。谁有那个闲工夫？"

"她不过这么说说，怕你跑到街上去找。"何干道，"你可不准到街上去乱走。"

"是厨子捉了。"琵琶哭了起来。

"吓咦！"何干喋吓她。

"我只知道今天早上狗不在厨房里，我可一点也不想它。"厨子说。

"它自己会回来。"何干跟琵琶说。

"只要不先让电车撞死。"厨子说。

他们知道她不能为了母亲送的狗去烦她父亲。当天狗没回来。隔天她还在等，并不抱希望。下午她到里间去从窗户眺望，老妈子们的东西都搁在这里。一束香插在搪磁漱盂里，搁在窗台上。末端的褐色细棍从未拆包的粉红包装纸里露出来。我要点香祷告，她心里想，说不定还来得及阻止狗被吃掉。到处找不着火柴。老妈子时时刻刻都警告她不能玩火柴。划火柴这么危险的事只能交给老妈子们。她惦记着下楼去，拿客室的烟灰缸里的火柴，又疑心自己划不划得着。总是可以祷告。不然那些没钱买香的呢？老天总不会也不理不睬吧。她抬头望着屋顶上白茫茫的天空。阴天，惨淡的下午，变冷了。老天像是渴望烟的样子。还是去拿火柴的好。可是她顶怕会闯祸失火。还是祷告吧。又不愿意考验老天爷的能耐，末了发现什么也没有，没有玉皇大帝，没有神仙，没有佛祖，没有鬼魂，没有轮回转世。她的两手蠢蠢欲动，想从白茫茫的天上把秘密抠出来。好容易忍住了，一手握住那束香，抬头默念，简短清晰，更有机会飞进天庭去：

"不管谁坐在上头，拜托让我的狗威廉回家，拜托别让它给吃了。"

反复地念，眼圈红了。在窗台前又站了一会才出去。不会有用的。没有人听见，她知道。连焚香的味道都没有，吸引不了玉皇大帝的注意。

晚上醒过来，听见门外有狗吠。睡在旁边的何干也醒了。

"是不是威廉？"琵琶问道。

"是别人家的狗。怎么叫得这么厉害？"

"说不定是威廉。下去看看。"

"这么晚了我可不下去。"何干悻悻然道，"楼下有男人。"

"那我下去。"

"唉哎嗳！"

极惊诧的声口。整个屋子都睡了，在黄暗的灯光下走楼梯，委实是难以想像。男女有别的观念像宵禁。琵琶躺到枕头上，还是想下楼去。狗吠个不停。

"要是威廉回来了呢？"

"是我们家的狗早开门放进来了，不会让它乱叫吵醒大家。"

琵琶竖耳倾听，待信不信的。

"睡了。知道几点钟了么？"何干低声威吓，仿佛邪恶的钟点是个埋伏的食人魔，可能会听见。

琵琶担着心事睡着了。第二天人人说是附近人家的狗。好两个月过去了，她也深信天上没有神可以求告，佟干却又懊恼地笑道：

"那条狗回来了，在后门叫了一整晚。厨子气死了，花了一块钱雇黄包车来，送到杨树浦去了，说那儿都是工厂。这次总算摆脱它了，再也不会回来了。"

十三

新年新希望，离婚后也总是痛下决心。榆溪买了架打字机、打孔机器、卡其色钢制书桌与文件柜，搁在吸烟室一隅，烟铺的对面。订阅《福星》杂志，研究新车图片小册子，买了一辆车，请了一个汽车夫。榆溪懂英文，也懂点德文，在亲戚间也是出了名的满腹经纶。他小时候科举就废了，清朝气数将尽前的最后几个改革。都说读古书虽然是死路一条，还是能修身养性。骨子里是没有人能相信中国五六百年来延揽人才的制度会说废就废，预备着它卷土重来得好，况且也没有别的办法来教育男孩子。外国语只是备用，正途出身不可得，也总能给他弄到个外交职务。清朝垮了，官做得再大也还是贰臣。可而今离婚后重新开始，榆溪倒慎重思索起找差事了。喝了一肚子的墨水，能卖给谁？是可以教书，薪水少地位低。还是有不少学校愿意请没有学位的老师。还是到银行做事，让人呼来喝去。他沉思良久，也向别人请益。末了在一家英国人开的不动产公司找到了差事。每天坐自己的汽车去上班，回家来午饭，抽几筒大烟，下午再去。没有薪水，全看买卖的抽成。他一幢屋子也没卖出，后来也不上班了。到底还是无所事事最上算。样样都费钱，纳堂子里的姑娘做妾，与朋友来往，偶尔小赌，毒品的刺激。他这一生做的事，好也罢坏也罢，都只让他更拮据。

他只拿打字机写过一两封商业书信，就再也没用过。有天琵琶在一张纸上打了满满一页的早安。

"胡闹！"他恼怒地说，半是笑，匆匆把纸张抽掉。

琵琶爱极了打孔机器，在纸上打了许多孔，打出花样来，做镂空纸纱玩。她常进来。他的房间仍是整日开着电灯，蓝雾氤氲，倒是少了从前的那种阴森。烟铺上堆满了小报，叫蚊子报。他像笼中的困兽，在房间里踱个不停，一面大声地背书。背完一段就吹口哨，声音促促的，不成调子。琵琶觉得他是寂寞的。她听见珊瑚说起他在不动产公司的办公桌。琵琶那时哈哈笑，姑姑口里的她父亲什么都好笑。可是在家里就觉得异样，替他难过。他似乎喜欢她进来，看他的报纸。她搜索枯肠，找出话来告诉他，好笑奇怪的事情，他喜欢的事情。离婚后他就不和杨家来往，倒不阻止琵琶去杨家。

"舅舅的姨太太真挑嘴，除了虾什么都不吃。"她告诉他。

"是么？"他有兴趣地说，又回头去曼声吹口哨。

琵琶倒庆幸他没追问，她也不知道还有什么下文。

他把何干叫来替他剪脚趾甲，结婚以前的习惯一直不改。何干站在当地谈讲一会，大都是说起老太太在世的时候。何干倒是很乐于回忆。可是他嗤道：

"你老是出了点芝麻大的事就吓死了，养媳妇就是养媳妇。"

他从小就喜欢取笑她是养媳妇。美其名是养个媳妇，却是养个奴才，供住供穿，却挨打挨饿，受她未来丈夫的欺凌，经常还被他奸淫。

"咳，"何干抗声道，"我头发都白了，孙子都大了，还是养媳妇？"

"那你胆子那么小？你到死都还是养媳妇。"

"真的么？何干是养媳妇？"琵琶很是愕然。

何干年岁大了话也多了，还是绝口不提年青时候的事，永远只提她一个寡妇辛苦拉拔大两个幼小孩子。

"嗳，还有什么法子？我们母子三个人跟在收庄稼的人后头，捡落在地下的玉米穗子。有时候我也纺些苎麻。女儿好，晚上帮我织，才八岁大。我看她困得直点头，头撞上了窗子，我就叫她去睡，我一个人纺到天亮，可是有时候连油灯也点不起。有一次真的没吃的了，带着孩子到他们大伯伯家借半升米，给他说了半天，低着头，眼泪往下掉。"

"他说你什么？"琵琶问。

"就是说嚜。"她似乎不知怎么说。

"说什么啊？"

"说这说那的，老说穷都怪你自己，后来还是量了米让我们带回去了。半升米吃不了多久。怎么办呢？亏得这个周大妈帮我找了这份差事，她以前就在沈家干活。我舍不得孩子，哭啊。"

她的儿子富臣还是上城来找事。四十岁的人了，苍老又憔悴，两条胳膊垂在身旁站在榆溪面前,看着就像是根深红色茎梗。榆溪躺在烟铺上,解释现在这年头到处都难,工作难找。住了约摸三个星期,何干给了他一笔钱,让他回去了。

"富臣又来要钱了。"琵琶告诉珊瑚。她觉得富臣是最坏的儿子,虽然其他的老妈子也都把大半的工钱往家里寄。仿佛没有人能靠种地生活了,都是靠老妈子们在城里帮工维持下去的。

"何干给他找了个差事。"珊瑚道,"他这下可野了。喝,那时候他可多机灵,花头也多。"

"什么差事?"

"不记得了,看在何干的面子上才不追究,就是他一定得走。"

"富臣以前就野么?"琵琶跟何干说。

"那是年青时候的事了,现在好了。"何干说,半眨眨眼,作保一样,"这如今年纪大了,知道好歹了。"

照例老妈子们隔几年可以回乡下一次。何干终于决定回去,坐了好两天火车,到通州换独轮车到县城,再走五里路回村子。

"我也要去。"琵琶说。她想看看在老妈子们背后的陌生凄惨的地方,像世界末日一样的荒地。

"嗳,"何干道,"哪能去?乡下苦啊。"

"我要看。"

"乡下有什么好看的?"

"我要睡在茅草屋里。"

一时间何干非常害怕,怕她真要跟去了。她又换上了软和的交涉口吻,"乡下人过得苦,款待不起你,老爷就会说怎么把小姐饿坏了,都已经这么瘦了。"

何干去了两个月回来了,瘦多了,也晒得红而亮,带了他们特产的大芝麻饼,硬绷绷的,像风干鳄鱼皮一样一片片的,咬一口,吃到里头的枣泥,味道很不错。

她常提到老太太,老太太的赏识是她这一生的顶点,提升了她当阿妈的头,委她照顾两代的沈家人。

"痛就说。"她帮琵琶梳头。

"不痛。"

"老太太也说我手轻。"

又一次"老太太说我心细,现在记性差了"。她在抽屉里找琵琶的袜带。抽屉里的东西都拿手巾包好,别上别针,一次拆开一小包,再摺好,别上别针。

过年她蒸枣糕,是老太太传下来的口味。三寸高的褐色方块,枣泥拌糯米面,碎核桃脂油馅,印出万寿花样,托在小片粽叶上。榆溪只爱吃这样甜食,琵琶也极喜欢,就可惜只有过年吃得到。

离婚后第一次过年,榆溪没提买花果来布置屋子,也没人想提醒他。到了除夕才想起来,给了琵琶十块,道:"去买蜡梅。"

她摸不着头脑,从来没有买过东西。她出去了,问何干。街底有家花店。她坚持不要人陪,买了一大束黄蜡梅,小小的圆花瓣像蜡做的,付了一块一,抬回家来,跟抬棵小树一样。十块钱让她觉得很重要,找的钱带回来还给父亲更让她欢喜,单为这就过了个好年。比平常更像她的家。

吃饭时榆溪帮她夹菜到碗里。宠坏女儿不要紧,横竖将来是别人家的人。儿子就得严加管教。要他跑腿,榆溪老是连名带姓地喊他:"沈陵!"严厉中带着取笑。他总是第一个吃完,绕着餐桌兜圈子,曼声背着奏章。走过去伸手揉乱琵琶的头发,叫她:"秃子。"

琵琶笑笑,不知道为什么叫她秃子。她头发非常多,还不像她有个表姐夏天生疮疖,剃过光头。从来没想到过他是叫她Toots(亲爱的)。

她可以感觉到他对钱不凑手的恐惧。一点一点流失,比当年挥霍无度时还恐怖。平时要钱付钢琴学费,总站在烟铺五尺远,以前背书的位置。

"哼。"他咕噜着再装一筒大烟,等抽完了,又在满床的报纸里翻找,"我倒想知道你把我的书弄哪儿了。书都让你吃了,连个尸骨也没留下,凭空消失了。"好容易看他坐起来,从丝锦背心口袋里掏出钱包来。

王发老是没办法从他那里拿到房屋税的钱,背着他悻悻然道:"总是拖,钱搁在身上多握两天也是好的。"

何干为了琵琶与陵的皮鞋和她自己的工钱向榆溪讨钱,还是高兴地说:"现在知道省了,败子回头金不换嘞!"

榆溪这一向跑交易所,赚了点钱。在穷愁潦倒的亲戚间多了个长袖善舞的名声,突然成为难得的择偶对象。

端午节他带琵琶到一个姑奶奶家。

"也该学学了。"他附耳跟她说。

她的个子又窜高了,不尴不尬的。可是很喜欢这次上亲戚家,似乎特别受欢迎。有个未出嫁的表姑带她到里间去说话,让她父亲在前面陪姑奶奶谈讲。她让琵琶坐在挂着床帐的床上，也在她身旁坐下，握住她两只手，羞涩地笑，像是想不起说什么。她的年纪不上三十，身材微丰，长得倒不难看，几个妹妹倒比她先嫁了。有一个凑巧走过，笑望着床上牵手坐着的两个人。

"你们两个真投缘。"

不理睬她。

"在家里做什么？"她终于问琵琶。

"跟着先生读书。"

"弟弟小吧，你几岁了？"

"十二了。"

"在家里还做什么？"

"练琴画画。"

"多用功啊。"她笑望进琵琶的眼里，手握得更紧，羡慕似的。

琵琶觉得是为了她自己的生活枯燥的原故，这么一大家子人挤在破旧的屋子里。她跟珊瑚说起到姑奶奶家的事。

"他们是想把你三表姑嫁给你父亲。"珊瑚笑道。

她没想过父亲会再婚。这时才明白到姑奶奶家引起的骚动，顿时觉得自己身价高了，有人争着巴结，但也有点皇皇然。

"他们现在说你父亲可说尽好话了。脾气又好，又有学问，又稳重，还越来越能干了。"

"爸爸喜欢三表姑么？"

"不知道。"

他喜欢女人瘦。琵琶想到她母亲和老七。三表姑的旗袍宽松松的，底下似乎很丰满。我愿意她做我的后母吗？她的人不坏，不太聪明。琵琶隐约希望她父亲能娶她，又不知道是不是真心想要。她不喜欢去想有后母的事。

榆溪让琵琶定期去看珊瑚，陵不跟着去。儿子是宝，是做父亲一个人的。珊瑚和露仍是一体，虽然露不在这儿。还有个更现成的理由，姑姑本来就该见侄女的时候比侄子多。珊瑚买了汽车，学开车，旁边坐着波兰汽车夫，随时预备接手。一身崭新的高腰洋服非常地时髦，下摆及地，开高衩，衬托出腿和胸。她有一件米黄丝锦镶褐色海豹皮大衣，公寓也都是深浅不一的褐色与立体派艺术，琵琶觉得不似人间。她尤其喜欢七巧板桌，三角形、平行四边形，都靠一条腿站着。

"这些是仿的七巧板。"珊瑚道，取出旧的拼图给琵琶看，七块黄檀木片装在黄檀木盒里。"看，可以拼出许多花样来，梅花、鱼、风筝、空心方块、走路的人。想让桌子变个样子，只要先拿这些拼图试。"

"是姑姑想到的？"

"是啊。这里的东西大部份是你母亲的主意，只有这张桌子是我想出来的。"

她母亲的照片立在书桌上，相框可以反转，翻过来就是珊瑚的照片。露从相片里往外看，双眉下眼窝深，V字领上一张V字脸，深褐色的衣服衬得嘴唇很红艳。

"来给你母亲写封信。"珊瑚道。

开始琵琶还很雀跃，说不定能告诉母亲她的感觉，一直没能说出口的话。可是立刻便发现随便说什么都会招出一顿教训。提起发生过的趣事，或是她有兴趣的事，露也总用蜘蛛似的一笔小字，写满整整一页，让人透不过气来，警告她一切可能的坏处，要不就是"我不喜欢你笑别人。别学你父亲，总对别人嗤之以鼻，开些没意思的玩笑……"

她母亲的信其实文如其人，可是还是两样。不过电影上的"意识"是要用美貌时髦的演员来表达的。琵琶选最安全的路，什么也不告诉，只重复说些她母亲的训示。她用心练琴，多吃水果，一面写一面喝茶。

"嗳呀，滴了一滴茶在上面了！"她哀叫道。

"你妈看了还当是一滴眼泪。"珊瑚取笑道。

"我去再抄一遍。"

"行，用不着再抄。我看看，只有这个字糊了点。"

"我情愿再抄一遍。"

"行了，不用抄了。"

"还是再抄一遍的好。我情愿再抄一遍！"

哭着写信给母亲！想起来就发窘，宁可抄一整本书也不肯让她母亲这么想。只费一张纸，还有一整本簿子可以画画。

珊瑚去接电话，坐在穿堂，草草记下号码。她也从交易所赚钱，女人最聪明的赚钱办法。她跟新朋友聊天，不是女掮客就是老字号商家的太太，投机赚钱来维持优渥的生活。沈家人没有一个像她一样融入上海。电话到末了，她说的是国语，声音压得低，只听，很少开口。琵琶不去听。她给训练得没了好奇心，也感觉她母亲姑姑不介意她在旁边也是为了这原故。她们就不这么信任她弟弟。她甚至不纳闷姑姑都在电话上同谁讲这么久，总是哑着喉咙说话，显得可怜巴巴。在珊瑚家遇见明哥哥，也从不疑心是跟他讲电话。明哥哥是罗侯爷的儿子，侯爷夫人带大的。到家里来过又跟她母亲姑姑出去吃茶跳舞的表哥里头，明哥哥是最不起眼的一个。他清瘦安静，比她高不了多少。

"明真喜欢跳舞。"珊瑚说。

"明哥哥喜欢跳舞？"琵琶诧异道。

"是啊，他上舞厅跟女孩子跳舞，就因为喜欢跳舞。"露向珊瑚说。

"现在有钱做别的事了。"珊瑚咕噜了一句，两人都笑。

"明哥哥跟舞厅的女孩子跳舞？"琵琶喊道。

他一个人来找珊瑚，琵琶花了很长的时间才明白是怎么回事，又讶然发现他是珊瑚的朋友。

"明哥哥来了。"珊瑚跟她说，那天她留下来吃饭，珊瑚觉得有必要解释，"是你雪渔表大爷的官司，我在帮他的忙。"

琵琶一直没见过明哥哥的父亲。要是知道是侯爵，她一定更好奇，可是她母亲姑姑不喜欢提头衔，不民主。琵琶只知道侯爵的房子何干记得，在南京。另一幢屋子是相府，其实是同一家人，搬到了上海，只是琵琶始终没想通。

"官司？"她尽量露出关切的样子。

"挪用公款。他在船运局。"珊瑚悻悻地嘟囔，猛然扭过头。

琵琶觉得雪渔表大爷就跟新房子的六爷一样,也官居高位。"他们在告他么?"她问道。

"把他抓起来了,钱是公家的。"

琵琶换上了难过的神色,可是珊瑚立刻就打破了坐牢的影像:

"他现在在医院里,病了。"

"喔,那还好。"

"他是真有病。"

琵琶又换上了难过的表情。

"我们在想办法让他出来,因为这些事情拖多久都有可能。"珊瑚道,略带迟疑,仿佛跟孩子说这些有点傻气。"他是给人坑害了。"她咕噜一声,"都是周尔春捣的鬼。"

也不知是谁,琵琶只管点头。姑姑会帮忙救人并不奇怪,姑姑就是这么有侠气。

"问题在怎么把亏空的钱给填上。"

"很大笔钱吗?"

"他哪次不是大手笔。"珊瑚说,无奈地笑笑。

明哥哥晚饭后来了,跑了一整天。珊瑚绞了个热手巾把子,送上杯冰茶,坐在洋台上,像满身征尘的兵勇这才松弛下来,气力总算恢复了,方才说起这一天的忙乱,见过了律师等等,也见到了爸爸。声音很低,端着茶杯正襟危坐,并不看谁。一提起"爸爸",这两个字特别轻柔迷濛,而且两眼直视前方,仿佛两个字悬在空气中散发着虹光。珊瑚问话也是轻言悄语,琵琶却不觉得是有事情瞒着她。他们讲的事她完全听不懂。他在讲刚才去见某人受到冷遇,一面说一面噗嗤噗嗤笑,说到最可笑处,突然拉高了嗓门。琵琶倒不知道明哥哥有幽默感。她喜欢这样坐在黑暗中听他们说话。八层楼底下汽车呼啸而过,背后是半明半暗的寂静公寓。他们是最高尚最可靠的两个人。两人不疾不徐地谈着,话题广泛,像走在漫漫长途上,看不到尽头。

"都说没有柏拉图式的恋爱。"末一句引的英文,中文没有这个说法。

"什么叫柏拉图式?"琵琶问道。

"就是男女做朋友而不恋爱。"珊瑚道。

"喔。那一定有。"

"喔?"珊瑚道,"你怎么知道?"

"一定有嚜。"

"你见过来着?"

"是啊,像姑姑和明哥哥就是的。"

两人都没言语。琵琶倒觉得茫然,懊悔说错了话,却也不怎么担心,姑姑和明哥哥不会介意的。静默了一会,他们又开口,空气也没有变。

时间晚了。琵琶才怕姑姑会叫她回家,姑姑就掉转脸来说:"你爸爸要结婚了。"

"是么?"她忙笑着说。在家里她父亲不管做什么都是好笑的。

"跟谁结婚?"明哥哥压低声音,心虚似的。

珊瑚也含糊漫应道:"唐五小姐。河南唐家的。"

"也是亲戚?"他咕哝了一声。

"真要叙起来,我们都是亲戚。"

后母就像个高大没有面目的东西,完全遮掩了琵琶的视线。仿佛在马路上一个转弯,迎面一堵高墙,狠狠打了你一个嘴巴子,榨干了胸腔里的空气。秦干老说后母的故事。有一个拿芦花来给继子做冬衣,看着是又厚又暖,却一点也不保暖。

"青竹蛇儿口,

黄蜂尾上针,

两者皆不毒,

最毒妇人心。"

她是这么念诵的。实生活里没有这种事,琵琶这么告诉自己。

"她要就在眼前,我就把她从洋台上推下去。"这念头清晰彻亮得像听见说出来。她很生气。她的快乐是这样地少,家不像家,父亲不像父亲,可是连这么渺小的一点点也留不住。

"说定了吗?"明哥哥问道。

"定了吧。"两人都含糊说话,觉得窘,"是秋鹤的姐姐做的媒。听说已经一齐打了几回麻将了。"

顿了顿,又向琵琶道:"横竖对你没有影响。你十三了,再过几年就长大了,弟弟也是,你们两个都不是小孩子了。你爸爸再娶也许是好事。"

"是啊。"琵琶说。

"你见过这个唐五小姐?"明哥哥问珊瑚。

"没见过。"

"不知道长得怎么样。"

"唐家的女儿都不是美人胚,不过听说这一个最漂亮,倒是也抽大烟。"

"那好,"他笑道,"表叔倒不寂寞了。"

"是啊,他们两个应该合得来。"

"她多大年纪了?"

"三十。"声口变硬,"跟我一样年纪。"

明哥哥不作声。珊瑚岔了开去,说些轻快的事。琵琶提醒自己离开之前要一直高高兴兴的。

十四

沈秋鹤是少数几个珊瑚当朋友的亲戚，有时也来看她。他的身量高壮，长衫飘飘，戴玳瑁眼镜。是个儒雅画家，只送不卖，连润笔也不收。就是好女色，时时对女人示爱。同是沈家人，又是表兄妹，他就不避嫌疑，上下摩挲珊瑚光裸的胳膊。也许是以为她自然是融合了旧礼教与现代思想，倒让她对近来的堕落不好意思。

"听说令兄要结婚了。"他道。

"明知故问。不是令姐撮合的吗？"

他是穷亲戚，靠两个嫁出去的姐姐接济，看她们的脸色，提起她们两个就委顿了下来，"我一点也不知道。"举起一只手左右乱摆，头也跟着摇，"家姐的事我一点关系也没有。"露与珊瑚同进同出，给榆溪做媒也等于对不起珊瑚。不适应离婚这种事，他仍是把露看作分隔两地的妻子。

"你认识唐五小姐，觉得她怎么样？"

他耸肩,不肯轻易松口,"你自己不也见过。"

"就前天见了一面。她怎么会梳个发髻?看着真老气。"

"她就是老气横秋,尖酸刻薄又婆婆妈妈。"

"榆溪这次倒还像话,找了个年纪相当,门第相当,习性相当的——"

"习性相当倒是真的。"秋鹤嗤笑道,虽然他自己也抽大烟。

"唐家人可不讨人喜欢。每一个都是从鼻子里说话,瓮声瓮气的。人口又那么多——二十七个兄弟吧?——真像阿里巴巴与四十大盗。"

"十一个儿子十六个女儿,通共二十七个。"

"倒像一窝崽子。"

"四个姨太太一个太太,每个人也不过生了五个。"他指明。

"是不算多。"立时同意,提醒自己秋鹤的姨太太也跟大太太一样多产。他自己拿自己的两份家的好几张嘴打趣讥刺倒无所谓,别人来说就是另一回事了。

秋鹤吸了口烟,"我那两个好事的姐姐一股子热心肠,我不想插手。我倒是想,都是亲戚,谁也不能避着谁。将来要是怎么样,见了面,做媒的不难为情么?"

她听得出话里有因。

"怎么?"她笑问道,"你觉得他们两个会怎么样?"

"他到底知道多少?"

"嗳,原来是为这个。他跟我说过了,他不介意。"

"好,他知道就好。"他粗声道。

珊瑚知道娶进门的妻子不是处子是很严重的事,有辱列祖列宗,因为妻子死后在祠堂里也有一席之地。可是又拿贞洁来做文章,还是使她刺心。

"也不知道他怎么突然间来跟我说这个。"她仍笑道,"他来我这儿,抽着雪茄兜圈子,说结婚前要搬家。忽然就说:'我知道她从前的事,我不介意。我自己也不是一张白纸。'我倒不知道他也有思想前进的一面。"

秋鹤摇头摆手,"令兄的事我早就不深究了。"

"到底是怎么回事?两人约定情死么?"

秋鹤重重叹口气,"她父亲不答应她嫁给表哥,嫌他穷。两人还是偷偷见面,末了决定要双双殉情。她表哥临时反悔,她倒是服毒了。他吓坏了,通知她家里,到旅馆去找她。"

"事情闹穿了可不是玩的。"珊瑚忍不住吃吃笑。

"出了院她父亲就把她关了起来,丢给她一条绳一把刀,逼着她寻死。亲戚劝了下来,可是从此不见天日。她父亲直到过世也不肯见她一面。"

"那个表哥怎么了?"

"几年前结婚了。"

"我最想不通她怎么会吸上大烟,可没听过没出嫁的小姐抽大烟的。"

"事发以后才抽上的,解闷吧,横是嫁不掉了。可没有多少人有令兄的雅量。抽上了大烟当然就更没人要了。"

"他倒是喜欢。他想找个也抽大烟的太太,不想再让人瞧不起,应该就是这个原故。"

"我是弄不懂他。"

世纪交换的年代出生的中国人常被说成是谷子,在磨坊里碾压,被东西双方拉扯。榆溪却不然,为了他自己的便利,时而守旧时而摩登,也乐于购买舶来品。他的书桌上有一尊拿破仑石像,也能援引叔本华对女人的评论。讲究养生,每天喝牛奶,煮得热腾腾的。还爱买汽车,换过一辆又一辆。教育子女倒相信中国的古书,也比较省。

"上学校就知道学着要钱。"他说。

至于说上学校是为将来投资,以他本身为例,他知道钱是留在身边的好,别指望能赚回来。大学学位是沉重的负担。出洋归国的留学生总不愁找不到事做,可是榆溪却不屑。

"顶着个地质学硕士学位的人回来了在财政部做个小职员,还不是得找关系。"

新生活展开的前夕,他陡然眷恋起旧情,想搬回他们在上海住过的第一幢屋子里。在那里他母亲过世,他迎娶露,琵琶诞生。他不觉得新娘会在意。那个地段贬值,房租也不贵。房子隔壁的一块地仍是珊瑚的,她建了两条小衖堂。他带唐五小姐看过,早年某个大班盖的大宅院,外国式样,红砖墙,长车道,网球场荒废了,只有一间浴室。婚礼也一样不铺张,在某个曾经是最时髦现今早已落伍的旅馆举行。礼服幛纱花束都是照相馆租来的。榆溪穿了蓝袍,外罩黑礼服。

琵琶与陵在大厅的茶点桌之间徘徊。大红丝锦帷幛覆着墙壁,亲戚送的礼贴着金纸剪出的大大的喜字,要不就是"天作之合""郎才女貌""花好月圆"。婚礼举行了,琵琶倒不觉得反感。后母的面还没见过,她也不急。后母有什么?她连父亲都不怕。她特为想让陵知道她完全无动于衷,甚至还觉得父亲再婚很好玩。可是一遇见亲戚,便心中不自在。

"嗳。"和她寒暄的表姑会露出鬼祟的笑,似乎不知该说什么好。她觉得自己是喜筵中的鬼。后来惊呼一声:"你的胳膊是怎么了?"

"碰的。"琵琶快心地说。

"啧啧啧,怎么碰的?"

"我正跑着,跌了一跤。"

表姑不能问"没事吧?"或是"没跌断骨头吧?"怕晦气。"啧啧啧啧!"又是连声咋舌,上下端相白色的吊臂带,露出带笑的怪相。婚礼上戴孝的白。怎么没人告诉她?

珊瑚忙着张罗客人,只匆匆看了琵琶一眼,半笑半皱眉。

"今天不吊着带子也行。"

"我不敢。"

"你这样成了负伤的士兵了。"

琵琶很欢喜得到注意。人们好奇地看着她,必定是猜她是谁,断了胳膊还来,想必是近亲。乐队奏起了结婚进行曲,她退后贴着墙站。新郎的女儿可不能挤到前面去直瞪瞪钉着新娘子。陵早不知躲哪了,可能是羞于与触目的吊臂带为伍。她倒愿意没他在旁边,一对苦命孤儿似的。

"看得见么?要不要站到椅子上?"有个女孩问,拉了把椅子靠着墙。

"看得见，谢谢。"谁要站在椅子上看后母！

"你叫琵琶是吧？"

"嗳。"她看着年纪比她大的女孩。身量矮小，手脚挤得慌，一张脸太大，给电烫的头发圈住了，倒像是总挂着笑。

"我们是表姐妹。"她道。

琵琶的表姐妹多了，再一个也不意外，"你叫什么？"

"柳絮。"是那个把雪花比拟成柳絮的女诗人，"你的胳膊怎么了？"

"跌跤了。"

"你上哪个学校？"

"在家里请先生。你上学校么？"

"嗳，"她忙道，"在家请先生好，学得多。"

柳絮爬上了椅子，忙着拉扯旗袍在膝上的开衩，四下扫了一圈，怕有人会说她。又爬了下来。"上前面去，我想看荣姑姑。"

琵琶没奈何，只得跟着，拨开人群，挤到前排。

"你姑姑在哪？"

她轻笑道："新娘就是我姑姑。"

"喔。"琵琶吓了一跳，只是笑笑，表示世故，新的亲戚并不使她尴尬，"我不知道。"

"现在我们是表姐妹了。"

"是啊。"琵琶也回以一笑。

柳絮朝她妹妹招手。琵琶让位置给她们，退到第二排。知道后母是这些绝对正常的女孩子的姑姑,使她安心不少。婚礼也跟她参加过的婚礼一样。新娘跟一般穿西式嫁衣的中国新娘一样,脸遮在幛纱后面。她并没去看立在前面等待的父亲,出现在公共场合让她紧张。

台上的证婚人各个发表了演说。主婚人也说了话。介绍人也说了。印章盖好了,戒子交换过。新人离开,榆溪碰巧走在琵琶这边,她忍不住看见他难为情地将新剪发的头微微偏开,躲离新娘。当时她并不觉得好笑。但凡见到他别扭的时候,她的感官总是裹上了厚厚的棉,不受震惊冲击。可是事前事后就像个天大的笑话,她父亲竟然会行"文明婚礼",与旧式婚礼全然相反,又是伴娘又是婚戒的,只少了一顶高帽子。

宾客吃茶,新人忙着照相。琵琶跟两个新的表姐坐一桌。

"我哥哥在那儿。"柳絮站起来拦住一个经过的年青人,"过来。"她道,"这是琵琶。"

她哥哥点个头,把她的椅子往外拉,柳絮一坐下,坐了个空。

她从地上爬起来,掸掸旗袍,转过身看后面是不是弄脏了。有人笑了出来。她红了脸,怒瞪他。

"就会欺负人。走开走开,不要你在这里。"她喃喃嗔道,偷看他一眼,看他的反应。不敢再多说。

吃了茶宾客又到一家旧馆子吃喜筵。琵琶还是同表姐一桌,她们让她挺称心的。应酬她们,让她觉得自己很有手腕,而且也喜欢她们,虽然她们是后母的侄女。她父亲结婚是他的事,与她不相干。跑堂的对着通到下边厨房的管子唱出菜名,划拳的隔桌吆喝，她跟着表姐一齐笑。一群表侄由罗明带领，到新人的桌子敬酒。新娘换了一件酱紫旗袍，长发溜光的全往后，挽个低而扁的髻，插了朵丝锦大红玫瑰。跟着榆溪挨桌向长辈敬酒，满脸是笑，肩膀单薄，长耳环晃来晃去，端着锡酒壶，倒比较像旗人，侧脸轮廓倒是鲜明，从头至脚却是扁平的。一张苍白的长方脸，长方的大眼睛荧荧然。他们并不到琵琶这桌来，都是些小辈。每到一桌都有人灌酒。珊瑚看他们过来了，站起来，一人送上一杯酒。

"喝个一双，"她道，"我再陪一杯。"

榆溪道："我陪你喝一杯，她的酒量不好。"

"好体贴的丈夫。"罗侯爷夫人道，"已经护着人家了。"

"嗳呀，再喝一杯喝不坏你娇滴滴的新娘子。"又有人说。

"赏个脸，赏个脸吧！"珊瑚喊道。

新娘忙笑道："我是真不行了。"

还是榆溪打圆场："就一杯，下不为例。"

"我陪你喝一杯。"秋鹤在隔桌朝珊瑚举杯，"我知道你还能喝。"

两人都干杯，一亮杯底。珊瑚参加婚礼总是兴高采烈，才不显得自己的前途黯淡。经常是她领头闹，热活场子。今晚她半是为怀想露的婚礼与她自己的青春而饮。喜筵后，琵琶与陵同坐她的汽车到榆溪的屋子。侯爷夫人也同他们一块去闹新房。琵琶的新表姐没来。闹新房没有小一辈的份，让他们看见长一辈的作弄房事不成体统。有些人家谁都可以来闹新房，有时闹上个三天。"三朝无大小。"沈家唐家的规矩大。

侯爷夫人在幽黑的汽车里说："我真不想来，可是秋鹤的姐姐直撺掇着要大伙来。"车里净是酒味。

"我反正躲不了,我该张罗客人。"珊瑚说。

"我本来是不来的,偏让他们钉住了,说是少了我没趣。"侯爷夫人道。

"你不来哪行,你可躲不了。"珊瑚断然道,打断了话头。侯爷夫人这么说只是表明她并不是倒向了新娘一面,不忠于露。可是她这人就是爱热闹。

"说句老实话,新娘子太老了没意思,闹不起来。"她声音半低,嗤笑道。

"不但是老,还老气横秋,像是结过好几次婚了,说说笑笑的。"珊瑚道。

"我也是这个意思。闹她有什么意思?人家根本就不害臊。"

"倒是,新娘越年青越害臊越好。"

"倒还是榆溪怪难为情的。"

"他倒是想要人闹。"

"这就奇了,闹榆溪一点意思也没有。"

"我们坐一会就可以走了。"

寂静片刻后,侯爷夫人这才想起两个孩子也在。

"嗳,琵琶。"她说,没了下文,跟在婚礼一样,想不起能说什么。

"嗳,明天你就有见面礼了。"她又说,"还没见过面吧?"

"没有。"琵琶说。

"两个孩子怎么叫她?"侯爷夫人掉转脸来问珊瑚。

"叫她娘。"

"亏得可以叫妈也可以叫娘，就是绕得人头晕眼花。"侯爷夫人喃喃道，又吃吃傻笑。以前没有离婚，后母总在生母过世后进门，没有称呼上的问题。

"是媒人出的主意。"

"媒人考虑得倒是周到。"

"我看是不会有见面礼的，这一向能省则省。"

"他们不是照老规矩？像闹新房。"

"不花钱的才照老规矩。"

别的汽车先到达了，红砖门廊灯火通明。

"新娘回来了？"珊瑚一头上台阶一头问道。

"新娘回来了。"一个缠足的大个子妇人答道，立在台阶上眯着眼笑。琵琶没见过她，一时间还以为走错了屋子。

胖妇人带客人进屋，吸烟室敞着门，特为结婚重新布置了，烟榻罩着布，摆了垫子，烟盘收走了。琵琶与陵回自己房里。

"我不用进去吧？"琵琶问何干，对闹新房倒有些好奇。

何干微摇头，眼睛闪了下，不算眨眼。

"那个老妈子是谁？"

"是潘大妈，太太的陪房。"

忙着送琵琶上床睡觉，还得忙进忙出，回应新来的阿妈的呼救声，机敏又快心的样子。琵琶知道何干脸上是笑，心里却发烦。新太太进门就会有全新的规矩。

隔天早上潘妈拿心形洋铁盒装了喜糖来给琵琶和陵。还有许多分送给所有亲戚的孩子。

"这些小盒子真别致。"何干道,"以前都是绣荷包装喜糖,盒子更好。"

"麻烦少。"潘妈道,"喜糖送来就是装在盒子里了,省得再往荷包里装。"

琵琶吃了几个,剩下的都给了何干。

"这盒子倒方便,装个小东西。"何干说。

"那你就留着吧。"

琵琶与陵直到午餐时间才见到新娘子,在餐室等他们下来吃饭。老妈子们预备好了一张小红毯。两个人磕头,依何干教的喃喃叫娘。

"嗳哟。"新娘子发出礼貌的惊讶呼声,身子向前探着点,伸出手来像要拦住他们。

就跟向先生磕头一样,琵琶心里想,做个样子。这如今她大了,知道并不存什么意义。她笑着磕头,觉得脸皮厚了,尽量慢着点。站起来后又向榆溪磕头,喃喃说:"恭喜爸爸。"

榆溪略欠了欠身。然后是仆佣进来行礼,先是男人半跪行礼,再是女人请安。

大家坐下来吃饭。荣珠夹了鸡肉放进琵琶和陵的碟子里。榆溪说话她只含笑以对,说的都是亲戚,偶尔打喉咙深处嗯一声。

午饭后新婚夫妇出门。琵琶溜进了客室。预备有客来,搁了几盆菊花,此外仍像是天津的旧房子,赤凤团花地毯,王发摆设的褐色家具,熟悉的空屋子味,不算是尘灰吊子味,却微带着鸡毛掸的气味,而且弥漫着重重的寂静,少了大钟滴答声,别处也能听见这寂静。房间使她悲伤,可是她喜欢这里。她拿桌上的糖果吃。陵进来了,瞪大眼睛笑着,意味着"怎么回事?"

"好吃,就只有这些。"她拎着蓝玻璃纸包的大粒巧格力糖的鱼尾巴。

四个玻璃盘里的糖果陵都拿了,显得平均些没动过。可是只有巧格力糖好吃。两人费力咬着中央的坚果,吃了一嘴的果仁,觉得受了贿赂。陵不看她的眼睛,知道视线相遇她或许会露出讥诮的笑。他们听见有人进来,并不转头,羞于人赃俱获。

潘妈进来了,脸颊红润润的,小脚扛着一座山。

"吃吧,多着呢。"看见桌上的蓝玻璃纸忙说道。

两人又吃了一会,才不显得心虚。潘妈拿了个大罐子进来,再装上糖果。

"吃吧,"她不耐地催促,"吃吧。"抓了一把巧格力糖搁在他们眼前。

何干进来同潘妈说话,也没叫他们留点肚子吃晚饭。两人自管自吃着。

是贿赂。他们觉得廉价,倒许还上了当。琵琶站起来上楼去了。陵也跟着上去。

十五

何干每天问琵琶："进去了没有？"指的是吸烟室。

"没有，说不定他们不要人去搅扰。"三餐见面尽够了。她不像何干，知道有蜜月。

"你又不是外人，他们欢喜见你，进去说说话。"

"等会吧。"

"他们起来一会了，现在正好。"

有时候琵琶说："等会吧，有客人。"

"没别人，就是你六表姑七表姑。"荣珠的异母姐妹。"去跟她们说说话，亲热一点，都是一家人了。"

"好，好，等一会。"

半个钟头后何干又回来了，低声催道："进去。"

"知道了。"

她立时站了起来，省得还得解释，有些话委实说不出口，可是一见何干的神色便知道不需多言。两人有默契。就如俗话说的：

"打人檐下过，哪能不低头？"

琵琶每天总在她父亲后母躺着抽大烟的房里待一些时候，看看报，插得上嘴就说两句话。她不觉得难为情，换了何干她却觉反感。何干回话总是从心底深处叫声"太太！"老缩了，像只大狗蹲坐着仰望着荣珠。太两样了。琵琶总以为她不愠不火，这会子却奴颜婢膝的。

拿不定荣珠的脾气，何干对陪房的阿妈仍旧很客气，荣珠的母亲搬进来住，也只敢皱眉头。她的母亲是姨太太，说亲的时候始终不出面，婚礼上琵琶也不记得见过她，虽然她一定也在。

"老太太！"何干这么称呼她，总像一声惊叹。老姨太显然是极快活自己的身份高了，摇摇摆摆迈着步子，矮小，挺个大肚子，冬瓜脸。虽说女大十八变，琵琶就是想不通会有谁愿意纳她做姨太太，究竟男人娶妾完全是自己的主意，不像大太太是家里给讨的。荣珠的父亲在前清出使德国，甚至还带着她。出使蛮邦生死未卜，朝廷命妇还许被迫跟人握手，所以把太太留在家里。姨太太吃惯了苦，从前家里在北京城赶货车。对外就说是大太太，却不让别的老妈子们看见。

"公使馆的舞会可热闹了。"夏天有个晚上她坐在洋台上回忆往事，琵琶与陵也在。"楼上有小窗户眼儿，看见下面那个又大又长的房间。我们都扒在那窗户眼儿上看。嗳呀！那些洋人都搂搂抱抱地跳，还亲女人的手。那些洋女人腰真细，胸脯都露出来了，雪白雪白的，头发戴满了金钢钻，嗳呀！我还学了德文字母。"她神往地说，小声背诵："啊、贝、赛、代。以前记得的还多。唉，不行了，记性坏了。"

"闹拳匪的时候我正好像你这么大。"她跟琵琶说，"那时候我们在北京，大门上了闩，扒着栅栏门往外看，看喔，义和拳喔。"

"不怕让人看见？"琵琶问。

"怎么不怕？吓死了。"用力睁眼，小眼睛就是不露缝，总是一副扒着门缝往外看的模样。

有天下午像是要下雨，她喊道："咱们过阴天儿哪！"像什么正经事似的。"我知道怎么过，我做南瓜饼。"

她到厨房煮南瓜，南瓜泥和面糊煎一大叠薄饼，足够每个人吃。没什么好吃，却填满了那个阴天下午的情调。

她很怕女儿。刚来的时候荣珠对她客气，演戏给新家的外人看，她还张皇失措。没多久荣珠就老说她："妈就是这样！"重重的鼻音带着小儿撒娇的口吻。

"我没别的意思，我只是说……"老姨太嘟嘟囔囔地走出去了。

圣人有言："嫡庶之别不可逾越。"大太太和她的子女是嫡，姨太太和子女是庶。三千年前就立下了这套规矩，保障王位及平民百姓的继承顺序。照理说一个人的子女都是太太的，却还是分等。荣珠就巴结嫡母，对亲生母亲却严词厉色，呼来叱去。这是孔教的宗法。

"出来。"榆溪在洋台上喊太太，"看又新起了那栋大楼。"

"在哪？是在法租界里吧？"

"不是，倒像是周太太前一向住的附近。"

琵琶也到洋台上。"那是不是鸟巢？"她指着一棵高白玉兰树，就傍着荒废的硬土地，以前是花园和网球场。

"倒像是。"荣珠顿了顿方漫应一声，显然是刻意找话说。

榆溪突然说："咦，你们两个很像。"嗤笑了一声，有点不好意思，仿佛是说他们姻缘天定，连前妻生的女儿都像她。

荣珠笑笑，没接这个碴。琵琶忙看着她。自己就像她那样？荣珠倒是不难看，夏日风大，吹得她的丝锦旗袍贴着胯骨和小小的胸部，窄紫条纹衬得她更纤瘦，有一种娇羞。阳光下脸色更像是病人一样苍白。真像她么？还是她父亲一厢情愿？

冬天屋子很冷。荣珠下楼吃午饭，带只热水袋下来。榆溪先吃完了，抢了她的热水袋。绕室兜圈子，走过她背后，将热水袋搁在她颈项背后。

"烫死你，烫死你。"他笑道。

"啊啊！"她抗声叫，脖子往前探，躲开了。

琵琶与陵自管自吃饭，淡然一笑，礼貌地响应他们的调笑。琵琶在心里业已听见自己怎么告诉姑姑了，直说得笑倒在地板上。

"嗳呀！你爸爸真是肉麻。"珊瑚听见了作个怪相，又道："我就是看不惯有人走到哪都带着热水袋，只有舞女才这习气。"

另一个琵琶爱说的事是洋娃娃。珊瑚送过她一只大洋娃娃，完全像真的婴儿，蓝蓝的眼睛，穿戴着粉蓝绒线帽子衫袴。珊瑚又另替它织了一套淡绿的。琵琶反对，珊瑚却说：

"织小娃衣服真好玩，一下子就织好了。"

琵琶不愿想也许是姑姑想要这么个孩子，不想替姑姑难过。

她倒并不多喜欢洋娃娃，可是脸朝下躺着，完全像真的婴儿，软软的绒线，沉甸甸的身体，圆胖冰凉的腿。就是哭声讨厌，像被囚的猫虚弱地喵喵叫，与洋娃娃的笑脸不相称。娃娃张着嘴，只有两颗牙，她总想把纸或饼干捱进去。

"我要问你件事。"荣珠跟她说，"你那洋娃娃借给我摆摆。"

"好啊。"琵琶立刻去抱了来。

"你不想它么？"

"不想。我大了，不玩洋娃娃了。"乍听像讽刺，她父亲变了脸色，荣珠倒似浑不在意。

"什么时候都能抱回去。"荣珠说，把它坐在双人床的荷叶边绣花枕头上。床铺是布置新房买的一堂枫木家具。

琵琶告诉了珊瑚，她道："是为了好兆头，你娘想要孩子呢。"咧嘴一笑，琵琶微觉秽亵，也不像姑姑的作风。

"娘当然会想要个自己的孩子。"她含糊漫应道。

"也不是不行，她的年纪又不大。"说得轻率，末了声音低了下来，预知凶兆似的。琵琶知道姑姑想什么，荣珠生了自己的孩子，琵琶与陵的日子就更不好过了。

洋娃娃坐在床上好两个月，张着腿伸着胳膊要人抱的样子。茫然的笑容更多了一种巫魇的感觉。琵琶走过来走过去，心里对它说："你去作法好了，谁怕你！"心里却磣可可的，仿佛是在挑拨命运。

荣珠也支持榆溪的省俭。他只拖延着不付账，她索性一概蠲削了。

"何干一个月拿五块,之前一向是十块。"陵来向琵琶报告。他在烟铺附近的时候多,家里的情况也知道得多。有天榆溪连名带姓喊他:

"沈陵!去把那封不动产的信拿来。"

陵应了声"喔!"比惯常的轻声要高。走到书桌,拉开抽屉,立刻便把信递了上去。琵琶倒讶异他这么干练。她也发现他在家里更心安理得,像找到了安身立命的角落。烟铺上的三个人是真的一家人。十二岁了,还是大眼睛,小猫一样可爱,太大了不能搂在怀里,可是荣珠问他话,喊他名字声音拖得老长,抚弄似的,哄他说话。

"我听说你娘到哪里都带着陵。"珊瑚笑向琵琶道,"都说把他惯坏了。八成是想:你们都把琵琶当宝,我偏抬举陵。你妈其实一向对你们姐弟俩没有分别。"

"这样才公平。"琵琶道,"我能来这里,他不能来。"

"我听说你娘教陵做大烟泡。"又一次珊瑚忧心地说道,"不该让孩子老在烟铺前转。"

"没有什么关系吧,我们从小闻惯了。"琵琶道,"我喜欢大烟的味道。"

"你喜欢大烟的味道?"

"烟味我都喜欢。"

她没法子让珊瑚了解鸦片是可以免疫的,她倒不会不放心陵。可是听见他学了荣珠的声口,也学着唐家人打鼻子眼里出声,却刺心。

何干一直没说她的工钱减了。有天琵琶愤愤地问她。她扭头看了看，摆手不让她说下去。

"老爷有他的难处。"她低声道。

"凭什么单减你的工钱？"

顿了顿，何干方低声道："之前一向我就比别人拿得多。"半眨了眨眼。

独有她多拿五块钱，因为是老太太手里的人。然后荣珠又打发了打杂的，要浆洗的老妈子做他的活。

"你也可以帮着洗衣服吧？"她向何干说，"小姐和小少爷都大了，不犯着时时刻刻跟着了。"

"是啊，太太！我可以洗衣服。"

为了节省家用，荣珠要秋鹤教她画画，横是他总也来吸大烟，总得从他身上捞回点好处来。

"琵琶也学，她喜欢乱写乱画。"榆溪说。妻女并肩习国画，这想法让他欣慰。

琵琶见过秋鹤的山水画，峰头一团团一束束的，像精雕细琢的发式，缎带似的水流，底下空白处一叶扁舟，上头空白处一轮明月。

"他可是名家，他的画有功力。"珊瑚说过。秋鹤送过她一幅扇面，她拿去配了扇形黄檀木框。

琵琶也猜他是好手。一笔一画潇洒自如，增一分太肥，减一分太瘦，浑然天成。饱满的墨点点出峭壁上的青苔，轻重缓急拿捏得极有分寸，每一点都是一个完美的梨子。图画本身可能摹的

187

是有名的古画,也不知是融合了多幅名画,许多相似的地方:船、桥、茅舍、林木、山壁。是国画的集句,中国诗独有的特色,从古诗中摘出句子,组合成一首诗,意境与原诗不同。要中国这种历史悠久的国家才能欣赏这样有创意的剽窃。可是有些集句真是鬼斧神工,琵琶心里想。也不知什么原故她却憎厌画也集句。她喜欢自己画,发现世上的好画都有人画过了,沮丧得很。可是国画让她最憎恶的一点是没有颜色,雪白的一片只偶尔刷过一条淡淡的锈褐色。真有这样的山陵溪流,她绝对不想去。单是看,生命就像少了什么。

她喜欢秋鹤,却总替他不好意思。榆溪跟荣珠谈起他:

"嗳呀!这个鹤少爷。说是过不下去了,只好让太太回乡下,可是路费上哪筹?又到哪弄钱给她安家?没有钱她说什么也不肯走。住下来,三天两头吵,总是为钱吵。儿子要学费,最小的又病了,姨太太又有喜了。这如今他不得不走,差事又丢了。"

"横竖他的差事也挣不了几个钱。"荣珠道,"政府的薪水少得可怜。"

"嫌少?丢了差事就知道少不少了。嗳哟,他真是一团糟。"

琵琶知道老一辈几乎人人都有两份家。秋鹤伯伯一团糟只是因为供不起。倒许不公平,可是贫穷使得这种事上了台面,更是叫人憎恶。他又是恂恂文士的模样,说话柔声缓气的,更让他像伪君子。他面目黧黑,长脸,戴眼镜,眼睛总钉着地上,仿佛凸着两只眼的马。

他躺在烟铺上,跟榆溪面对面,听他评析政治。榆溪也讲要为族人兴学，在北京城外他们村子里办一所免费的学校。他还计划要保祖坟常青，原有的树木都被农人和士兵砍伐了。秋鹤只偶尔咕噜一声。荣珠坐在一隅听着。有机会她倒想像秋鹤的姐姐一样教训他几句，只是秋鹤总对她敬而远之。

每次看见琵琶，他总两手抓着她的手，把她拉过去。

"小人！"他道。

琵琶喜欢他说"小人"的声口，略透着点骇然，仿佛在她身上看见了十四岁的人独特的个性。

"小人。"他恋恋地说，摩挲她的胳膊。

她也见过秋鹤摩挲珊瑚的光胳膊，使她觉得姑姑的胳膊凉润如雪，却不知怎的心里像有虫子蠕蠕爬过。珊瑚倒似不在意，却也略觉得窘。不犯着低头，她也知道自己的胳膊像两根无骨的长麦秆，像要往上攀住棚架的植物。环肥燕瘦，女人女孩，他反正喜欢女人的肌肤，永远贪得无厌，也永远得不到满足。谁也没有那个权利这么贪婪，使自己这么可悲。失去人性尊严总使她生气。她发现脸上的笑容挂不住，可为了不失礼又不得不微笑。她并不掉过脸去看荣珠是不是在看，可是不愿让后母看见她抽开手，免得之后她又带笑问她父亲注意到没有。荣珠不会说她心眼肮脏或是太敏感，只会说她长大了，暧昧的说法。

"嗳，她鹤伯伯不过是喜欢她。"

倒是不假。可是现在他固定来教画，要压下反感特为困难。他终于也察觉到了，深受侮辱。下次来只"嗳"了一声，看也不看她。握着手教画也很勉强，只对着荣珠教课。向后不来了，《芥子园画谱》

也只上不了多少。

"鹤伯伯到'满洲国'去了。"陵又来报告,志得意满的神气。

"真的?"她笑道。

他们在报纸头条上看见"满洲国"的消息,是日本人扶植的傀儡政权。

"到'满洲国'去做官。"

"你怎么知道?"

"听人说的。"咕噜一句,避重就轻。

陵一向不发问,榆溪也没有回答他的习惯。琵琶有时会问父亲问题,只是表示友好。

"鹤伯伯怎么到'满洲国'去了?还忠于溥仪么?"

榆溪头一偏,鄙薄她那种爱国的口吻,"溥仪自己都做不了主。鹤伯伯去是因为得养家。"

亲戚间视此为丑事,虽然对清廷仍是旧情拳拳。"'满洲国'"三个字狼藉得很。有人彼此埋怨不借贷给秋鹤,逼得他出此下策,尤为怪他两个姐姐。榆溪倒独排众议。亲眼目睹日人入侵,知道"满洲国"还是开始。中国文人一向兼治文史。孔夫子曾说:"学而优则仕。"[①]文人入宦,自然而然。榆溪虽然绝于宦途,仍是这方面的专家。他关心国际政治,大量阅读报章,不放过字里行间。他不喊口号,不发豪语,爱国心与别人一般无二,不过他的爱国是政客式的,总得钻缝觅隙以维护他个人最切身的权益,末了割舍了整

[①]这句应为《论语》"子张"篇中子夏的话。

个国家。他给陵请了日本先生。陵并不认真学。也许是耻于学日文。他的事谁也说不准。说到念书上,他也不爱英文,也不爱古书。

榆溪只和客人清谈,在室内绕圈子,大放厥词,说军阀的笑话,叫他们老张、小张、老冯、老蒋。琵琶想听,政治却无聊乏味。尽管置之不理,压力还是在的。"救国"的呼声直上云霄。爱国之于她就如同请先生的第一天拜孔夫子一样。天生的谨慎,人人都觉得神圣的,她偏疑心,给硬推上前去磕头,她就生气。为什么一定得爱国?不知道的东西怎么爱?人家说上海不是中国。童年住过的天津也说跟上海一样。那中国到底是什么样?是可怕的内地,能在城里耗着就决不去?

亲戚赞过内地好:"学校更好,有纪律得多。年青人也好,不那么虚荣,成天净想着打扮。精神也高昂,不像这里。"

舅舅也老说要迁到内地去。"过日子容易,鸡呀肉呀菜呀都新鲜便宜,人也古道热肠。请你过去住上一个月,一大家子都带去,也不觉得什么。有古风。"

说是说,并不去。

中国是什么样子?代表中国的是她父亲、舅舅、鹤伯伯、所有的老太太,而母亲姑姑是西方的拥护者。中国相形失色。书本证实她是对的。新文学于半个世纪的连番溃败之后方始出现,而且都揭的是自己的疮疤。鲁迅写来净是鄙薄,也许是爱之深责之切。但琵琶以全然陌生的眼光看,只是反感。学堂里念的古书两样。偶尔她看出其中的美,却只对照出四周的暗淡,像欧·亨利的带家具出租的房间里驱之不散的香水气味。

"想想国家在不知不觉中给了你多少,"她在哪里读到过,"你的传统,你的教育,舒适的生活,你视为理所当然的一切。你怎能不爱国?"

她只作修辞,而不是现实。国家给她这些因为她有幸生在富裕的家庭。要是何干的女儿,难道还要感激八岁大就饿肚子,一头纺纱一头打盹?从小到大只知道做粗活,让太阳烤得既瘦又长的像油条?

"那些学生,"榆溪有一次一壁绕圈子一壁跟孩子们说,"就学会了示威、造反、游行到南京请愿。学生就该好好念书,偏不念。"

这点琵琶同意,正喜欢上念书。有比先生和书本更恐怖的事,家里的情况变得更糟。何时开始的她说不清,只知道陵每天挨打。

"我老说不能开了头,一开了头可就成习惯了。"荣珠的母亲在洗衣房里跟老妈子们说。刚从吸烟室里出来,心情还是激动,粗短的胳膊上下乱划,强调她说的话。原是低声,说着说着就又回到本来的大嗓门。

"做什么每天打?"潘妈低声道,伤惨地皱着眉眼,"打惯了就不知道害臊了。天天打有什么用?"

"吓咦,这个陵少爷!"何干沾了肥皂沫的手在围裙上揩净,"真不知道他这一向是怎么了。"

"嗳呀,他爸爸那个脾气。"老姨太低了低声音,"他娘倒想劝,他爸爸偏不听,也不想想别人会怎么说:'又不是自己的儿子,到底隔了层肚皮。'今天我也看不下去了,我说话了。我说:'行了,打也打了,不犯着罚他在大太阳底下跪着,外头太热了。园子里又人来人往的。丢脸,脸皮可也练厚了,再有下次就不觉得丢人了。'"

"我也这么说。"潘妈说,"惯了也就不害臊了。"

"我说外面日头毒。没听他爸爸作声,眼皮子也没掀。我傻愣在那儿,碰了钉子,碰了一鼻子灰。"

"刚才还好好的嚜!"潘妈委屈地说,仿佛每天都风浪险恶。水手再怎么小心,就是会起风波。

"叫他偏不来。"老姨太说,"总吓得躲。嗳,那个孩子。说他胆小吧,有时候又无法无天。"

何干说:"这可怎么办?只有求老太太去说情了。"

"我不行,说过了。"

"等会吧,等气消了。"

"嗳,叫我们做亲戚的都不好意思。要不是大家和和乐乐的,住在别人家里有什么味?我不是爱管别人家的闲事。可是跪砖,头上还顶着一块,得跪满三炷香的时间。膝盖又不像屁股,骨棱棱的,磕着砖头。嗳呀!"她的脸往前伸了伸,让老妈子们听得更清楚,面上神情不变,小三角眼像甜瓜上的凿痕。

电话响了,荣珠的声音喊:"妈!"

"嗳?"心虚似的,立时往吸烟室里走。

"找你的。"

两个老妈子都不作声。何干看陵受罪觉得丢脸,潘妈是荣珠的陪房也是脸上汕汕的。

"嗳,刚才还好好的嚜!"半是向自己说。

琵琶在隔壁阴暗的大房间里看书。三炷香要燃多久?拿香来计时，感觉很异样。该是几年？几世纪？窗玻璃外白花花的阳光飘浮着。电车铃叮铃响，声音不大，汽车喇叭高亢，黄包车车夫上气不接下气，紧着嗓子出声吆喝，远远听来像兵士出操。对街的布店在大甩卖。各行各业还是不见起色。布店请的铜管乐队刚吹了《苏珊不要哭》，每只乐队似乎都知道，游行出殡都吹这曲子。时髦的说法叫"不景气"，是日本人翻译的英文。从前没这东西。一九三五这年，大萧条的新世纪了，还罚儿子跪砖？花园哪里？窗户看得见么？她坐在屋子中央的桌上，窗玻璃像围了上来。

何干进来，她问道："弟弟呢？"

"别出去。"何干低声道，"别管他，一会就完了。"

"哪一边？"

"那边。"何干朝吸烟室一撑头。喔，吸烟室的窗看得见。琵琶心里想。"可别出去说什么，反而坏了事。"

"究竟是为什么？"

"不知道。回错了电话，我也不知道。也是陵少爷不好，楼上叫他，偏躲在楼下佣人房里。"

琵琶恨他们反怪陵。不是他的错就是他父亲的错。琵琶知道她父亲没有人在旁挑拨是不会每天找陵麻烦的。他没这份毅力。何况人老了，可不会越看独生子越不顺眼。可她也恨陵中了人家的计。在我身上试试看，她向自己说道，觉得同石头一样坚硬。试试看，她又说一声，咬紧了牙，像咬的石头。她不愿去想跪在下面荒地的陵。跪在那儿，碎石子和薪薪的草看着不自然。阳光蒙着头，像雾濛濛的白头巾。他却不能睡着，头上的砖会掉，榆溪从窗户看得到。

小小的一炷褐色的香，香头红着一只眼，计算着另一个世纪的时间，慢悠悠的。他难道也是这么觉得？还许不是。弟弟比别的时候都要生疏封闭。指不定是她自己要这么想，想救他出去，免去他受罚的耻辱，也救她自己，因为羞于只能袖手不能做什么。

过后在楼下餐室见到他。何干给他端了杯茶，送上一套蓝布袍。他不肯坐下来让何干看他的膝盖。琵琶震了震，他长高了。必是以为他受罚后总有些改样，才觉得他变了。鲜蓝色长袍做得宽大，长高后可以再穿。穿在他身上高而瘦。他的鼻子大而挺，不漂亮了。琵琶只知自己的个子抽高了，不注意到自己也变了。弟弟的脸是第一张青春的脸，跟看着他在她眼前变老一样地伤惨。一见她进来，他就下巴一低，不愿她可怜，也不想听训，立在餐桌边，垂眼看着地下。

"有什么茶点？"她问何干。

"我去问问。"

"看不看见我的铅笔？到处找不着。"

何干去厨房了，她这才压低声音向陵说：

"他们疯了，别理他们。下次叫你就进去，要你做什么就做什么。让他们知道你不在乎今天喜欢你明天又不喜欢你。不喜欢你又怎么样？只有你一个儿子。"

她含笑说道，知道弟弟不会说什么，还是直视他的脸，等什么反应。什么也没有。她听见自己的声音在空虚里异样地清楚，心往下沉，知道言者无心听者有意。身体往后仰，怕让他窘，以为是可怜他，反倒显得她轻浮幼稚脾气坏，最糟的是他好容易全身而退，却不当回事。她嘴上不停,反复说着,心里急得不得了,因为不会再提起这件事,让他再想起今天。他仍低着头,大眼睛望着地下,全无表情。他的沉默是责备她派父母的不是?孔教的观点后母等于生母。还是知道向她解释也解释不通?她不会懂其中的微妙之处。还是怪她教训他要勇敢,出事的时候她又躲哪了?她只担心说错话,没工夫管他怎么想。可是突然不说了,知道说了也是白说。她转过身,看着门口,侧耳听脚步声。不想有人看见她在安慰他,两人都显得可悲。她上楼了。

每天都有麻烦,老姨太跑去向老妈子们嘀咕,两只胳膊乱划。有次琵琶出去看穿堂上怎么有脚底擦地的声音。是何干推着陵到吸烟室去。他垂着头,推一下才往前蹭个半步。

"吓咦,陵少爷,这是怎么啦?"何干压低声音,气愤地喝道。

推不动他,何干索性两手拉扯他。他向后挣,瘦长的身体像拉满的弓。

"吓咦!"何干嚇吓他。

他也是半推半就,让何干拉着他到吸烟室门口,鞋底刮过地板。他握住门把,何干想掰开他的手。潘妈上前来帮忙,低声催促:

"好了,陵少爷,乖乖进去什么事也没有,什么事也没有。"

他半坐下来,腿往前溜。

"吓咦!"

他还是赖在地下扳着房门不放。琵琶恨不得打死他。好容易给推进了吸烟室,她不肯留下来看。他这种令人费解的脾气小时候很可爱,像只别扭的小动物,长大了还不改,变成高耸妖魔的图腾柱。

他这一生没有知道他的人。谁也没兴趣探究,还许只有荣珠一个,似乎还知道他,不是全然了解,至少遂了她的用意。有时候她是真心喜欢他。风平浪静的日子,她还像一年前刚进门的时候,拉长声音宠溺地喊他的名字。琵琶受不了陵那副扬扬得意,一整天精明能干,却不声张,掩饰那份得意的神气。

麻烦来了的日子,她总不在眼前,因为她在吸烟室的时间越来越少,她特意冷落陵。陵惊讶地看着她,不耐烦起来,头一摔,在眼泪汪汪之前掉过脸去。

"弟弟偷东西。"她告诉珊瑚,"说他拿了炉台上的钱。"

"小孩子也是常有的事。"珊瑚道,"看见零钱搁在那里,随手拿了起来,就说是偷了。他们唐家还不乐得四处张扬。一背上了贼名,往后的日子就难了。"珊瑚像是比刚才更烦恼,"都怪他们。我真不知道该怎么办,有人能劝劝你父亲就好了。鹤伯伯又不在,我也想不到还能找谁。我自己去跟他说,又要吵起来。我不想现在找他吵架,我们正联手打官司,要告大爷。"

"告大爷?"琵琶极为兴奋。

"我们小时候他把我们的钱侵吞了。"

"喔?"

"奶奶过世的时候,什么都在他手里捏着。"

"那不是很久以前的事了,还能要回来么?"

"我们有证据。我现在打官司是因为需要钱,雪渔表大爷的官司,我在帮他的忙。"末一句说得很含糊。

197

"姑姑以前就知道么？"

"分家的时候我们只急着要搬出来，不是很清楚。你大妈不好相处，跟他们一起住真是受罪。他又是动不动就搬出孔夫子的大道理，对弟弟妹妹拘管得很严苛。你父亲结婚了都还得处处听他的，等他都有两个孩子了，才准他自立门户，我也跟着走了。还像是伤透了他的心呢。"

"我不知道大爷是那种人。"

"喝！简直是伪君子，以前老对我哭。"

"他会哭？"

"哭啊。"珊瑚厌厌地说道，"真哭呢。"

"为什么哭呢？"

珊瑚像是不愿说，还是恼怒地开口了，"他哭因为没把我嫁掉。'真是我的心事，我的心事啊。我死了叫我拿什么脸去见老太爷？'一说到老太爷就哭了。"

琵琶笑着扮个怪相。

"我那时候长得丑，现在也不好看。可是前一向我又高又胖，别的女孩胳膊都像火柴棍，我觉得自己像一扇门。十三岁我就发育了。奶奶过世以后他们让我去住一阵子，你大妈看见了，大吃一惊，忙笑着说：'不成体统。'带我到她房里，赶紧坐下来剪布给我把胸脯缚住。她教我怎么缝，要我穿上，这才说：'好多了。'其实反倒让我像鸡胸。我的头发太厚，辫子太粗，长溜海也不适合我。有胸部又戴眼镜，我真像个欧洲胖太太穿旗袍。"

琵琶只说："真恐怖。"

"我去看亲戚，人人都漂亮，恨不得自己能换个人。大爷一看见我就说什么心事，没脸见老太爷，噗嗤一声就哭。我受不了，就说：'做什么跟我说这些？'拿起脚就走出房间了。"

末一句声气爽利，下颏一抬，沉着脸。琵琶听出这话就像典型的老处女一听见结婚的反应。"做什么跟我说这些？"意思是与女孩子本人讨论婚姻，不合礼俗。婚姻大事概由一家之主做主，谨池是她的异母大哥，该也是他说了算。这话出自珊瑚之口令人意外，琵琶只觉费解，顿时将她们分隔了两个世纪。

"现在想想，从前我也还是又凶又心直口快。"珊瑚道，似乎沾沾自喜。

"回来之后也没去看过他们。"她往下说，"他们气死了，没拦住我们不让出国去。新房子的老太太也不高兴我们出国。她也是个伪君子，嗳呀！好管闲事，从头到脚都要管。"

"只有我们亲戚这个样子，"琵琶问道，"还是中国人都这样？"

"只有我们亲戚。我们的亲戚多，我们家的，奶奶家的，你妈家的，华北，华中，华南都有，中国的地方差不多都全了。"

"罗家和杨家比我们好一些么？"

"啊！跟他们一比，我们沈家还只是守旧。罗家全是无赖。杨家是山里的野人。你知道杨家人是怎么包围了寡妇的屋子吧。"

"姑姑倒喜欢罗家人。"

"我喜欢无赖吧。话是这么说，我们的亲戚可还没有像唐家那种人。唐家的人坏。"她嫌恶地说，把头一摔，撇过一边不提的样子。

"怎么坏？"

"嗳，看你娘怎么待她母亲。她自己的异母姐妹瞧不起她，说她是姨太太养的，这会子倒五姐长五姐短，在烟铺串进串出的。谁听说过年青的小姐吸鸦片的？——你娘的父亲外面的名声就不好。"莫名的一句，像不愿深究，啜起了茶。

"他怎么了？"

"喔，受贿。"

"他不是德国公使么？"

"他也在国民政府做官。"

"那怎么还那么穷？"

"人口太多了吧。——不知道。"

"我老是不懂四条衖怎么会那么穷。二大爷不是两广总督么？"

"还做了两任。"

"他一定是为官清廉。可是唐家人怎么还会穷？"

"有人就是闹穷。"顿了顿，忽然说道，"写信给你妈可别提弟弟的事。我也跟她说了，说得不仔细，省得让她难过，横竖知道了也没办法。"

琵琶点头，"我知道。"

"我还在想办法。实在找不到人，我得自己跑一趟，就是这种事情太难开口。"半是向自己说话，说到末了声音微弱起来。忽而又脱口说："一定是你娘挑唆的，你爸爸从来不是这样的人。"

"他一个人的时候脾气倒好。"

"至少没牵连上你。"珊瑚笑道，"也许是你有外交豁免权。你可以上这儿来讲。"

琵琶笑笑，很想说："也是因为他们知道我不像弟弟。我不怕他们，他们反倒有点怕我。"

"当然是你年纪大一点。只差一岁，可是你比较老成。你怎么不说说弟弟？"

"我说了，说了不听。"

"你们姐弟俩就是不亲。"

"我跟谁都说不上话，跟弟弟更说不上。喔，我们有时候是说话，只说看的书跟电影。"

这类话题他也是有感而应，感激她打断了比较刺心的话头。

"好看么？"他拿起一本新买的短篇故事集。

"很好看。"

他好奇地翻了翻，"原来你喜欢这种书。"

"你就爱神怪故事。"

"有些神怪故事写得不错。"

"你喜不喜欢中国嘉宝[①]？"

"嗳哟！"他做怪相，"你喜欢她？"

"嗳。"

"神秘女郎。黑眼圈女郎。你喜欢她？"

"我喜欢她的黑眼圈。"

其实没什么可说的，然而他总多站一会，摇摇晃晃的，像梯子在找墙靠。然后就走了。

---

①指阮玲玉。

十六

珊瑚常打电话来讨论打官司的事。榆溪并不愿打官司,怕和异母兄弟绝裂,一家人闹翻。可是他的妻子妹妹都赞成,而且也牵扯到金钱。王发给找来问老太太过世时有多少家产,他翻出了半腐烂的芦苇篮子,篮子里塞满了古旧的账簿。最后一个经管的人辞工了,就由他来收租。王发不识字,没办法查阅账簿,便全数留了下来。珊瑚请律师审查,找到了有用的资料。

珊瑚和荣珠不常见面,姑嫂的感情还算不错。两人互称姐姐。叫姐姐而不叫嫂嫂,叫哥哥而不叫姐夫,婚姻关系比起血亲来世俗得多,这样的称谓典雅有况味。这会子联手取回家产,她们分外地卖力讨好。荣珠向珊瑚埋怨陵总是惹他父亲不悦,珊瑚费了好大劲才忍住了不抢白她几句。在吸烟室商议完后,她趿着高跟鞋轻盈下楼,很满意自己的表现。见着何干,她快心地喊,学何干的土音:

"嗳，何大妈，你好啊？"

"好好，珊瑚小姐好么？"

"好好。"珊瑚模仿她。

就像从前，可是何干却是淡淡的，怕跟珊瑚说话。附近没有人，还是怕有人听见。谁知道是不是疑心她说新太太的不是？

珊瑚倒摸不着头脑。一时间竟还疑心何干是不是听见了她和明的事。她倒从不顾虑何干怎么想，可是老阿妈不赞同也让她心烦。倒是肯定榆溪没听见什么。

"雪渔怎么样了？"他会问候侯爷，"情况怎么样？"不追问细节，免遭袖手旁观之讥。他们的亲戚也没有一个帮忙。

"她就是好事。"榆溪背后笑道，终究传进了她耳朵里，"可是现在能干了，圆融多了。老练了。"

他绝不会疑心她和侯爷有什么，侯爷的年纪太大了。侯爷的儿子是珊瑚的表侄，又比她小了六岁。表侄也还是侄子。姑侄相恋是乱伦，几乎和母子乱伦一样。谁也不想到她会做出这样的事。大家都信任她。

"大家开口闭口说的都是你，从来不说我。"她曾向露说，几乎透着怅望。

侯爷夫人也什么都不觉察到。真觉察了，她也藏不住。难道是佣人？他晚上回家晚，电话又多？楼下是不是闲言闲语的？不然何干怎么冷冷的？琵琶去看她，她又想了起来。

"我在想，怎么何干对我就不像对你一样。"她忽然道，"她也是看我长大的。"

"她是爸爸的阿妈，不是姑姑的。"

"她也照顾我，我的阿妈太老了。"

"姑姑怎么知道她对你不一样？"

"嗳，看得出来。"

你老取笑她，对她又没有用处，琵琶心里想。然而一论及情爱，她对姑姑就有保护欲。

"也许是像人家疼儿子总不及疼孙子一样。"她道，"人老了就喜欢小孩子。我就像她的孙女。"

"大概吧，不知道。"珊瑚不像服气了。

每晚何干都到琵琶房里缝缝补补，陪她读书画画，只有头顶一盏昏黄的灯，两人围坐在正中的桌边，围炉一样。何干打盹，琵琶画她。她的头垂在胸口，变得很大，露出光闪闪的秃顶，稀疏的银白头发紧紧往后梳。灯下，秀气的脸部的骨架，秀气的嘴唇，稀稀的眉毛睫毛褪了颜色。阴影浓淡透视看得琵琶出神，仿佛是她发明出来的。

"何干你看我画的你。"

"我是这个样？"何干愉快地说，"丑相。睡死了，怎么睡着了。"

琵琶上床后她送热水袋来，捱进被窝里。两只手像老树皮，刮着琵琶的脚。琵琶把脚搁在法兰绒布套着的热水袋上，世上唯一的温暖，心里一阵哀痛。

"我今天上街。"何干有天晚上向她说，"给客人买蛋糕。大家都忙，要我去。靠近静安寺那儿的电车站有个老叫化子，给了她两毛钱。我跟自己说，将来可别像她一样啊。人老了可怜啊，要做叫化子。"

"不会的。"琵琶抗声说,愕然笑笑,"你怎么会这么想?"

何干不作声。

琵琶回头看书,何干也拿起针线,突然又大声说:"何干要做老叫化子了。"从不这么激动过。

"怎么会呢?"琵琶忙笑道,"除非——"除非她自己要走,她父亲是不会让她走的,琵琶正想这么说,仿佛她父亲靠得住。末了改口道:"不会的。"仍是挂着极乏的笑:"不会的。"

何干仍是不作声。琵琶心焦地钉着她缝衣服。想不出能说什么,不了解几句承诺就够了,不管听起来有多孩子气。她会养何干。过两年她就大了,何干就不用担心了。可是琵琶忘了怎么承诺。小时候她说长大了给何干买皮子,小时候她对将来更有把握。她可以察觉到何干背后那块辽阔的土地,总是等着要钱,她筋疲力竭的儿子女儿,他们的信像蝗虫一样飞来。比起空手回家,什么都好。能不回去,荣珠怎么对她都可以忍。她怕死了被辞歇回家,竟然想到留在城里乞讨,继续寄钱回去。

琵琶从没想过从她父亲那里继承财产。父母是不会衰老死亡的。他们得天独厚,纵使不是永保青春,至少也是永保中年。去看珊瑚,她问起打官司的事,也只因为是姑姑正在做的一件事情。回家来从不听见提起打官司的事。

"我们有胜算。"珊瑚道,"这些事当然说不准。"

"开庭了吗?"

"开了,现在说什么还太早,下一庭是五月。"

"大爷也去了？"

"没有去，只他的律师去了。"

"大爷看见姑姑不知道会怎么样？"

琵琶对法律与国民政府倒是有信心。她唯一知道的法律是离婚法律。她母亲能够离婚，军阀当政的时候简直不可能。嗳，她听说中国的离婚法比英国的尚且要现代。

五月快开庭以前，珊瑚的律师打电话来。榆溪同谨池私了了，官司给釜底抽薪了。珊瑚怒气冲冲去找哥哥理论，他严阵以待。

"我是不得已，"他道，"只有这个办法。我知道你听不进去。他们之前就问过我们了。要是告诉了你他们提了一个数，你反正也是拿着了把柄好对付他们。"

"你出卖我拿了多少钱？"珊瑚问道，"一定很便宜。"

"我只是不想再蹚浑水，我可没给钱逼疯了。官司打下去是个什么了局？"

"我们赢定了，陈律师说我们赢定了。"

"赢了反倒是泥足深陷。我不打了。"

荣珠打岔道："他一直就不愿意。官司拖下去，沈家人都没面子。"

"我们赢定了。你以为他们这么急着私了是为什么，他们可不是傻子。"

"他们只是不想打官司了，我们丢人也丢得够了。"他道。

"可别让亲戚们笑话。"荣珠道。

"是你拖我进来的，我不想再插手了。"他道。

"现在又怨起我来了。你倒大方，随人家抢，得了一点好处，这会子又成了好兄弟了。"

"异母兄弟到底还是兄弟。"荣珠道,"老太爷老太太要知道你们为了钱连手足之情都不顾了,就是死了也不闭眼。看看我们,我们家兄弟姐妹多了,都是和和气气的,大的教导小的,小的尊重大的,每个都是你推我让的。"

反驳的话进在舌头尖上,可是珊瑚不想打断话头。不理荣珠,仍是针对榆溪,明知无望,仍希望能逼他再改变立场。

这回碍于太太的面,咬定了不松口。珊瑚想扇旺他的贪念。谨池打官司花了那么多钱,能给他的也不多了。他们得送钱,打通了法官这个关节,再依着法官的指示打点重要人士。尽管拍胸脯担保,打点的费用只怕不止这些。惊人的花费显然让荣珠却步,消了发财梦。而榆溪舍不得的是手上的钱与一门阔亲戚。兼顾了传统与社会,他在物质上与精神上的需要。至于妹妹,也不是特为和她作对,他早也不满。离婚的事他也怨怪她。要不是她和嫂嫂形影不离,总是帮着嫂嫂,也不会以离婚收场。

珊瑚走了,临走说再也不上他家的门。榆溪倒不禁止琵琶去看姑姑。珊瑚什么也没跟琵琶说,不希望她在她父亲家里的日子更难过。

"什么时候再开庭?"琵琶问道。

"我们输了。"珊瑚道。

"怎么会输了?"

"他们送钱给法官,我们也送。他们送得多。"

端午节忽然叫王发送四色酒果到大爷家,王发也不知是怎回事。去了以后才从佣人那里知道榆溪与大爷私了了。

回家来佣人也有米酒吃。

"喝一杯吧,何大妈?"潘妈说。厨子也说:"喝点吧,潘大妈?"眼里闪动着做贼似的光彩,有些心虚促狭。老妈子们吃了半杯,男佣人吃得多。晚饭后王发一个人坐在长板凳上,脸喝得红红的,抽着香烟。何干把水壶提回来,他就说了官司的事。

"老爷做什么都是这样,"他道,"虎头蛇尾。我根本摸不着头脑,突然又想起送什么节礼?官司难道是打着玩的?今天打,明天和?联手对付自己的亲妹妹?可不作兴胳臂肘向外弯。"

何干很紧张,怕有人听见了。"我一点也不知道。"她反复地说。

"我不是帮珊瑚小姐,可是她终究是自己的亲妹妹。现在要她怎么办?官司输了,说不定钱都赔上去了,又没嫁人,将来可怎么好?"

"老爷一定有他的原故。"何干低声说道,"我们不知道。"

"珊瑚小姐来,跟我问账簿,我整篮整篮的拿了来。我倒不是等他们赢了官司打赏,可是看他们虎头蛇尾,真是憋了一肚子火。我就说要干什么就别缩手,要缩手就别干。"

何干低声道:"这些事我一点也不知道,可是老太太过世的时候,珊瑚小姐还小,老爷年纪大,应该知道。珊瑚小姐从来就不听人家的劝。"

"总强过了耳根子软,听人吹枕头风,倒自己亲骨肉的戈。就一个儿子,打丫头似的天天打,弄得跟养媳妇一样成天提着心吊着胆。"

片刻的沉默。

"得上去看看。"何干喃喃说道，却没起身，王发又说了起来。

"从前当着姨太太的面，我不敢骂，只在楼下骂。现在两样了。人家可是明媒正娶来的，我连大气都不敢哼。前天去买洋酒预备今天送礼，还怪我买贵了。我说：'就是这个价钱。'她不喜欢我的口气，掉过脸跟老爷说：'这个家我管不了。'老爷就说了：'王发，你越来越没规矩了，还以为是在乡下欺负那些乡下人。下次就别回来了。'欺负乡下人？我是为了谁？在这屋里连吃口饭都没滋味了。知道你老了，没有地方去，就不把你当人看了。"

"怎么这么说，王爷？"何干一头起身一头笑道，"老爷不看重你还会要你去收租么？"

秋天王发下乡去收租，钱送回来了，自己却不回来。留在田上，来年死在乡下了。

琵琶一点都不知道，跟荣珠却也交过几次手。跟她要大衣穿，她只有一件外套，旧外套改的，也太小穿不下了。

"你可真会长。"荣珠笑道，"现在做新的过后又穿不下了。"

"可是我出门没有大衣穿。"

"去看亲戚不要紧，他们不会多心。我们在家里都随便穿。你们家里也一样，你奶奶就很省，问你爸爸。"

榆溪在房里踱来踱去转圈子，不言语。女儿的衣服由母亲经管，他交由荣珠处理，还颇以为乐。

"可是天冷了。"

"多穿几件衣服。"荣珠忙笑道。

"大家都有大褂,独我没有,多怪。"

"谁会笑话你?你不知道现在外头这时世,失业的人那么多,工厂一家接一家关门,日本人又虎视眈眈的。"

琵琶听得头晕脑胀。直觉知道说的是门面话,粉饰什么。家里钱不凑手?她常听见鸦片的价格直往上涨。了解的光芒朦胧闪过,也愿意讲理,她冲口而出:"是不是钱的关系?"

"不是,不是因为钱。"荣珠断然笑道,耐着性子再加以解释。

琵琶几次想插嘴打断她这篇大道理,幸喜她还不算太愚钝,没提起荣珠才替自己订了一件小羊皮黑大衣。

她在报上看到新生活运动。实践上连女人的裙长袖长都有定制。不准烫发。提倡四书五经、风筝、国术。锱铢必计,竟使她想起后母的手段,觉得政府也在粉饰什么,任日本人作威作福,国事蜩螗却不作为。

还有次为了钢琴课。

"我们中国人啊,"荣珠躺在烟铺上向琵琶说道,"崇洋媚外的心理真是要不得。你芳姐姐也学琴,先生是国立音乐学院毕业的,就不像你的俄国先生一样那么贵。"掉过脸去对着另一侧的榆溪:"这个梁先生很有名,常开音乐会,还上过报,听说很行。怎么不换她来教?"她向琵琶说道。

"我习惯了这个先生了。"

"我在想在中国当天才真是可怜。资格那么好,还是不能跟白俄还是犹太人收一样的钱。我们中国人老怪别人瞧不起,自己就先瞧不起自己人。等你学成了,可别一样的遭遇。"

"换先生一个月能省多少钱?"琵琶问道。

"倒不是省钱不省钱。你的钢琴也学了不少年了,现在才想省钱也晚了。"

琵琶的琴一直学得不得劲,从她母亲走后就这样了。教琴的先生是个好看的俄国女人,黄头发在头上盘个高髻,住了幢小屋子,外壁爬满了常春藤,屋里总像炖着什么,墙壁上挂满了暗沉沉的织锦和地毯。养了一只中国人说的四眼狗,眼睛下有黑斑。她的先生细长的个子,进出总是他替琵琶何干开门。琵琶刚来时还不能和俄国先生说什么,先生得把她用的男厨子叫进来通译。他是山东人,也不知琵琶听不听懂他说的话,总掉头看坐在小沙发上的何干,成了四边对谈。

先生解释她怎么晒得红通通的。

"昨天我去戛秋。"她做出游泳的姿态。

"喔,上高桥去了。"何干说。

"对,对,戛秋。非常好。可是看?噢!"她做个怪相,"看?全部,全部。"只一下子就把棉衫掀到头上,长满雀斑的粉红色宽背转向她们。"看?"声音被衣服埋住了。

何干咕噜着表示同情,并不真看,紧张地扭过头去看厨子是不是过来了,自动侧跨一步挡住她,不让从厨房进来的人看见。赤裸的背有汗味太阳味。琵琶没闻过这么有夏天味儿的一个人。

琵琶弹完一曲,先生会环抱住她,雨点一样亲吻她的头脸,过后几分钟脸都还湿冷的。琵琶客气地微笑着,直等出了屋子才拿手绢擦。等她进了尴尬年龄,先生也不再夸奖她了。

"不不不不！"她捂住耳朵，抱着头，蓝色大眼睛里充满了眼泪。琵琶不习惯音乐家和白女人的怪脾气，倒不想到先生之前的欢喜也是抓住学生的一个手段。使先生失望，她惭愧得很，越来越怕上钢琴课。

因为后母的意思，她换了梁先生。梁先生受的是教会派的教育，她母亲姑姑素来最恨被人误认是教会派的。西化的中国人大半是来自教会派的家庭。

"尤其是知道你没结婚，"珊瑚道，"马上就问你是不是耶教徒。"

"手怎么这么放？"梁先生说。

"从前的先生教的。"

"太难看了。放平，手腕提起来。"

琵琶老记不得。俄国先生说手背要低，她相信。

"又是！"梁先生喊，"我不喜欢。"

她老弄错，梁先生气坏了，一掌横扫过来，打得她手一滑，指关节敲到键盘上的板子。

她早就想不学了，然而该怎么跟妈妈姑姑启齿？都学了五年了。她学下去，不中断，因为钢琴是她与母亲以及西方唯一的联系。

可是该练琴的时候她拿来看书。陵来了，抵着桌子站着，极稀罕地来做耳报神。

"我今天到大爷家去，骏哥哥过生日。"

"他们怎么样？"

"老样子。"又温声道，"嗳呀！最近去了也没意思。你倒好，用不着去。"

"去了很多客人？"

"是啊，驹也去了。"

琵琶过了一会方吸收。驹是姨太太的儿子。"怎么会？大妈知道了？"

"知道了，倒许还知道一段日子了。"

"什么时候认的？"

"一阵子了。你不大看见他们吧？"

琵琶除了拜年总推搪着不去。荣珠怕大爷大妈不高兴琵琶还和珊瑚来往，兴许还帮着珊瑚监视他们的一举一动。

"大妈和吉祥对面相见了？"

"嗳，她还得过去磕头。"

"就这么顺顺当当的？"

"大妈还能怎么样？都这么多年了。不高兴当然是有的，说不定还怪罪每个人，瞒着不告诉她。"

他的声口，圆滑的官腔，总觉刺耳。陵的每一点几乎都让她心痛。

"骏哥哥到不动产公司做事了。"

"做什么差事？"

"不知道。骏哥哥那个人……"同榆溪那种失望带笑的声气一样，只是紧张地低了低声音。

"驹长大了吧。"

"嗳。"

"几岁了？十岁还是十一岁？"

"十一了。"

"他以前圆墩墩的,真可爱。"

"现在改样了。"

"他也在家里念书?"

"嗳,说不定会上圣马可中学。"掉过脸去,以榆溪的口气咕噜,半是向自己说,"可是驹那个人……"

琵琶等着听驹又怎么也不是个有前途的人,可他没往下说。倒是觉得表兄弟二人都不怎么敷衍陵。刚到上海那时候吉祥很是亲热,小公馆让他们有一家人的感觉。当时姨太太对前途仍惴惴不宁,孩子又小。这如今不怕了。穷亲戚走得太近可不大方便。一时间琵琶觉得与弟弟一齐步入了他们自己知道立足于何处的世界。其实她并不知道。

十七

让她决定放弃钢琴的原因是至少她父亲欢喜。也是松了口气,再不犯着立在烟铺前等他坐起来,万分不舍地掏出皮夹。这次她要大步走向烟铺,说:"爸爸,我不想再学钢琴了。"就像送他一份昂贵的大礼。她不曾给过他什么,虽然也便宜了后母,并不坏了她的情绪。

榆溪荣珠果然欢喜。珊瑚也平静地接受。

"既然不感兴趣,再学也没用。"她道,"那你长大了想做什么?"

"我要画卡通片。"琵琶只知道这种可以画画,而且赚进百万的行业。她思前想后了许久。唯其如此才能坦然以对母亲姑姑,因为她让她们狠狠的失望。

"你要再回去画画了,像狄斯耐吗?"

"我不喜欢米老鼠和糊涂交响曲,我可以画不一样的。我可以画中国传说,像他们画佛经。"

"不是有人画过了？好像在哪里看到过。"

"是万氏兄弟，在这里制作了一张卡通片，《铁扇公主》。"

"那不是和画画两样？"

"嗳，是特别的一种。能让我做学徒就好了。"

说得豪壮，话一出口就觉得虚缈，自己也怅惘了。听她说的仿佛她的家和外面世界并不隔着一道深渊。连自己上街买东西都极少，她敢走到陌生人面前请他们雇用她？老妈子们总笑话杨家的女儿自己上街买糖果。"年青小姐上店里买东西，连我们陵少爷都不肯。"

横竖她的职业是将来的事，将来有多远她自己或姑姑都不知道。时间像护城河团团围住了她，圈禁保护。

"说不定该上美术学校，学点——"珊瑚总算没说出"基础"两个字，"唔，技术的部份，像人体解剖。"

说到末了自己也缩住了口。榆溪怎么肯让女儿混在男同学群里画裸体模特儿。谁都知道美术学校是最伤风败俗的。

"我不想上美术学校。"本地美术老师临摹皇家学院最不堪的画作，上过报，琵琶见过。

"也好。"珊瑚道，松了口气，"学校要不好，倒抹杀了天份。"顿了顿，方淡淡道："不会又改变主意吧？都十六了。"

"十六"两字陡然低了低声音，歉然笑笑，像是提醒哪个女人不再年青了。微蹙的眉头却难掩她对琵琶的失望。她本该与她们两样，为自己选定的职业早早开始训练，证明女孩子只要有机会一样可以出人头地。

"不会再改了。"琵琶笑道,觉得空洞洞的,忙着在心里抓住点什么牢固的东西。

钢琴上蒙了一层灰,使她心痛,佣人擦过心里才舒坦。"自己擦,"她母亲当时说,"这是一生一世的事。"柳絮的母亲想要钢琴,荣珠却不给,又不能向自己的嫂嫂收钱,卖给别人也难为情。钢琴便仍是搁在客室里。

荣珠满脑子俭省的算盘。在报纸副刊上看见养鹅作为一种家庭企业。花园横是荒废着,她要厨子买了一对鹅,靠花园围墙墙根上盖了鹅棚。她从窗户望出去,看见两只鹅踱来踱去,大声自问什么时候下蛋,疑心是不是一公一母,也不知厨子是不是给诓了?过些时也不看了。仍让她想到自己,这屋里连鹅都不生。

两只鹅成了花园的一部份,大而白,像种在墙沿的高大的白玉兰。大园子里只有这四五棵树木,崎岖不平的地面,一块块的草茬。很难说园子有多大,就像空房间,时而看着大时而看着小。黄昏之前琵琶在园子里跑了一圈又一圈,这时间隐晦些,安全些。她个子抽高了,昂首阔步太触目,在园子里却不觉得。在灰褐的荒凉中飞跑,剥除了一切,没有将来,没有爱,没有兴趣,只有跑步的生理快乐。两只大白鹅摇摇摆摆地踱步,彼此分开几步,园里的摆设似的,经过时理也不理她,原始的平原上与另一物种相遇,不屑为伍。大白鹅长得极为庞大,也不知是薄暮中空旷中显得大。橙色圆顶硬礼帽小了好几号,帽下两只圆滚滚的眼睛瞪着两侧。要是肯让她轻抚白胖的背,就像狗一样可爱了。有一次她经过时靠得太近,突然给注意到,下一秒钟立刻狼狈奔逃,气喘吁吁,恐惧捶打着耳朵，几乎聋了。两只鹅追着她，悄然移动，虽然是东摇西晃，竟快如闪电，一门心思将她逐出园子。

荣珠有个穷亲戚，远房的侄子，只有他对荣珠的母亲很尊重。老姨太总跟阿妈们说他有多好：

"今年二十二了，书从没有念完过，人倒是很勤奋，在银号里当店伙，养着他母亲。现在跟着他榆溪姑爷到交易所，边看边学。这孩子有前途。"

他高瘦，一袭青衫，古典美中略带腼腆，一双凤眼，精雕细琢的五官，肤如凝脂。在吸烟室里他听着榆溪评讲市场近况，紧张地称是。在表姑面前也害羞。等话说得差不多了，他退出吸烟室，过来到琵琶房里。

"看书啊，表妹？"他在门口含糊地说道，琵琶讶然抬头。

"褚表哥。"她点头微笑，半站了起来。

他走进来，随时就走的样子。

"请坐啊。"

他走过来到桌前。

"表妹好用功。"他说。

"喔，我不是在看书，是看小说。"

她把书本拿给他。他接过去掀动书页。

"请坐啊。"

"打扰了表妹。"

"没事没事，我也是闲着。"

他只坐椅子边缘，仍心不在焉地掀着书页。

"你喜欢看小说么？"

他顿了顿，方道："我什么也不知道，得跟表妹多讨教。"

"表哥太客气了。你喜欢什么？看电影？"

"不知道。"

"说不定还没看到好片子。看过哪些片子？"

他寻思着。

"电影总看过的。"

他似乎真的很认真地思索，正想开口，看着地下的脸却蹙起了眉头。"记不得了。"他喃喃说道。

"表哥的工作一定很忙。"

他不安地动了一下。"没有，不值一提。"咕哝了一句。

琵琶过了一会才想到交易所，比银号规模要宏大得多。

"交易所怎么样？很刺激么？"

"姑爹正教我。我还是什么也不懂。"

何干送茶进来，"表少爷，请喝茶。"

"不不，我得走了。"还是又拿起了书，垂眼钉着。

"你喜不喜欢京戏？"

他想了想，含糊应道："不知道。"淡淡一笑，头略摇了一摇，撇下不提了。

琵琶不再说话，他说："搅糊表妹了。"便走了。

下次来还是一样。她猜他是要自己把家里的每一个人都应酬到。

柳絮问："褚表哥常来么？"

"嗳,也不知道该跟他说什么。"

"讨厌死了。"

诧于她那恼怒的声口,琵琶倒乐意她这次少了那种圆滑的小母亲似的笑容。倒像两人是真正的朋友。

"他进来坐下,一句话也不说。"

"芳姐姐也是这么说。老是进来坐,一句话也不说。芳姐姐说他讨厌死了。"

"他也上你们家去?"

"倒不常来。他只往有钱的地方跑。"

"我们家没有钱。"

"姑爹有钱。"

"喔?"琵琶诧异道。

"他当然有钱。你知道芳姐姐怎么说褚表哥么?"一手遮口,悄悄道,"管他叫'猎财的'。以为她会看上他。哼,追芳姐姐的人多了。"

琵琶骇笑,"这么讨厌还想猎财!"

猎财的人将她看作肥羊,琵琶倒哭笑不得。她还是富家女吗?却连一件大衣都没有。与芳姐姐归入同类,她应该欢喜欲狂,芳姐姐二十四岁,衣着入时又漂亮。但是听见说褚表哥也是一样去默坐,不禁怆然。

荣珠有天说:"要不要烫头发?你这年纪的女孩子都烫头发了。"

还是第一次提到琵琶的外表。说得很自然。琵琶登时便起了戒心,不假思索便窘笑道:"我不想烫头发。"

荣珠笑笑,没往下说。

其实琵琶早想烫头发,人人都会说她变了个人,下次褚表哥来准是吓一跳。她不喜欢直直的短发,狗啃似的,穿后母的婚前的旧衣服,穿不完的穿,死气沉沉的直条纹,越显得她单薄、直棍棍的。

珊瑚道:"等你十八岁,给你做新衣服。"

珊瑚一向言出必行,但是琵琶不信十八岁就能从丑小鸭变天鹅。十八岁是在护城河的另一岸,不知道有什么办法才能过去。

"你就不能把头发弄得齐整一点?"

"娘问我要不要烫头发。"

"你娘还不是想嫁掉你。"珊瑚笑道。

琵琶笑笑。她很熟悉那套模式:烫头发,新旗袍,媒人请客吃饭,席间介绍年青男人,每个星期一齐吃晚饭,饭后看电影,两个人出去三四回,然后宣布订婚。这是折衷之道,不真像老派的媒妁之言,只是俗气些。她不担心。谁有胆子在她身上试这一套!

"我说不想烫头发。"

"别烫的好,年青女孩子太老成了不好看。"

表大妈从城里打电话来,珊瑚要她过来。

表大妈望着琵琶道:"小琵琶。"有些疑惑的声口。

"快跟我一样高了。"珊瑚道。

"净往上长,竹竿似的。倒没竹节,像豆芽菜。嗳,女大十八变,知道往后什么样呢。"表大妈和气地道。

"她至少头发别那么邋遢。"

"她是名士派。对,名士派。"表大妈得意地抓住了这个字眼,"名士派。跟她秋鹤伯伯一样。"

"我不是。"琵琶喊,觉得刺心。

"那怎么这么邋遢?"珊瑚道。

"你这年纪的女孩子应该喜欢打扮。还是一天到晚画画看书?瞧不起钱?"

"不是!我喜欢钱。"

"好,给你钱。"珊瑚给她一毛。

"我不想跟鹤伯伯一样。"

"奇怪你不喜欢他,他那么喜欢你。"

"他回来后见过么?"表大妈问珊瑚。

"鹤伯伯从'满洲国'回来了?"琵琶诧异道。

"嗳。"

"真带了姨太太回来了?"表大妈身体往前凑了凑,急于听笑话。

"我问过他。我说恭喜啊,听说找到新欢了。他只摇头叹气,说:'全是误会,我也只是逢场作戏。'"

"他两个姐姐怎么说?差事丢了,又弄了个姨太太。"

"他说她才十六,还是个孩子。"珊瑚道,仿佛年龄和身量减轻了这桩大罪。

"是怎么回事?"

"他自己说是可怜她。"

"堂子里的?"

"是啊。同僚拖他去的。长春荒冷寂寥,他又没带家眷,下了班也没地方去,这个女孩子又可怜。"

"偏我们的秋鹤爷又是个多情种子。"

"我倒不怪他又看上了一个,就是不该带回来。家里大太太和姨太太已经闹不清了。"

"这会子他要怎么办?去过'满洲国'又成了黑人。"

"也许是他两个姐姐养着他。"

"这一个住哪里?"

"同姨太太住吧——大太太在乡下。"

"这一个可别又生那么多孩子。"

无论他说是爱情或是同情都不相干,琵琶心里想。丢进锅里一炖,糊烂一团。贫穷就是这样。

"他至少该在'满洲国'卖几张画。"珊瑚道,"郑孝胥在那里做总理,自己就是书法家。"

"要是跟那些人处得好,也不回来了。"

"是啊,可是他的画从不卖,死也不肯卖。"

有个第五世纪的文人,死也不肯提起钱这个字,他叫什么来着?有人特意在他屋子里到处堆满铜钱,他只嚷:"举却阿堵物!"从此"阿堵物"成了钱的别称。实生活里也确实堵死了许多人的路。不看不说也无济于事。她就受不了荣珠绕着钱打转,却绝口不提钱字。不出口的字是心上的障碍,整个中国心理就绕着它神秘地回旋。

珊瑚将露寄来的近照拿给表大妈看。在法国比阿希芝海滩上,白色宽松长裤,条纹荷叶帽。

"气色真好,一点也不显老。"

"反倒年青了。"

"交朋友了吗？"

"没有特别的吧。"

她将相片递给琵琶。琵琶倒觉好笑，还特意回避。她母亲有男朋友未尝不可？离婚之前也不要紧，横竖只是朋友。她母亲太有良心了。

"真佩服她，裹小脚还能游泳。"表大妈心虚地低了低声音，珊瑚也是。

"还滑雪，比我强。"

两人在一块就分外想念露。三人小集团里表大妈最是如鱼得水。只剩两个，关系太深了点，不自在。其实这一向她们两人有些紧张。珊瑚不知道援救雪渔表大爷的事一概瞒住表大妈使她愤懑不平，像个傻子给摆在一旁。每每表大妈问起最近的发展，得到的答案只是哄老太太的含糊其词。珊瑚心事太多，不留意到伤了她的心。珊瑚只想着表大妈是不是疑心她和明的事。她不高兴明坚持要秘而不宣，倒也想得到若是表大妈知道了真相，准是仓皇失措。尽管她见识广，对爱情又有憧憬，也不能接受姑侄相恋，尤其是她当儿子一样亲手带大的孩子。

但是珊瑚觉得表大妈不是个藏得住事的人，心绪坏指不定是因为要担心的事太多。自从表大爷出了事，她便不像从前一样好玩。今天又几乎恢复旧貌。幸喜琵琶也在，又是三个人。

十八

褚表哥再来，琵琶仍是在看书。也真怪，听见了他的事，并不改常。他在门口迟疑着不进来。

"搅糊表妹了。"

她半立起来，仍是惊讶，"没有，没有。褚表哥。"

"表妹真用功。"

"不是，我是在看小说。"

她让他看封面。

"表哥看过么？"又来了，图书馆员似的。

这么多人偏拣她来猎财，整个是笑话。他又不傻。别的不知道，这一点她是知道的。他长大成人了，神神秘秘的，长条个子，像是覆着白雪的山。可是她不要人家说她是爱上了他。她提醒自己不要太热络了。

他仍是否认看过什么书什么电影。长长的静默。他倒有些不安。

开罪她了?

"我自己的时间太少了,"他喃喃说道,"也不知道哪张片子好。"

"国泰戏院有一张片子很好,你一定得去看看,报纸会有上演的时间。"她一古脑说了所有的细节。

他一脸的无奈。"嗳,我是想看看,偏是抽不出空来。"他喃喃道,搭拉着眼皮,声音走调,有些刺耳。奇怪,却不猜到他以为她把顺序搅混了,还没找媒人上门来说亲,就要他带她去看电影。琵琶自然是要他自己去看的意思,也不信他会去,只是搭讪着找话说。

荣珠竟帮她订了件大衣,未免太性急了,因为两个月后就听说褚表哥与一个银行家的女儿订婚了。荣珠的母亲兴奋地告诉老妈子们:

"中通银行的总经理,就只有她一个女儿。将来也把女婿带进银行,给他一个分行经理的位子。我就知道这个孩子有出息,现在这么好的年青人找不到喽。"

他果然是个猎财的。琵琶也不觉得怎么样,从不疑心差一点就爱上他。过后没多久做了个梦,梦见了她的新婚之夜。宾客都散了,耳朵仍是嗡嗡地响,脸上酡红,腮颊蒙着热热的雾霭。坐在床沿,旁边坐着新郎,大衣柜镜子里映着两个人。大衣柜很贴近床铺,房间准是很小。她不能环顾,太害羞,整个头重甸甸的。吊灯怒放着光,便宜的家具泛出黄色的釉彩。她看着怪怪的模糊影子,两个坐着的人强捱进镜子里,镜子搁得太近,男人的脸挨得太近,有米酒的气味,热辣辣的脸颊有电金属味。他是谁? 不是褚表哥。根本不认得。油腻腻的泛着橙光的脸挨得太近,放大了,看不出是谁。难道毕竟还是褚表哥,给强灌酒,喝成这副脸色? 可是她在那里做什么？她是怎么插进来的？困住了。心像是给冰寒裹住了。

"她自己要的。"她听见后母向珊瑚说，"我们是觉得年纪太小了，可是她愿意。"

是的，是她自己不好。被人误解很甜蜜，随波逐流很愉快，半推半就很刺激，一件拉扯着一件。末了是婚礼，心里既不感觉喜悦也不感觉伤惨，只觉得重要，成就了什么。完成了一件事，一生中最重大的事。然而倏然领悟她没有理由在这里，天地接上了，老虎钳一样钳紧了她。把宾客叫回来？找律师来？在报上登启事？笑话。没有人这么做。自己决定的事不作兴打退堂鼓。来不及了。

她躲避那人带酒气的呼吸，又推又打又踢。可是他们是夫妻了，再没退路了。经过了漫长的一天，他这时早忘了当初为什么娶这一个而不是另一个。现在他和她一个人在房里。非要她不可，不然就不是男人。没人想要，却人人要。理所当然是一股沛之莫能御的力量。她还是抗拒。过后就什么都完了。抗拒本身就像是性爱本身，没完没了，手脚缠混，口鼻合一变成动物的鼻子寻找她的脸，毛孔极大的橘皮脸散发出热金属味。这时又是拉扯裤腰的拉锯战。梦里她仍穿着小时候的长裤，白地碎花棉裤，系着窄布条，何干缝的。她死抓不放的是脐带，为她的生命奋战，为回去的路奋战，可是那是最后一阵的挣扎。她在睡眠中打输了。

同样的梦一做再做。有时一开始是新娘新郎向天地磕头。她的头上并不像老派的新娘覆着红头盖。他们是时髦的新人，在租来的饭店礼堂结婚，照例是回来家再行旧式跪拜礼。我在这里做什么？头磕到一半她自己问自己。来不及了。但是还没站起来她就抓住供桌，打翻了烛台,砸了果菜,推倒了桌子。她只是使自己成为笑柄。太迟了,不中用了,即使像阵旋风刮过苦苦相劝的亲戚,她也知道。

都是难为情的梦。也许是怕自己被嫁掉吧。从不想到是她自己渴望什么真实的东西。她的绘画探索先是写实派与美感,又欣赏起意大利画家安德瑞亚·德·沙托的圣母像,比拉斐尔的漂亮,最后又绕进了好莱坞。她描摹电影明星的画像,斤斤计较每一束头发的光泽,蓝黑或白金,眼睫毛投下的每一道蛛丝细纹,皮肤的浓淡色调,紫红与橙色的晕染接合。她就像俗话说的画饼充饥。尽管在明暗上汲汲营营,画出来的画仍是不够触目。雕塑既不可得,她拿旧鞋盒做了个玩具舞台,何干帮她缝了一排珍珠做脚灯。

"是这样么?"何干问道,"是要这样的么?"

从来跟她要的两样。可是她没有心思告诉何干谁做得齐整,何干会觉得是自己做坏了。

荣珠的阿妈经过房间,停下来看。

"什么东西?"她茫然说,噗嗤一声笑了起来,"何大妈,这是什么东西啊?"

何干有些讪讪的,"不知道,潘大妈,是她要的。"

潘妈弯腰皱眉瞪着眼看,舌头直响,"啧啧啧,可费了不少工夫。咦,还演戏呢。"她吃吃笑。

何干觉得玩乐被当场逮住,"好多东西要做,只得撇下别的活。"

"也得做得来,我这辈子也不行。"潘妈说。

"老爷小时候我常帮他缝鸽子。"

"你也帮我们做过。"琵琶说。

"我做了好些,找对了小石子和一点布就成了。"

"看起来跟真的一样,就是缺了腿。"

"容易做的。老爷跟珊瑚小姐喜欢鸽子。老太太只准他们养鸽子。不会脏了屋子,而且老太太总说鸽子知道理,到老守着自己的伴。"

这一向她很少提老太太了。怕像在吹嘘,万一传进了荣珠耳朵里,还当是抱怨。她服侍过老太太,又照料过老爷,六十八了反倒成了洗衣服的阿妈,做粗重活。她知道有人嫌她老了。在饭桌边伺候,荣珠极少同她说话。每次回话,琵琶就受不了何干那种警觉又绝望的神气,眉眼鼻子分得那么开,眼神很紧张,因为耳朵有点聋,仿佛以为能靠眼睛来补救。表情若有所待,随时可以变形状,熔化的金属预备着往外倾倒。

潘妈仍弯着腰端相舞台,"珍珠是做什么的?"

"脚灯。"琵琶说。

"啧啧啧!真好耐性。"

"还能怎么办呢,潘大妈?她非要不可嚜。"

潘妈直起腰板,蹬蹬迈着小脚朝门口走,笑着道:"在我们家年青的小姐凡事都听阿妈的,在这里何大妈都是听琵琶小姐的。"

琵琶傲然笑笑。何干也笑笑,不作声。

"何大妈脾气好。"潘妈出去了,一面做了这么个结论。

何干病倒了。琵琶也染上了麻疹,医生来家里看病,她要医生看一下何干。

"别让她吃太烫的东西。"只得了这么一句。

何干没多久就下了床,照样干活,得空总来琵琶床边。

"现在就洗床单了么?"

"只洗床单蚊帐。秋天了,蚊帐该收了。"

"不忙着现在洗嚜。"

"唉哎嗳!怎么能不洗。"

她将自己的午饭端到琵琶房里,坐在床边椅子上吃,端着热腾腾的碗。

"医生说你不能吃太烫的东西。"

何干只淡淡一笑,没言语,照样吃着。

"你怎么还吃?怎么不等凉一凉?医生的话你都不听,那怎么会好?"

何干不笑了,只是默默地吃。

琵琶不说话了,突然明白她这么大惊小怪是因为此外她也帮不上忙,像是送她去检查,帮她买药。她虚伪地避开真正的问题,比荣珠也好不了多少。她也知道何干宁可吃热粥的原故。她喜欢感觉热粥下肚。不然她还有什么?琵琶觉得灰心的时候还可以到园子里去跑一跑。何干跑不动了,也没什么可吃的,可是她乐意知道自己还能吃,还能感觉东西下肚。

生病后第一次下楼吃饭,琵琶看见荣珠还随餐吃补药,还是很出名的专利药。琵琶听见说她前一向有肺结核。太多人得过这病,尤其是年青的时候。都说只要拖过了三十岁便安全了。荣珠拿热水溶了一匙补品,冲了一大杯黑漆漆的东西,啜了几口便转递给陵。

"陵,喝一点,对身体好。"

换个杯子,琵琶暗暗在心里说。别这么挑眼,她告诉自己。

公共场所的茶杯又干净到哪去？空气都还充满了细菌呢。

陵两手捧着杯子，迟迟疑疑的，低下头，喝了一小口。再喝一口，像是颇费力，然后便还给了荣珠。她又喝了几口。

"喝完它。"她说。

琵琶也不知道怎么会一点一滴都看在眼里。陵勉强的表情绝错不了。为什么？荣珠每每对陵表现出慈爱，榆溪也欢喜。陵不会介意用同一个杯子，不怕传染的话。但是陵这个人是说不准的。也许是他不喜欢补品的味道，份量也太多了。低头直瞪着看还剩多少，一口口喝着，好容易喝完了，放下了杯子。

再吃饭琵琶发现是一种常例，他们两人之间的小仪式。荣珠总让他喝同一个杯子里的补品。陵总一脸的无奈。疑心她想把肺结核过给他，也不知是味道太坏？问他也不中用，他横竖直瞪瞪看着你。找他谈又有什么用？若是能让他相信无论是不是有意的，都有传染的危险，他有那个胆子拒绝不喝么？连试都不肯试。她也把这念头驱逐出心里了。谁会相信真实的人会做出这种事，尤其是你四周的人。可是杯子一出现，不安就牵动了五脏六腑。

陵不时咳嗽，也许还不比她自己感冒那般频繁，却使她震动。有一天她发现他一个人在楼下，把头抵在空饭桌上。

"你怎么了？"

他抬起头来，"没什么，有点头昏。"

"头昏？不会发烧了吧？"

"没有。"他忙嗫嚅道，"刚才在吸烟室里，受不了那个气味。"

"什么气味？鸦片烟味？"她骇然。险些就要说你老在烟铺前打转，闻了这么多年，今天才发现不喜欢这个气味？

陵苦着脸，"闻了只想呕。"

"真的？"顿了顿，又歉然道，"我倒不觉得。"

"我受不了。"

他这变化倒使琵琶茫然。天气渐冷了，他们得在略带甜味的鸦片烟雾中吃饭，因为只有楼上的吸烟室生火。午饭陵第一个吃完。榆溪吃完后又在屋里兜圈子，看见陵在书桌上写字，停下来看。

"胡写什么？"他含糊道，鼻子里笑了一声。

他低头看着手里团绉了的作废支票。陵从字纸篓里捡的，练习签字，歪歪斜斜，雄赳赳地写满了他的名字。

"胡闹什么？"榆溪咕哝道。

荣珠趴在他肩上看，吃吃笑道："他等不及要自己签支票了。"

榆溪顺手打了他一个嘴巴子，弹橡皮圈似的。琵琶不很清楚发生了什么事，还吃着饭，举着碗，把最后几个米粒扒进口里，眼泪却直往下淌。拿饭碗挡住了脸，忽然丢下了碗，跑出房间。

她站在自己房里哭，怒气猛往上蹿，像地表冒出了新的一座山。隔壁房里洗衣板一下又一下撞着木盆，何干在洗衣服。地板上有一方阳光。阳光迟慢慵懒地移动着，和小时候一样。停下来！她在心里尖叫。停下来，免得有人被杀掉。走下去，会有人死，是谁？她不知道。她心里的死亡够多了，可以结束许多条生命；她心里的仇恨够烈了，可以阻止太阳运转。一只手肘架着炉台站着，半只胳膊软软垂着，她的身体好像融化了，麻木没有重量，虚飘飘的，只有一股力量，不是她控制得住的，悬在那里，只因为不知道往哪里去。

一把菜刀，一把剪子也行。附近总是有人，但是她只要留神，总会觑着没有人的空档。然后呢？屋子里有地方谁也不去，她自己也没去过。分了尸，用马桶冲下去。她在心里筹划着细节，她知道施行起来截然不同。尸体藏不住。巡捕会来，逮捕她，判刑枪决。她不怕，只是这件事上一命还一命并不公平。荣珠业已过了大半辈子，她却有大半辈子还没过。太不划算了。那么该怎么办？忍气吞声，让别人来动手？

何干进来了。

"怎么了？出了什么事？"

陵进来了，瞪着眼睛。

"怎么了，陵少爷？刚才吃饭出了什么事？"

他不作声。两人就站着看着她。何干听见别的老妈子进了洗衣房，转身出去找她们打听。琵琶背对着陵，抽噎得肩膀不断耸动，觉得很窘。用力拭泪，忽然看见炉台上一对银瓶，荣珠多出来的结婚礼物。漫不经心地看着镂花银瓶，她觉得有锥子在钻她的骨头。她转过去看陵，决断地拭去眼泪，抽噎着呼吸。陵惊惧地等着，仿佛不敢错过了临死前的最后一句话，半张着嘴，帮着交代遗言。

"我死也不会忘。"她道，"我要报仇，有一天我要报仇。"

大眼睛瞪着她，他默默立在她面前，何干回来了，他才溜走。琵琶扑到床上，压住哽咽。

"好了，不哭了。"何干坐在床上，低声安慰，"好了，哭够了。进去吧。"

琵琶听见了末一句话，简直不敢相信，报仇似的索性哭个痛快。

何干在身边就成了孩子的哭闹,现在一停岂不是失了面子。何干也只是耐着性子,隔了一阵子就反复说:

"好了,哭够了。好了,快点进去。"

她去绞了个热手巾把子来。

"擦擦脸。好端端的,哭成这样。快点进去,等一下进去反而不好了。"

她知道何干的意思。迟早得再到吸烟室去,恶感一落地扎了根,只有更蕃芜难除。君子报仇,三年不晚,她向自己说,也像做奴才的人聊自安慰。站了起来,把热毛巾压在脸上,对镜顺了顺头发,回到吸烟室去。

他们俩都躺在烟铺上。琵琶倒没有设想什么,还是震了震。房间里温暖静谧,炉膛里的火烧得正旺。他们也不知道她会怎么样,一进去就感觉到他们的紧张。她朝书桌走,平平淡淡的神态,不看左也不看右,像是要拿什么忘在那儿的东西,结果坐了下来看报纸。寂静中只听见烟枪呼噜。

"你还没见过周家人吧?"荣珠又从方才打断的地方往下说,却把声音低了低,仿佛是怕吵扰了房里的安静。

榆溪只咕噜一声。她也不再开口。

琵琶将报纸摺好,左耳突然啪的一声巨响。她转头瞥见窗外陵愕然的脸孔,瘦削的脸颊,鼻子突出来像喙。他在洋台上拍皮球,打到了窗子。幸喜玻璃没破。他闪身去捡皮球,青衫一闪,人就不见了。

"看见了吧?他不在意。"荣珠轻声道。太轻了,琵琶听见了还没会意过来是向她说的。

十九

"表大爷放出来了？"

珊瑚随口说了这个消息。

"官司总算了了！"

"还早呢，他只是先出来了。"

琵琶惯了姑姑的保留，毫无喜悦的声气也并不使她惊讶。报纸上说还不止是亏空，她看了半天也不懂。报上说的数字简直是国债的数目，牵涉的是金钱，而不是刑案，所以她不感兴趣。但是她知道姑姑忙了许久，要筹钱垫还亏空，连筹一部份都是艰巨的工程。尤其是珊瑚和谨池的官司打输了，自己也手头拮据。琵琶原先也有点担心，后来见姑姑并没有什么改常，心里也就踏实了。

"我把汽车卖了，反正不大用。"珊瑚道，"我也老开不好。"

又一次她道："我在想省钱，还许该搬到便宜一点的房子住。"

琵琶真不愿意姑姑放弃这个立体派的公寓，后来不再听她说起，也自欢喜。这一向她的心情起伏不定，有时候心不在焉，可是琵琶去总还是开心。

"你妈要回来了。"珊瑚淡淡地告诉她。

琵琶的心往下一沉，又重重地跳了跳，该是喜悦吧。她母亲总是来来去去，像神仙，来到人间一趟，又回到天庭去，下到凡尘的时候就赏善罚恶，几家欢乐几家愁。姑姑也有一笔账得算。珊瑚为了帮明的父亲筹钱做投机生意，紧要关头动用了露托她管理的钱,想着市场一反弹就补回来。末了不得不写信告诉露。钱没了，露只得回国。这如今珊瑚和明也走到了尽头，两个人要分手。

两个月后她打电话来找琵琶。

"下午过来，你妈回来了。"

琵琶揿电铃以前先梳个头发，至少听珊瑚的话，把自己弄得齐整一点。珊瑚白天请的阿妈来开门。

"在里头。"她笑指道。

琵琶走进浴室，略愣了愣，无法形容的感情塞得饱饱的、僵僵的。珊瑚立在浴室门口，跟里头的露说话，只是她并没说话，只是哭，对着一只柜子，两只手扳着顶层抽屉柄，胸部和肚子上柔软的线条很分明。

"姑姑。"

珊瑚转身，点个头，"琵琶来了。"她说，退了开去。

露正对着浴室镜梳头发。

"妈。"

露扭头看了一眼，"嗳。"她说，继续梳着头发，发式变了，鼓蓬蓬的。肤色也更深,更美了。

"身体还好么?书念得怎么样了?"她对着镜子说。

琵琶也望着镜子里,听她的健康与教育的训话,尽量不去看压在脸盆边上瓶子绿小洋装下瘦削的臀。

珊瑚回来了。

"我要出去了。"她跟露说。

"明不过来吃饭?"露顿了顿方道。

"他是来看你的,我用不着在家。"

又顿了顿,露便道:"那不显得怪么?避着人似的。——随你吧。"

"那我不出去了。横竖是一样。"

珊瑚一壁脱大衣,走开了。

两人的声口使琵琶心里惘惘的。珊瑚又为什么哭着跟露说话?真奇怪,两个人好像既亲密又生疏。她实在不能想像她们不是知心的朋友。

"我还许应当坚持送你上学校。"露又对镜说起话来,"可是中国文凭横竖进不了外国大学。你想到外国念书吧?"

"我想。"

"真想念书的人到英国是最好了。不管想做什么,画画,画卡通片,还是再回去学钢琴,顶好是得到学位,才能有个依靠。"

计划未来不再好玩了。以前选择极多,海阔天空。现今世界缩水了,什么都变了。

"要不要到英国去?"

"要。"至少还是桩大事,真实的东西。

明来了，原是要登门致歉解释的，看见琵琶也在，舒了口气，可以无限期地延挨下去。露反正知道他的用意，说不说都是一样。她娇媚地笑着以法语说"呜啦啦"和"吾友"。

"欧洲要打仗了吗？"露离婚后他就不再叫她表婶，还是自然而然地流露出庄重的态度。

"喔，法国人怕死了，就怕打仗。对德国人又怕又恨。"

他和珊瑚寒暄几句，彼此几乎不对视。珊瑚忙进忙出。在露这样的知道内情的人之前很难假装没事。珊瑚的中国人的拘谨，再镀上一层英国式的活泼，决心比他更有风度，可是吃饭的时候跟他说的三言两语却是眼神木木的，声音也绷得很紧。准是因为她母亲回来了，琵琶心里想。跟从前两样了。陌生的态度又证明世界褪色了。可她还是喜欢跟他们一块吃饭。饭搁在桌上，倒扣了只盘子，省了阿妈为添饭进来出去。没有热手巾把子，而是粉红绿色冰毛巾，摺好搁在盘子里，摆放得像三色冰淇淋。珊瑚拿荷叶碗做洗手指的水碗，前一向是盛甜品的，碗里有青蓝色摺子。明拿毛巾拍了拍冒汗的额头。

"屋里真暖。"他道。

"脱了大褂吧。"露道，"出去会着凉的。"

男子不在长衫外罩西式大衣，可是也得费一番口舌才能劝他们脱掉棉袍。

"好吧。"明窘笑道，"恭敬不如从命。"

只有袄裤使他像个小男孩。琵琶也不知为了什么原故，直钉着他的背，看着他把棉袍搁在沙发上。两个女人也四道目光直射在他背影上。

"公寓房子就是太热了。"露道。

"热得倒好。"他道。

"倒有一个好处,热水很多。我一回来国柱就来洗澡,还把一大家子都带了来。他们一向还特为洗澡开房间。"

"这法子好,旅馆比澡堂干净。"他道。

"横竖女人不能上澡堂。"珊瑚道。

"要不要在这儿洗个澡?"露问道。

"不,不,不用麻烦了。"他忙笑道。

"不麻烦,自己去放洗澡水。"

"还有干净的毛巾。"珊瑚忙道,急于避过这新生的尴尬。离开房间,带了毛巾回来,随意往他手上一抷,仍是太着意了。

他勉强接下,不知道浴室在哪里似的。难道不是在这里洗过好几次了?

"下回带弟弟来。"露告诉琵琶,"跟你爸爸说是来看姑姑。弟弟好不好?"

"不知道。"琵琶踌躇着,"娘吃治肺结核的药,也要他喝,同一个杯子,老是逼他喝完。"

"她是想传染给他。"露立时道,"心真毒!他怎么就傻傻地喝呢?"

琵琶没言语。

"不是说好得很吗?"露道,"说是陵跟她好得很,跟姑姑也好,多和乐的一家子。"

下次琵琶与陵一齐去。他低声喊妈，难为情地歪着头。

"怎么这么瘦？"露问道，"你得长高，也得长宽。多重了？"

他像蚊子哼。

"什么？"露笑道，"大声点，不听见你说什么。"她等着，"还是不听见。你说什么？"

"他没秤体重。"琵琶帮他说。

"要他自己说。你是怎么了，陵，你是男孩子，很快也是大人了。人的相貌是天生的，没有法子，可是说话仪态都要靠你自己。好了，坐下吃茶吧。"

茶点搁在七巧板桌上，今天排成了风车的范式。他坐在椅子上，尽量往后靠，下颏紧抵着喉咙，像只畏缩的动物向后退。他的态度有传染力。疏远禁忌的感觉笼罩了桌边，从琵琶坐的地方看，蛋糕小得叠套在一起。

"来，吃块蛋糕。"露道，一边倒茶，"自然一点。礼多反而矫情。"

蛋壳薄的细磁并不叮叮响，而是闷闷的声响。琵琶徐徐伸手拿蛋糕，蛋糕像是在千里之外，也像踩着软垂的绳索渡江，每一步都软绵绵的不踏实。露将茶分送给他们，要他们自己加糖与牛奶。碟子水瓶摩擦小七巧板桌的玻璃桌面，稍微一个不留神就能把桌子全砸了。露的安哥拉毛衣使她整个人像裹在朦胧的淡蓝雾气里。琵琶察觉了露给陵的影响，就如同猝然间得了一个美丽的演员做母亲。她知道他偏爱年纪大些的女人，见过他和荣珠在一块煨灶猫似的。倒不是说他不喜欢年青女孩子，只是年纪大些的女人散发出权势富贵的光彩，世界尽在她们的掌握之中，而他却一无所有。

露似乎不知该说什么。琵琶倒还是第一次看见她无可奈何。她就着杯沿端详陵。

"陵,我看看你的牙齿。你的牙齿怎么这么坏?是不是没吃对东西?肉、肝脏、菠菜、水果,要长大这些都得吃。家里的饭菜怎么样?"她掉头向琵琶说。

"还好。"

"那他怎么会营养不良?看看他。"

"吃饭的时候空气太不愉快,他可能吃得不够。"

"陵,你不是小孩子了,有些事自己该知道。就拿你娘来说吧,她有肺结核,还要你喝同一个杯子里的药。药不能随便吃,你大可不必吃。你想想,你这年纪正在发育,染上了肺结核可有多危险。你总知道吧?"

他咕噜一声。

"你说什么?大声点。不听见。"

"她很久以前就好了。"

"什么?很久以前就好了?你怎么知道?这种事没有人愿意承认。你的咳嗽呢?姐姐说你还咳嗽。"

他不看琵琶,可琵琶知道他必定恨她告诉了出来。她是间谍,两个世界随她自由穿梭。她可以说实话,不怕有什么后果,而他只是来作客吃茶的,吃完了便得走,眼里看见的都不是他的。茶具、家具、有暖气的公寓、可爱的女人。在家里无论他们做什么,他都沾上边,不会甩下他,等他们死了,他们有的一切都是他的。

琵琶震了震,领悟到弟弟更爱后母。

"到宝齐医院去照 X 光,"露正向他说,"我认识那儿的医生。"迟疑了片刻,"跟他们说账单寄给杨露小姐,他们认识我。"

为什么不把钱给他?琵琶心里想。怕他会花在别的东西上。

"听不听见?尽早去,找克罗斯维医生,提我的名字。陵,听不听见?"

他头一偏,微点了一下。

"你父亲送不送你上学校?现在这个时世哪还有把个男孩子关在家里的?我只担心你姐姐,觉得你两样。儿子当然会供到上大学——你说什么?"

"听说要上圣约翰。"

"没有高中学历人家哪里收呢?"

"我可以买一个。"

琵琶知道他也只是说说,不让母亲再说下去。他也没上医院照 X 光,从此避着他母亲。

露一门子心思都放在琵琶身上,琵琶还有救。"要你父亲送你到英国去。他答应的,离婚协议上有。"

琵琶道:"我听见爸爸说要帮沈家兴义学,还供出国的奖学金。我恨不得跟爸爸说把奖学金给我。"

露头一摔,"也不过是空口说白话。你到如今还不知道你父亲那个人啊?他哪可能捐钱办学校,还提供奖学金。"

琵琶直瞪瞪的,然后笑了起来,"我知道,我也不知道怎么就信了。"

"别听他说没钱。我就是为这原故不让你跟着我。跟父亲,自然是有钱的。跟了我,可是一个钱都没有。我自己都不知道该怎么办,困在这里一动都不能动。"

她说得喉咙都沙哑了。琵琶没问她母亲为什么不能回欧洲,又是究竟为什么回来。她早早就学会了别多问,给训练得完全没了好奇心。

"先别忙跟你父亲说什么,我们先找人去跟他说,还许请你鹤伯伯出面。不能让你姑姑去,他们两个现在不说话了。"

"喔?"

"从打官司之后。"

"我不知道。"琵琶含糊道,半是向自己说。

"不关你的事别管,专心读书就是了。"

琵琶郑重其事告诉何干:"我要去英国念书。"

"太太带你去?"何干问道。

"不,我自己去。"

"太太老是往那么远的地方跑,现在又要你也去。太太要是要你跟她,也没什么。她就是想把你搞到那没人的地方去。"何干含酸道。

这还是第一次听何干说露的不是。琵琶不知怎么反应。

"我得去念书。"

"念书又不能念一辈子,女孩家早晚要嫁人。"

琵琶很窘,随口道:"我不要结婚。我要像姑姑。"

"吓咦!"何干噤喝一声,仿佛她说了什么秽亵的话。

"像姑姑有什么不好？"

"姑姑是聪明，可你也不犯着学她。"

陵从不问她到"姑姑家"的情况。抬出姑姑来是为了避提他们母亲。有次她撞见他用麦管喝桔子水，躲在浴室里，以为不会有人发现。他吸进一口，含在嘴里，又吐回瓶里，可以再喝一次。

"嗳呀！脏死了！快别那样。"

他不疾不徐喝完了，空瓶搁在洗脸盆上，从裤子口袋里取出梳子，在水龙头下沾湿了，梳头发。这一向他时髦得很，穿着荣珠的兄弟送的衬衫卡其长裤。他将湿漉漉的丰厚的头发梳得鼓蓬蓬的。琵琶看见他回头望，窄小的肩膀上架了一个奇大的头，神情愉快却机警，使她想起了对镜梳妆的母亲。

"大爷家怎么样？还是老样子么？"她问道。

与他谈起别人，他总是很明显地松一口气，"嗳，这如今不好玩了。大爷病了。"

"喔？"

"病是好了，又为了遗嘱的事闹了起来。"他道，女孩子似的声口，"亲戚去了不自在。"

"我想也是。"

"爸爸说麻烦还在后头呢。爸爸说：'我们沈家的人冷酷无情，只认钱。'"抿着唇，学他父亲的话，不看姐姐，脸上却有暗暗纳罕的神气。

"爸爸说的？"琵琶诧异地笑道，也自纳罕着。

"其实爸爸自己……"他忙笑道，"还不是一样，神经有问题了。"

"怎么会？"琵琶从不以为冷酷贪心是她父亲的缺点。

他面露不悦，尚未开口解释，已莫名地不耐烦了，"他就是死抓着不放手，怕这样怕那样。只要还抓着钱，什么也不在乎。"

"不是娘才那样么？"

他懊恼地头一偏，不以为然，"不是娘，娘还明白，爸爸倒是越来越——比方说吧，他收到通知信就往抽屉里一搁，几个月也不理会。抵押到了期，就这么丢了一块地。"

琵琶发出难以置信的声音，为弟弟心痛，眼睁睁看着钱一点一点没有了。亟欲给他一点弥补，她告诉他：

"妈要卖珠宝，拿了出来要我拣，剩下的都留给你。"

"给我？"他笑道，真正诧异，却挂着缺乏自信的人那种酸溜溜的笑。他的牙齿锯齿似的，让人觉得像个缺门牙的孩子。

"是啊，她先帮我们保管。你的是小红蓝宝石。"

他的嘴皮动了动，忍住了没问她拣了什么。

"我拣了一对玉耳环。妈说将来你订婚了，可以镶个订婚戒子。"

他一径好奇地笑着，仿佛这个念头前所未闻。然而喜悦之情却无论如何藏不住。没有人提过他将来结婚的事，当然时候到了他势必会结婚，只是现在就让他有这个念头，使他的心先乱了，不太好。琵琶不知如何是好，她说的只是遥远的将来，他却眼睛一亮。前一刻还像饱经人情世故，对钱精明得很。

秋鹤来过了。陵听说了消息。来找她，两只眼睛睁得圆圆的。

"你要到英国去了？"应酬的声口。

"不知道去得成去不成。"

他斟酌了一会,"我看不成问题,没有理由去不成。"

她要的他一点也不心动。她倒不想到她是割舍了他焦心如焚紧钉不放的那份日渐稀少的财产。

二十

秋鹤做露的代表并不划算。他总可以向榆溪借点小钱，至不济也能来同榻抽大烟。他反复解释只是传话。榆溪若不信守承诺，露也拿他没辙，除非是要对簿公堂。然而榆溪也只是延挨着。琵琶年纪太小，不能一个人出国。万一欧战爆发呢？把一个女孩家孤零零丢在挨轰炸又挨饿的岛上？

秋鹤还得来第二次做敌使。荣珠第一次没言语，守着贤妻应有的分际。这一次打岔了，不耐榆溪的浑水摸鱼：

"栽培她我们可一点也不心疼。就拿学钢琴来说吧，学了那么些年，花了那么多钱，说不学就不学了。出国念书要是也像这样呢？"

"离了何干一天也过不得。"榆溪嗤道，绕室兜圈子。

"琵琶到底还想嫁人不嫁？"她问道，"末了横竖也是找个人嫁了，又何必出国念书？"

话传回露和珊瑚耳朵里，两人听了直笑。

"哪有这样，十六岁就问人想不想嫁人。"露道。

"你学琴的事，"珊瑚道，"我不想说我早说过了，毕竟我也没说过，不过我是觉得不想学就别学了。可是现在他们可有得说嘴了，说是你母亲想让你做钢琴家，他们付了这么多年的钱，到头来你倒自己不想学了。下次再有什么，他们正好拿这事来堵你的嘴。"

"我就不懂你怎么突然没了兴趣。"露道，"你好爱弹琴，先生又那么喜欢你。"

"至少英文没有半途而废。"

"万一去英国打仗了呢？"琵琶问道。

"打仗了政府会把孩子都疏散到乡下去避难。"露仍当她是小孩子，"这点可以放心，他们把小孩子照顾得很好，英国人就是这种地方好。"

"我不担心，只是纳罕不知道会怎么样。"

"你得自己跟你父亲说。万一他打你，千万别还手，心平气和把话说完。"

她坐在父亲的书桌前看报，掉过身去，不经意似的转述了她母亲的演说：

"爸爸，我在家念了这么多年的书了，也应该要……"

他原是一脸恍惚，登时变得兴致索然。她只忙着记住自己的演说，说到一半，一颗心直往下坠。口才真差，听的人一点也提不起劲。偏在这时候想起来有一次看父亲一个人寂寞得可怜，便拿舅舅的姨太太编故事逗他笑。跟他拿钱总拿得心虚，因为她知道他太恐惧钱不够用。这会子要请他又割舍一大笔钱出来，虽然她对可能的花费只有模模糊糊的概念。他坐在烟铺上,搭拉着眼皮。荣珠躺在另一边,在烟灯上烧烟泡。琵琶说完,一阵沉默。

"过两天再说吧。"他咕哝一句。仍不看她,又脱口道:"现在去送死么?就要打仗了。你自己不知道有多危险,给人牵着鼻子走。"

荣珠大声说话,奇怪的挑战口吻:"她一回来,你就变了个人。"

"我没有变啊。"琵琶笑道。

"你自己倒许不觉着。连你进进出出的样子都改了常了。"

末了一句话说得酸溜溜的,琵琶觉到什么,又觉得傻气,撇开了不理。她从冰箱里拿了个梨。电话、无线电、钢桌和文件柜,他们最珍贵的资产,都搁在吸烟室的各个角落里。拿梨的时候感觉到荣珠在烟铺上动了动,烦躁不安。她倒不是贪吃,并不爱吃梨,只是因为她母亲嘱咐要常吃水果。她关上冰箱门,拿着梨含笑走了出去。

"你前一向不是这样子。"荣珠道,"现在有人撑腰了。我真不懂。她既然还要干涉沈家的事,当初又何必离婚?告诉她,既然放不下这里,回来好了,可惜迟了一步,回来只好做姨太太。"

琵琶只笑笑,希望她能看出来是讥诮的笑。

露要知道每一句话。琵琶照实说了,她悻悻地道:

"你说了什么?"

"我只笑笑。"

"你只笑笑!别人那样说你母亲,你还笑得出来!"

琵琶很震动,她母亲突然又老派守旧起来。

"妈说过想不起什么话好说,笑就行了。"

"那不一样。别人把你母亲说得那么不堪,你无论如何也要生气,堵他两句,连杀了他们都不过份。"

琵琶正待有气无力地笑笑,及时煞住了。

露默忖了片刻,方道:"跟那些人打交道,我倒能体会那些跟清廷交涉的外国人。好声好气的商量不中用,给他来个既成事实就对了。只管去申请,参加考试,通过了再跟你父亲说去。""既成事实"引的是法语。

电话响了,珊瑚去接。

"喂?——没有人。"

"怪了。"露道,"已经是第二回了。"

电话再响,她道:"我来接。——喂?"

"你要管沈家的事,回来做姨太太好了,沈家已经有太太了。"荣珠一字字说得清清楚楚,确定露听懂了她的讽刺。

"我不跟你这种人说话。"露砰的放下电话听筒。

"谁啊?"珊瑚道。

"他们的娘。"露把下颏朝琵琶勾了勾,"你父亲娶的好太太。我只不想委屈自己跟她一般见识,要不然我也不犯着做什么,只要向捕房举发他们在屋子里抽大烟。"

"抽大烟犯法么?"琵琶问道。

"抽大烟就可以坐牢。"

"现在管鸦片可严了。"珊瑚道,"所以价格才涨得凶。"

琵琶真愿意她母亲去向捕房举报。不能改变什么,至少也闹个天翻地覆。

这年夏天打仗了。上海城另一头炸弹爆破，没有人多加注意，到近傍晚只听报童吆喝号外。

"老爷叫买报纸。"潘妈立在楼梯中央朝底下喊，"买报纸。打仗了。"

她两只小脚重重蹬在楼板上，像往土里打桩。胖大的一个女人，好容易到了楼梯脚下。打杂的小厮买了报纸跑回来，她接过来，噗嗤一声笑了。

"怎么这么小，还要一毛五。"

"我看看。"琵琶道。

单面印刷，字体比平常大。她迅速瞥了一眼红黑双色的头条，如同吞了什么下肚，不知道滋味，只知道多汁而丰盛。她将报纸还给潘妈。

往后每天都有号外。报童的吆喝像是乡村夜里的狗吠，散布凄清与惊慌。总是静默片刻方有人喊道："马报，马报。"上海话"买"念"马"。街上行人拦下报童。一夕之间英雄四起，飞行员、十九路军、蔡廷锴将军、蒋光鼐将军。相片里仪表堂堂，访谈中慷慨激昂。中国真的要在上海抗日了。

"出来看啊，何大妈，快出来。"潘妈在洋台上喊，咧着嘴笑，秘密地，"飞机打仗啊。看见那一个下蛋没有？"

"嗳，看见了。"何干举手搭凉棚，"看看房顶上那些人！"

"是我们的飞机不是？青天白日是我们的。"

"是么？青天白日啊。这些事你知道，潘大妈。"

"一定是我们的。我们中国人也有飞机。"

街堂房顶上一阵欢呼,爬满了观众。有人在鼓掌。

"啧啧啧,这么多人。"何干惊异地道。

"看到没有?看到没有?那一个打跑了。是我们的么?"

榆溪出来赶她们进去。琵琶留在房间里的法式落地窗边。似乎不该喝彩鼓掌。那些人不知道打起仗来是怎样一个情形。她觉得置身事外。她不看头版,不知道多年来日本人蚕食鲸吞,这如今终于炸了锅,她也不觉得众人的雀跃狂喜。那些快心的人也许是不知道打仗是怎样一个情形,可她也不知道。很奇异地,她与父亲后母有那么多不愉快,一打仗,她又变成个小孩子了,在大人之下,非常安乐,一点挂心的事也没有。

"我们要不要搬家?"她问她父亲。

"搬哪?"他嗤笑,兜着圈子。

"我们这儿不是靠苏州河?"她从母亲姑姑那里听见这里危险,闸北的炮弹声也听得见。

眼一眨,头一摔,像甩开眼前的头发,撇下不提的样子,"人人都搬——一窝蜂。上海人就是这样。你舅舅走了么?"

"他搬进了法租界的旅馆,说是比公共租界安全。"

"谁能打包票?你舅舅就是胆子小。他跟他那个保镖。"

他尽自讥笑国柱的保镖,自己倒也请了两个武装门警,日夜巡逻。他们是什么军阀的逃兵。主要是他们有枪,卡其制服也挺像回事,可以吓阻强盗,战时也能震慑趁火打劫的人。琵琶倒觉得打仗有如下雨天躲在家里,而荣珠的母亲下楼到厨房煎南瓜饼,唱道:"咱们过阴天!"几个星期几个月抛荒了,任她嬉游。她不担心去不了英国，她母亲亲自处理她的申请。今年若是仍在本地举行考试，她会参加。没有人再跟她父亲提起这事，他也渐渐希望不会再有下文。他和荣珠装得一副没事人模样，依旧让她去看她母亲。"去看姑姑"是通关口令。她学会了搭电车去，走到电车站并不近，沿途常看到叫化子，踩过地上的甘蔗皮，到处是藤编的婴儿车，老妇人坐在路边卖茶，旁边搁了一只茶壶两只茶杯，小男孩推着架在脚轮上的木板滑行。晚上回来，人人在屋外睡觉，衖堂屋子太热。每走两步都得留神不绊到席子，跌在穿汗衫短裤的黄色的瘦薄的身体上。都是男人吧，所以从来不去看。没有体味的中国人身体散发出的味道正巧给夜晚的空气添了一点人气。打仗的原故，路上有铁丝网，乱七八糟的环境中并不引人注目，只像短篱笆切过人行道，房间的隔板似的。

露与珊瑚刚搬进了一间便宜的公寓，位于一条越界筑路上，那是公共租界的延伸，是英国人在中国地界修的路，主权仍争议不休。所以她们泥足在不太安全的区域。

"来跟我们一块住。"国柱从旅馆套房打电话来，"有地方给你们俩，挤一挤，打仗嘛。"

"连我也让去，真是客气，"珊瑚向露说道，"可是我真受不了他们那一大家子。"

"我也一样。"

两人留在家里，为红十字会织袜子卷绷带。珊瑚在学打字和速记，想找工作。有次上完打字课，从外滩回来，琵琶碰巧在那儿。

"吓咦！好多人从外白渡桥过来，"她惶骇地喊，"塌车、黄包车，行李堆得高高的,人多得像蚂蚁——"一时说不下去,只是喊"吓咦!"反感又恐怖。"简直没完没了,听说好两天前就这样了。每天都是这样,租界哪能容得下那么些人。"

"我就不懂怎么会有人愿意住在虹口。"露道,"每次一过外白渡桥,我就觉得毛骨悚然。"

"房租便宜。"珊瑚道。

"那也不行。日本鬼子都在那里,那是他们的地盘。"

"我没看过日本人。"琵琶道。

"怎么会?"露道。

"我没去过虹口。"

"在天津总看见过吧?在公园里?"

回想起来,隐隐绰绰记得穿着像蝴蝶的女人走在阳光下。

"喔,看见过,她们很漂亮。"

"嗳唷!日本人漂亮?"珊瑚做个怪相。

"在欧洲的时候我们最气被当作日本人,大金牙又是罗圈腿。"露道。

"最气人的还是他们还以为是夸奖:'嗳呀,你们那么整洁有礼貌,一点也看不出你们是中国人。'"

琵琶记得秦干在公园里说:"看不看见背上的包袱?人家都猜里头装了什么,有什么贵重的东西得成天背着。是背着他们祖先的牌位呢。"

琵琶听过别人也是这么讲。珠宝盒似的绑在后腰上,使中国人百思不解,如同别人纳罕苏格兰男人的裙子底下是何种风光。

二十一

中日并未宣战,报上也仅以敌对状态称之,租界不受影响。战争与和平不过是地址好坏之别。基督教青年会仍照常举行入学考试。除了琵琶之外,也有两个中国男孩与几名当地英国学校的英国男学生应试。补课的麦卡勒先生是英国大学的总代表,拆开了褐色大信封,里头装的是寄自英国的考卷。一时间,肃穆无声,充满了宗教情怀,小小的房间不需冷气就冷飕飕的。应试的人围着橡木桌而坐,眼睁睁看着他撕破封条,解开绳子,抽出印好的试卷分发给不同的考生。怒照着窗的夏天淡去了,街上的车声也变小了。琵琶拿着的试卷还带着空运的新鲜清凉的气味,从没有战争的圣殿过来的。

麦卡勒先生是约翰牛[①]的典型,当然他也可能是苏格兰人。外

---

① 英国人的绰号。

表和举动都像生意人，对中国人来说不免市侩了些。露和珊瑚倒觉滑稽，这么一个人竟是学者，可话说回来，英国整个是一个商人的民族。他不时看手表。到了正午，他从桌子另一头立起身来。

"时间到。"他喊道，收考卷，"下一场两点，两点整。"

琵琶情愿等电梯，不肯四处寻找楼梯，虽然下去只走个一楼。安静的走道有男人俱乐部的圣洁气味，女人止步，基督教青年会顶楼一向是中国人不得进入。楼下的新的苏打柜台假牙似的，在褐色古老世界的气氛里显得突兀。一道长玻璃墙把它跟大厅隔开了。一排国际友人长相的男女用麦管啜着饮料，无声的应答。玻璃墙给这一幕添了光彩，像时髦杂志的图片。一个褐发女人，可能是中国人，罩着海滩外套，两只腿光溜溜的，绕着高脚凳。显然是在室内游泳池游泳。她旁边的男人穿了志愿军的卡其衬衫短裤，戴着国际旅的臂章，来福枪倚着柜台。

我就喝杯奶昔吧，琵琶心里想。何必出去？可又怕穿过玻璃。她向自己说：一杯奶昔没办法让我喝上两个钟头。还是走一走，看有没有小饭馆，这里是城中心，附近一定有不少餐厅。可是对过整条街都是跑马厅，街的这一边又给一家摩天饭店和电影院占了。东行往百货公司，是一排的挂着珠帘的美容沙龙、便宜旅舍、舞蹈学校、按摩沙龙、有歌舞表演的小餐馆，大中午霓虹灯没打开，分不清哪家是哪家。不过南京路上总是人来人往。她立在街角犹豫不决。有时间到小巷里探险么？

轰隆！短促的一声雷，隐约还有洋铁罐的声音。脚下的地晃了晃。

"哪儿?"街上的人彼此询问。

这一声是响,可她在家里听见的更响。楼板也震动,震破了一扇窗,她都不觉得怎么。她是在家里。

所有汽车都揿喇叭,倒像是交通阻塞了。汽车还是一辆一辆过来,堆成长龙。电车立在原地不动,铃声叮铃响。黄包车车夫大声抗议。行人脚步更快,抬头看有没有飞机。她两个家都可能中弹,两个家都在边界上,父亲的家靠近苏州河,母亲的公寓在越界筑路上,可是她却不想到这一层。家是安全的。孤零零一个在陌生人间,她有些惘然,但没多久车辆就疏散了。她进了一家百货公司看墙上的钟。该往回走了。底下一楼的小吃部飘上了过熟的云腿香味。她买了一个咖喱饺和甜瓜饺,拿着纸袋吃起来。

"刚才那是什么声音,麦卡勒先生知道吗?"男生们问道。

麦卡勒先生说不知道。

考完试琵琶缴卷,他向她说:"你母亲打电话来,要你离开前打电话过去。你等一会,我带你去打电话。"

她拨了母亲家的号码,陡然悚惧起来。出了什么事?

"琵琶吗?"露的声音,"我只是要告诉你考完了过来我这里。考完了吧?一个炸弹落在大世界游艺场。我怕你回家去你父亲明天不放你出来,明天早上还要考一堂。今天晚上还是住在这里的好。"

炸弹落在大世界游艺场,想想也觉滑稽,反倒使它更加地匪夷所思。乡下人进城第一个要看的地方就是大世界,庞大的灰惨惨的混凝土建筑,娱乐的贫民窟,变戏法的、说相声的、唱京戏苏州戏上海戏的、春宫秀,一样叠着一样。一进门迎面是个哈哈镜,把你扭曲成细细长长的怪物，要不就是矮胖的侏儒。屋顶花园里条子到处晃悠，捕捉凉风，也捕捉男人的目光。露天戏院贴隔壁是诗会，文人雅士坐着藤椅品茗，研究墙上贴的古诗。每一行都是谜，写在单独的纸条上。付点小钱就能上前去，撕下一张纸，猜诗谜，猜对了赢一听香烟。大世界包罗万象。琵琶从小时就读过许许多多在大世界邂逅的故事。她一直都想去看看，没人要带她去。老妈子们偶尔带乡下来的亲戚去，她总也在事后才知道。这下子看不到了，她心里想，搭电车回母亲家。全毁了么？为什么偏炸这个直立的娱乐园呢？为了能多杀人？可是下午一点的大世界几乎是空荡荡的。那个地区当然人很多，法租界的中心，理当是最安全的地方。前一个世纪中期炮弹问世之后，就没有一个炮弹落在租界上。这一个落在大世界，如同打破了自然法则。

开电车的在乘客丛里推挤，嚷着："往里站，往里站，进来坐客厅。做什么全挤在门口？就算炸弹来了想跑，门也堵死了。"

乘客不理他。有人打鼻子里冷哼一声。

"还这么轻嘴薄舌，大世界里死了那么多人。"有个人嘟囔。

一开始还没有人接话，后来心里的气泡像是压不住，咕嘟嘟往上冒，在死亡的面前变得邪门，活跃非常。

"炸了好大一个洞。"一个说。

"破了风水咒。"又一个说，"上海从没受战火波及过，这下子不行了。"

七张八嘴说个不停。

"都说上海这个烂泥岸慢慢沉进海里了，我看也撑不了好久了。"

"想吓唬上海人，不中用。难民照样往上海逃，到底比别的地方强，嘿嘿！"

"是啊，上海那么多人，未见得你就中头奖。"

"都是命中注定。生死簿上有名字，逃也逃不了。"

"我本来要到八仙桥谈生意的，要不是临时有客来，我也难逃一死。"

"说到九死一生，我有个朋友就堵在两条街以外。喝呀！不是他印堂高就是他祖宗积德。"

"我知道大世界有个说相声的，正好到外地演出。真是运气。"

"蒙里戛戛，蒙里戛戛！"开电车的吆喝，要大家往里挤。

有乘客望着窗外一辆经过的卡车，没教别人也看，可是整个电车一阵微微的骚动蠕蠕从头爬到尾，伸长脖子的伸长脖子，弯腰的弯腰，抓着藤吊圈，看着车窗外。第二辆卡车开过来，放慢了几秒钟，正好让琵琶看见敞开的后车斗。手脚纠缠在一起，堆得有油布车顶一半高。泛黄的灰白的肌肤显得年青，倒像女人。女学童打球，绊倒了跌在彼此身上。街头杂耍的脱得只剩一点破布蔽体，疲惫不堪的在彼此的肩头上叠罗汉。她只看见胳膊和腿,随便伸曲。有的不像是人的手脚，这里那里一片破印花布或藏蓝破布。画面一闪即逝。她完全给拖出了时间空间之外，不能思考也不能感觉。那些肢体上的大红线条是鲜血，过后她才想到。可是看着像油腻腻、亮滑滑的蛇爬过黄色的皮肤。我看见的是大世界里的尸体，她向自己说，却不信。

卡车过后,电车上的人默不作声。静安寺站的报童吆喝着头条，好几只手从车窗伸出去要买报纸。

"马报，马报！"

他们需要白纸黑字的安慰，可以使他们相信的东西。

接下来的一程她忙着想更紧要的事，怎么同她母亲说考试结果。

"我不知道，"她听见自己说，"我觉得考得不错，可是我真的不知道。"

古书她最有把握。除了英文还可以选一个语言，她选了中文，容易对付。可是试题却使她看傻了眼，问的净是最冷僻的东西，有些题目语法明显错误。让她父亲知道了，准笑死，偏偏又不能告诉他。却得向母亲说，可是决不能说好笑，不然又要听两车子话了：

"我不喜欢你笑别人。这些人要是资格不够，也不会在大学堂里教书。你又有什么资格说人家？"

问过考试之后，露道："打个电话回去，姑姑要你留在这里过夜。他们一定也听见大世界的事了。"

榆溪接的电话，"好吧。"他瓮声瓮气地道，"要姑姑听电话。"

珊瑚接过听筒，"喂？……我很好，你呢？"她轻快地道。

再开口，声调高亢紧绷，"等我死了他可以帮我买棺材，死了我也没法反对了。只要我还有一口气在，再穷我也不缺他那五百块……太荒唐了，现在还要惺惺作态。谁的好处？……对，我就是这回覆，你不敢说那是你的事，少捏造别的话就行了。"她挂上了电话。

"怎么回事？"露问道。

"谨池要他问我缺不缺钱过节，在榆溪那儿放了五百块。"

"他这是存心侮辱人。"

"官司赢了以前他逢人就说:'她饿死我也一个子都不借给她,等她死了倒有五百块给她办后事。凡穷愁潦倒死了的,祠堂备下了这笔钱。'这会子他又要送钱给我了。"

"他就是那种人。"

"可不是,还把姨太太生的儿子的相片寄给大太太。自己觉得聪明得不得了。"

"榆溪怎么说?"

"他说只是代传个话,说上礼拜就想跟我联络了。"

"他不敢打电话来,怕是我接的。"

"还真心细。"

"尤其是他太太打了那通电话,他怕跟我说话。"

琵琶觉得母亲姑姑又恢复了以前的老交情。露早晨起不来,珊瑚同琵琶搭电车去上打字课。琵琶告诉她古文试题上的古怪题目。

"我也听过汉学家都问些最希奇古怪的题目。"珊瑚道,"我们到英国的时候,很多中国留学生修中文,觉得唬唬人就能拿到学位。"

"有些题目我倒想问问先生,他一定听都没听过。"

"他倒不可能特为研究过哲学什么的。那些汉学家知道的是多,也研究得很澈底,外国人就是这样,就是爱钻牛角尖。"

琵琶在基督教青年会下车,珊瑚以英语祝她顺利,又嘱咐她别忘了打电话给她母亲。她该在考完后打,大约是下午两点,露也起来了。

她考完试,刚赶得及回父亲家吃中饭。自己觉得很重要,因为需要保密，更觉得是重要人物。搭电车，走过炎热的长街，突然浸入了屋子清凉的阴暗里，旗袍和脸上的汗味都闻得到。够不够时间上楼换衣服？她望进餐室里，饭桌已经摆好了。她决定在这里等，凉快又安静，一个人也没有。老妈子们必定是在厨房里帮忙，厨房隔得远。屋子的房间无论是在里头吃饭读书闲晃，都像空房间。摺叠门两侧各有一个蓝花磁老冰盒，不用了，摸着还是冰凉的，仿佛盒子里还有稻草屑垫着冰块。

下楼来的足声不是她父亲就是荣珠，只有他们俩可以搭拉着拖鞋在屋里走。她走向窗边，转过身来等。荣珠进来了。

"娘。"她笑道。

"昨晚不回来，怎么不告诉我一声？"

"我打了电话。"琵琶吃惊道，"我跟爸爸说了。"

"出去了也没告诉我。你眼里还有没有我？"

"娘不在。我跟爸爸说了。"

一句话还没说完，脸上就挨了荣珠一个耳刮子。她也回手，可是荣珠两手乱划挡下了，两只细柴火似的。

"吓咦！"老妈子们跟着何干一齐噤喝，都骇极了。女儿打母亲。

后面七手八脚按住了她。琵琶一点也不知道她们是几时出现的。她拼命挣扎，急切间屋里的样样东西都看得清清楚楚，蓝花磁盒上的青鱼海草，窗板上一条条的阳光，蒙着铜片的皮桌，筷子碟子，总在角落的棕漆花架，直挺挺、光秃秃的。荣珠往楼上跑，拖鞋啪哒啪哒，够不着她。

"她打我！她打我！"婴儿似的锐叫不像荣珠的声音，随着啪哒啪哒的拖鞋声向上窜。

另一双拖鞋的声音下楼来。老妈子们愣住了，琵琶也是。

"你打人！"榆溪吼道，"你打人我就打你。"

他劈啪两下给了她两个耳刮子，她的头偏到这一边，又偏到那一边，跌在地上。她母亲说过："万一他打你，就让他打，不要还手。"倒像是按剧本演出，虽然她当时没想到这一层。她在风车带转的连续打击下始终神智清明。胳膊连着拳头，铁条一般追打着她。阿妈们喃喃劝解，忙着分开两人。

"她打人，我就打她。今天非打死她不可。"

他最后又补上一脚，一阵风似的出了房间。琵琶立刻站起来，怕显得打重了，反倒更丢脸。她推开老妈子们，进了穿堂，看也没看一眼，进了浴室，关上门。她望着镜子，两颊红肿，净是红印子，眼泪滚滚落下。

"我要去报巡捕房。"她向自己说。

她解开旗袍检查，很失望并没有可怕的瘀伤。巡捕只会打发她回家，不忘教训她一顿，甚至还像报上说的"予以饬回，着家长严加管教"。这里是讲究孝道的国家。可她什么也不欠她父亲的。即便爱过他，也只是爱父亲这个身份。说不定该先打电话给她母亲。不行，因为她知道说什么能惊动巡捕，而她母亲可能不让她说。露并不愿举发这屋子的人吃鸦片。

"在里面做什么？"何干隔着门问道。

"洗脸。"

她掬冷水拍在脸上，顺顺头发衣裳。她需要样子得体，虽然是女儿检举父亲。她又从皮包里取了一张五元钞票,摺好揸进鞋里。不能不提防。

幸喜何干不在眼前。她悄悄走过男佣人的房间,不等门警打开前院的小门,自己动手去拉门闩。门闩巍然不动,锁上了。门警走上前来,夏日卡其袴露出膝盖,瘦削的坑坑疤疤的脸上不动声色。

"老爷说不让人出去。"他说。

"开门。"

"锁上了,钥匙不在我这儿。"

"开门,不然我就报捕房。"

"老爷叫开,我就开。"

她搥打铁板,大嚷:"警察!警察!"路口指挥车辆的巡警应该能听见。屋子正在街角,虽然大门并不对着街角。她的声音哪去了?小时候在楼梯口喊何干,吼声回响,连自己的耳朵也震聋了。别的佣人笑道:"何干何干的嚷嚷,真连河也让你叫干了。"拿谐音打趣。可是这会子扯直了喉咙也喊不出声。这还是她头一次真的看见结实的大铁门,蒙上灰尘似的黑色,钉上一个洋铁盒,摇摇晃晃的,装信件或牛奶。拍打踹踢铁板间的脊梁,震得手脚都痛。

门警喝断一声,想拉开她,又发窘,不敢碰老爷的女儿。连她也窘了。这么闹法有什么用?巡警是怎么回事?怎么不过来?是打仗的原故,屋里传出的锐叫声便不放在心上?

"警察!警察!"她自己也听不下去那种欲喊不喊、唯恐倒了嗓子的嚷嚷。引起骚动竟是这么困难。老铁门每次开关都锵锵乱响,击打铁板间却闷不吭声。要不要退后几步,朝门上撞?躺在地下撒泼打滚？门警作势拉她，她死命去扭门闩，抓着门闩踹门。一连串的举动一个也不见效，竟像做了场噩梦。她以为是暴烈的动作，其实只是睡梦中胳膊或腿略抽动了一下。

"吓咦？"何干也和门警齐声喋吓，赶出来帮着把琵琶拖进屋里。

琵琶冷不防退兵了，走进屋子。何干跟着她上楼。

"别作声。"何干等进了她房间便道，"待在房里，哪儿也别去。"

琵琶望着衣柜镜子，瘀伤会痊愈，不会有证据给巡捕看。能让母亲知道就好了。她没打电话去，她母亲能猜到么？会怎么猜？这场脾气发作得毫没来由，简直说不通。莫不是发现她去考试了？

潘妈从洗衣房过来，害怕进门的模样。

"是怎么闹起来的？"压低声音向何干说。

"不知道，潘大妈，我也跟你在厨房里。"

她们没问琵琶，半担心她会告诉她们，不希望听见对荣珠不利的事。

"嗳，正忙着开饭，"潘妈道，"就听见餐室闹了起来，冲进来一看——也不知道是怎么回事。"

过道上有脚步曳的前冲的声音。只听见三四步紧走，门砰的飞开来。什么东西擦过琵琶的耳朵，撞在地上砸了个粉碎。她掉过头，正看见榆溪没有表情的脸孔，砰的关上门。房里每个人都愣了愣，然后两个阿妈弯腰收拾肝红色花瓶的碎片。琵琶记得住天津的时候在客室里抚弄肥胖的花瓶颈子和肩膀。

"啧啧，多危险。只差一寸就——"潘妈低声嘀咕，皱着眉，"我去拿扫帚。"导引着庞大的躯体向另一扇门走。

"下楼去。"何干着恼地向琵琶说,倒像是她在楼上使性子砸东西。

琵琶带着书本,表示不在乎,下楼走进了一间空着的套间,搁满了用不着的家具。她拣了张靠窗的黄檀木炕床坐下,有光可以看书。何干也跟进来,在椅子上坐下。整个屋子静悄悄的。在这半明半暗弃置的物件之间像是很安全。

"大姐!"何干突然喊,感情丰沛的声口,"你怎么会弄到这个样子?"

像是要哭出来了。可是琵琶抱住她哭,她却安静疏远,虽然并没有推开她。她的冷酷倒使琵琶糊涂了。是气她得罪了父亲?尽管从不讲大道理,也以不愠不火的态度使她明白是责难。琵琶倒觉得并不真的认识何干,总以为唯有何干可以依靠。何干爱她就光因为她活着而且往上长,不是一天到晚掂斤播两看她将来有没有出息。可是最需要她的当口,她突然不见了。琵琶不哭了,松开了何干的颈子。

何干陪她坐了一会,立起了身。

"我上楼去看看。"

她去了一阵子,琵琶听见脚步窸窣,隐隐有人说话,一壁往楼上走,倒像有高跟鞋的声音。她极想冲出去看是谁。最有可能是荣珠的姐妹。即便是亲戚也不愿插手家务事,给孩子撑腰,造父母的反,帮着女儿一路打出去,只会规劝她回家。眼前别引人注意的好,免得给锁了起来,等人走了再说。为迎客开大门,也会再开门送客。有人下楼来。为客人泡茶。不,是何干。

"你千万不要出去。"她低声道,"姑姑来了,还有鹤伯伯。"

琵琶喜出望外。怎么知道的?她没打电话过去,准是珊瑚打过电话来。也许是荣珠想抢在头里,先告诉出来,免得别人议论。还是榆溪说溜了嘴,所以珊瑚过来了,虽然她再也不想与他有瓜葛。

"待在房里。"何干又道,"一步也别跨出这个门去。"

"知道了。"她得不使何干起疑。等珊瑚与秋鹤一下楼,她就要冲出去,跟他们一道走。到了大门口再拆散他们,放他们两个走,独拖她一个回来,可没那么容易。总不会在大门口众目睽睽之下拳打脚踢,门警也不能拿枪胁迫他们。她想像不出秋鹤会打架,可是有个男人总能壮壮胆。

何干拖过一把椅子,促膝坐下,低着头,虎着脸,搭拉着眼皮。斗牛犬的表情使琵琶很是震动,刚才还觉得何干不再喜欢她了。显然还是帮着她的,希望她能与父亲言归于好。

"现在出去了,就再也回不来了。"她冷酷地对着地板说。

琵琶没言语。何干说的一点也不错。可她也知道这个家里再没有使她留恋的地方了。

两人一齐等着下楼的动静。寂静一步步地拖下去。她不忍看何干,她顽固的决断表情透着绝望。琵琶小时候总明明白白表示她更相信母亲的判断。年纪越大,也让何干知道她自己的看法更可靠。可是两人对面而坐,摆出争斗的姿态,她猛然觉悟到不能再伤何干的心,不把她年深月久的睿智当一回事。一出了这个门,非但不能回这个家,也不能回她身边。

两人一动不动坐着,各自锁在对方的监视眼光内。不等最后一刻我决不妄动,琵琶心里想。她们听见生气的叫嚷。两人都纹丝不动,都觉得起不了身到门口去听个究竟。珊瑚紧薄的声音在楼上喊,夹杂着榆溪的怒吼与秋鹤焦灼的讲理。提到了巡捕。正是琵琶第一时间想找的人。突检鸦片,顺便拯救她。她也觉得听到了医院。验伤吗?还是珊瑚提醒她父亲上医院戒毒的事?"我还得跟他大打出手才把他弄了进去。我救了他的命。"珊瑚前一向总这么说。没有时间给她纳罕。脚步匆匆下楼,她心里乱极了。楼上无论是什么情况,她都还是可以趁此跟着他们闯开大门。场面一乱,连苍蝇也飞过了。

"千万别出去。"何干一气说完一句话。

她怕极了何干不再爱她,柔顺地服从了。心突突跳着,听见一个声音说:"大好机会溜了,大好机会溜了。"

他们走了,穿过过道到厨房与穿堂,再经过男佣人的房间到大门。门闩咕滋咖滋抽了出来,又锵锵一声关上,如同生锈的古老铜锣敲了一声。全完了。

何干与她不看彼此。过了半晌,觉得安全了,何干方起身去打听消息。

琵琶等着巡警来。珊瑚势必会举发他们抽大烟吧?她还有第二次机会。自责业已如强酸一样腐蚀她。方才怎么会听何干的?

当天并没有巡捕上门。战事方殷,阿芙蓉癖这等琐事算不上当务之急。何干端了晚饭来,忧心地问:

"今天晚上怎么睡?"

"就睡这儿。炕床上。"

"铺盖呢？"

"用不着，天气不冷。"

"夜里还是需要个毯子。"

"不用，真的，我什么也不需要。"

何干踌躇，却没说什么，怕人看见她拿毯子下来。她收拾了碗盘走了。

这些房间没安灯泡，漆黑中琵琶到敞着房门的门口侧耳倾听。楼上隐隐绰绰有人活动。莫非也怕突检？忙着把大烟都藏起来？开窗让房间通风？又能敷衍多久？榆溪在穿堂里兜圈子，一面说话，也跟他走路一样话说得急而突然，一下子就又听不见。这会子他在楼上大喊：

"开枪打死她，打死她。"

她父亲用手枪打死她，想着也觉得滑稽，却又想起很久前就知道他有手枪。搬了几次家还在吗？门警不会把枪借给他吧？杀死自己的孩子不比杀死别人。如同自杀，某些情况下甚至是美德。现今是违法，可是传统上却不然，还看作是孝道。

相连的两个房间钥匙孔里没有钥匙。何干睡觉之前会再来看她吗？即便来了，琵琶也不会要她去问男佣人拿钥匙。何干怕一举一动会引起注意，又惹出麻烦。琵琶自己羞于露出惧色，况且她也并不畏惧。惯性使她安心，她是在家里。简直不可能甩掉这种麻木。在家里还会发生什么事？用手枪杀人全然是小说与电影情节。也是奇怪，她要去报巡捕房一点也不是说着玩的，可是她父亲想杀死她，她却觉得异想天开。尽管她觉得对父亲已经没有了感情，她却不相信父亲一点也不喜欢她了。黄檀木炕床很舒服。藤椅座向一边卷成筒状，作为头靠，略带灰尘的气味。黑暗是一种保护。他会不会记得带手电筒下来？她把一扇落地窗开着，听见了什么动静，可以逃到洋台，翻过阑干，跳到几尺下的车道上。问题是门关着听见不听见楼梯上的脚步声？可是敞着门又像是等着人来杀。她还是把门关上了。任何时候都可能听见趿着皮拖鞋，急促滑冲的足声，房门会猛然打开，子弹像那只花瓶一样乱射进来。看也不看打中了没有，一径上楼。他怕不怕佣人拿他杀死女儿的事勒索？家业已不是封建的采邑，佣人也不再是过去的半奴半仆。可是从前那时候真的过去了吗？有时候榆溪似乎不知道。

她死了会在园子里埋了，两只鹅会在她身上摇摆踱步。她生在这座房子里，也要死在这里？想着也觉毛骨悚然。藤椅座很凉快。她撑着不睡，竖着耳朵听。黑暗中感觉到没上锁的门立在那里等待着，软弱的表面如同血肉，随时预备着臣服。

风变冷了，从落地窗吹进来。她早晨醒来，抽筋了。

二十二

她整天待在房里。除了何干送三餐来,谁也不看见。到了第三天,显然巡捕是不会来了。她不怪她母亲坐视。姑姑来得非常之快。她们两人能做的都做了,是她白白糟蹋了好机会。

要怎么逃出去?《九尾龟》里的女孩子用被单结成了绳子,从窗户缒到底下等着的小船上。别的小说里的女主角写封信包住铜钱,由窗子掷出去。这个屋子没有一扇窗临街。花园的高墙墙头埋了一溜的玻璃碴。白玉兰树又离墙边很远,虽然高大,树干却伸了老长之后才分枝。唯一靠墙的是鹅棚,小小的洋铁棚,生了锈,屋顶斜滑而波浪起伏。搬一张桌子出去,踩着爬上鹅棚屋顶,说不定一踩洋铁皮就锵锒锒地掉下去。尽管晚上鹅锁进鹅棚里从不听见叫唤,她也知道两只强壮的大鸟会发出震破耳膜的警报声。屋子里的人隔得太远不听见?爬上了墙头又怎么下来?摔断一条腿还是会给抬回屋子里。也许附近有岗警会帮她下来,还许外国的志愿军会在苏州河巡逻,过来帮她。都不可能。这时倒后悔小时候没爬过墙。墙太高,鹅棚太破旧,鹅太吵,在在都是顾虑。在心里反复想了又想,想得头昏脑胀,总是看见自己困在玻璃碴之间。

何干判断够安全了,可以等一家人吃过饭之后叫她到餐室来吃饭。别的老妈子也都躲开,让出空间来给她。连何干也留下她一个人吃。这样子成了常态。有天幸喜在餐具橱上找到信纸、一个墨水盒、一只毛笔。有颜料就更好了。横竖无事可做。有张纸团成了一团,她摊平了,是张旧式信笺,上面是她弟弟的笔迹,写的是文言文,写给上海的新房子的一个表哥:

"枫哥哥如晤:重阳一会,又隔廿日。家门不幸,家姐玷辱门风,遗羞双亲,殊觉痛心疾首……"

写了一半没写完。琵琶瞪着空白处,脑子也一片空白。然后心里锐声叫起来。这是什么话?玷辱门风?这只有在女子不守妇道的时候才用得上。也许他也觉得这么说不妥,所以写了一半便搁下了。仔细回想起来,弟弟活了这么大,还真没听他说过什么。这还是第一次。还许他并不是当真以为她有什么,只是套古文引喻失当。可是她的外交豁免权失效了,他一定也幸灾乐祸,不是只有他一个受害人了。比较起来,他在父亲与后母面前倒成了红人,自己就封自己是他们的发言人了。

他把信笺团绉了。可是事实俱在,她只从他那儿听见过这些话。除了这个怪异的掉书袋声口之外,她没有别的话可以据以判断。她慌忙把纸放下,怕他进来看见,依旧团绉了撂在桌上。丝毫不想到要找他当面说清楚,他反正是什么话也不会说。

倒让她想到了为虎作伥。老虎杀死的人变成伥,再也不离开这头老虎。跟着老虎一齐去猎杀,帮着把猎物驱赶到老虎的面前,打手一样,吓唬小动物,也在单身旅客前现形,故意引他们走上歧途。陵也让老虎吃了,变成了伥。

幸喜心痛只一下就过去了。两人这一辈子里,陵当孩子太久了,她并不认真看待他。

何干胆子大了,偷拿了条毯子来,一头铺床一头咕噜道:"讲要你搬到小楼上去。"

"什么小楼?"

"后头的小楼。"

"在哪里?我怎么没看过?"

"后面楼上。前一向是给佣人住的,好两年没人住了。坏房子。"她随口说,微蹙着眉,撇下不提,像是拂开脸上的蜘蛛网。

后头的小楼听着耳熟。明代小说和清代唱曲里做错事的女儿都幽禁在后花园里。若是乡下就是柴房,城里就是后头的小楼。三餐都从门底下的小门板推进房里。房里的冤魂除非找到了替死鬼,不然不能投胎转世,所以诱惑新来的人自杀,使她的心塞满怨苦,在她耳边喃喃劝她一了百了,在她眼前挂下了绳圈,看上去像一扇圆圆的窗子,望进去就是个绮丽的花园。

琵琶想笑。竟然是我?为了什么?我做了什么?瑰丽的古代的不幸要她来承受,却没尝过情爱的罗曼谛克!她不再多问,可是何干又开口,岔了开去:

"也只是讲讲,好在还没说呢。"

脸上有种盘算的神气，指不定是在想能搬点什么进去，让琵琶住得舒服些。

竟是要把她关到死。放出来的时候也念不成大学了。四年？七八年？光想到就不寒而栗。快着点，快着点，赶不上了。露从她小时候就这么说她。"你都十六了。"珊瑚也提醒她，辩解似的。而如今呢？她这一生最重要的时刻被割了一大块去。她非逃走不可。这些时候急切着要走，被圈禁的动物的狂乱发作过之后，她寻思着母亲说的话："跟父亲，自然是有钱的。跟了我，可是一个钱都没有。"不会有钱上大学，更遑论去英国。找工作？她甚且没有高中文凭。不能就这么增加母亲的负担。母亲的家是明净美丽的地方，可以让她投奔，而不是走投无路的时候赖着的去处。说老实话，她并不知道富裕的滋味，也不清楚贫穷是怎样一个情形。可是贫穷始终是真实的，因为老妈子们是活生生的证据。

全是为了钱的原故。她父亲与后母的这顿脾气究竟并不是莫名其妙。跟他们要一笔不小的支出，等于减了他们十年的阳寿。或许不知道她去参加考试，却猜到有什么事在进行。荣珠逮住了机会就吵嚷起来，抓个藉口，怪她没把她放在眼里，宿夜没告诉她。无论藉口多薄弱，必得道德上站得住脚。这是她的方法，也是中国政治的精髓。军阀开战尚且要写上一篇长长的檄文，四六骈文，通电全国，指责对方失德失政。

琵琶并不想要穷，可是要她金钱与时间二择其一，她丝毫没有迟疑。人生苦短，从小她就清楚。她必须逃走，不能等他们狠下心来把她锁在后头的小楼，锁一辈子，成了幽囚在衣柜里活着的骷髅。

秋天来了，风和日丽，空气中新添了寒意。听见了飞机她就到洋台上。赫赫的蓝天上三四架一群的飞机掠过，看不清机身上漆的符号，但是她知道是敌机，来得太规律，而且像是如入无人之境。空战的日子过了。她看着飞机掠过，渴望能联络上，却没有法子能拦下他们钢铁的航路。有个炸弹掉下来，将花园围墙炸开个口子就好了。或者炸中屋子没人住的地方，引起大火，她可以趁乱逃出去。有个炸弹掉在屋子上，就同他们死在一起也愿意。《诗经》里的一段说的是人民痛恨商朝亡国君，咒骂他："时日曷丧，予及汝皆亡！"[①]

她看着飞机，把手紧紧捏着洋台上的木阑干，仿佛木头上可以榨出水来。薄薄的小阑干柱，没有上漆，一根根顶着铸铁阑干，岁月侵蚀裂出长短不齐的木纤维，后来又磨光了。掌心里像捏着骨棱棱而毛茸茸的胳膊，竟使她宽心。许多东西摸起来都比这个温润。飞机走了。就许连同她和许多人一块杀了，也并不特别残酷，因为他们并不认识她。

晚上何干向她说："起了大火，在闸北那边。"

"看得见么？"

"看得见，就在河对岸，大家都在看。"

"洋台上就看到么？"

"不行，要到屋子后头看。"

---

① 此语应出自《尚书》"汤誓"，而非《诗经》，所指之亡国君则是夏桀，而非商纣王。

"楼上？"

"嗳，后头的小楼。嗳呀，好大的火啊。"

何干比过节喝酒，酒后脸绯红却分外沉默还要更兴奋。大火必是延烧上她的头了，不然绝不会问："要不要看？"

"要。"

"大家都在楼上，后头的小楼上。"

"在哪里？我从来没见过。"

她也想看小楼。

何干带头穿过楼梯口。琵琶张了一张吸烟室紧闭的门。门要是打开来，从烟铺上看见不看见她？几个星期来他们都没理她。这会子她大摇大摆走过去，他们会不会觉得是招摇，又来讨教训？她怎么会来？一定是太无聊，失心疯了。可是外头的大火似乎是种屏障，前所未见的不花钱的表演，让屋内的敌意暂时休止。她跟着何干穿过门洞子，决定不扭头看，走进后方狭窄的楼廊，老妈子惯常都来这里晾衣服。一盏灯泡的昏暗光线照着围木阑干的狭长木板人行道，到处什么都看不太清楚。她还是第一次看见楼廊上有一排小房间，倒像钉在屋子上的鹰架。

"小心脚。"何干说。

她不是说大家都在看？榆溪与荣珠不会也在看吧？可是琵琶不想问。何干引她进了一个阴暗的房间。两个阿妈立在窗前，只看见轮廓。听见又有人来了，愉快地掉过头来，没有同琵琶说话，只挪了位子给她。

"看那边。"潘妈喃喃说道，"烧了这么久，还没有一点火小的样子。"

"嗳呀！"何干从齿缝间迸出叹息。

"烧了多少房子呐，还有那么些没逃出来的人。"潘妈说。

"我还没去过闸北呢。"佟干说。

"我上旧城去过，倒没去过闸北。"何干说。

"不知道是什么样子。"琵琶说。

"房子小啊。"潘妈不屑地说。

"旧城我见过，那年我上那儿去给城隍爷烧香。"何干道，"倒没去过闸北。"

"闸北都是工厂。"潘妈说。

"地方很大是吧？"佟干说。

"嗳，看它烧的。"

窗外一片墨黑。远处立着一排金色的骨架，犬牙交错，烈焰冲天，倒映在底下漆黑的河面。下上一模一样，倒像是中国建筑内部的对称结构，使这一幕更加显出中国的情味。护城河里倒映的是宫殿、宝塔、亭台楼阁的骨架。元宵节一盏灯笼着火了，焚毁了上林苑。处处都有轻薄的橙光笼罩住一幢屋子，一团团粉红烟雾滚动，又像一朵朵的花云被吹散。漆黑的地上只剩了燃烧的骨架。金灿灿的火舌细小了，痴狂地吞噬脆弱，耗损了精力，到末了认输陷了下去。倒下了一个骨架子，后面旋又露出一个熊熊的火架子，仍是俯对着自己的倒影。前景总不变，总是直通通的黄金结构，上下是大团的漆黑空间。

"那是苏州河。"潘妈道。

"苏州河真宽。"何干诧异的声口。

琵琶也不知道苏州河这么辽阔。有次她走家附近的小路,经过苏州河,只看见一条水沟,红泥岸上拉起了铁丝网,东倒西歪的。水沟中段蜿蜒纡曲,黄黄的水停滞了不动。虽然现在看不到河水,只看见河上的倒影,但是河水似乎像运河一样笔直。

"何干,你去替我拿粉蜡笔和纸来好不好?"

"什么样的纸?"

"上头没线的都可以。喔,还有蜡烛。能不能拿蜡烛来?"

她看了火势许久才决定要画画看,看上去像一点变化也没有。隐晦的黑暗中抓不准距离,可是一点声音也没传过来。滤掉了吵嚷与惊惶,大火似乎是发生在遥远的历史里,从过去来的一幕,带着神秘感,竟使人心里很激动。她记得看过一把黑扇子,扇面上画了战场,是弯的,顺着弧形的扇面。而这却是画在墨黑的纸张中央,端端正正地画。过后她可以用水彩上色,这时候去提水太麻烦,窗台上的空间也不够。她觉得有些歉疚,大家都忙着看,偏支使何干。她们并不等着有什么变动,这会子也知道不能够留下来看到最后,却还是一点也不想错过了。

何干拿碟子托着一小桩蜡烛照路,回来了。其他人眼睛始终不离大火,腾出空间,让她将蜡烛与蜡笔盒搁在窗台上。琵琶拿着画板,急急画着。

"何干,帮我拿着蜡烛好不好?就是这样。"

画得不对。她涂涂改改,渐渐觉到了佟干与潘妈不喜欢,人体不由自主躲开去,她立得这么近,不会不察觉到,虽然她们留神不碰着她的手肘。她们的眼睛仍是粘着窗子外头,她们的脸在烛光下淡淡的。可是她们厌倦了她,厌倦了她老是画图读书,仿佛她聪明得不得了,其实是既傻又穷途末路,挨后母的打还还手,自己找罪受,带累得大家也都没有好日子过。这会子她又大模大样作起画来,跟个没事人一样。人人都往外看,只想欣赏,她却非要人欣赏她。她把心里的念头推到一边,究竟也只是她自己这么想。她一个人太久了。但是在烛光中,房间渐渐在她的眼角成形。这里就是她的囚房。不犯着四下环顾,她也知道墙壁是没有上过漆的粗木板,小小的房间里什么也没有。地板有裂缝,还有甜丝丝的腐朽的木头的气味,像巧格力和灰尘。猛然间她觉到了。老妈子们的嫌恶透着不祥之兆,她们知道什么何干不知道的事,至少也比何干告诉她的事要多。她随时都会被锁在这里。要是他们在吸烟室里知道她在这里,今晚就会把她锁起来。她疯了才会上来,活该被当作疯婆子链起来。楼廊只要传出啪哒的拖鞋声,门口只要一个示意,老妈子们就会齐齐冲出去,锁上房门。何干会同她们一起在房门外,相信这么做都是为她好。

她忙忙收拾蜡笔。老妈子们让开路。

"不看了?"何干问道。

"我要下去了。"

"我再看一会。"

"喔,你只管看,何干。"

她拿着蜡笔画,面朝外,怕糊了画。昏黄的灯泡下,患了软骨症似的楼廊像随时会崩塌。好容易两脚踏上了坚实的穿堂地板,回到了已知的世界。吸烟室的门仍关着，开着无线电。一路下楼，可能是敞开的房门吹过来阵阵微风，搔着她的颈背。但是她平安地回到房间。

她在这里一个月，考试结果也该寄到她母亲那里了。万一考上了，却走不成，甚且连考上没考上都不知道？大朵的玉兰从夏天开到秋天，脏脏的白色，像用过团绉了的手绢。她病了，发高烧。

"都是睡藤炕睡出来的。"何干道，"藤炕太凉了。"

仗着生病这个名目，何干从楼上拿被褥下来，拣了房间避风的一隅铺床。过了好两天不见她好转。何干有天下午进来，有些气忿忿的。

"我今天告诉了太太，老爷也在，可是我对着太太说。我说：'太太，大姐病了，是不是该请个医生来？'——一句话也没说。我只好出来了，临了就给我这个。"拿出一个圆洋铁盒，像鞋油。"就给了这个东西，没有了。"

虎头商标下印着小字：专治麻疯、风湿、肺结核、头痛、偏头痛、抽筋、酸痛、跌打损伤、晒伤、伤寒、恶心、腹泻、一切疑难杂症；外敷内服皆可。

"听说很见效。"何干道。

"我抹一点在太阳穴上。"琵琶道。

"味道倒好。"

还是头痛。她觉得好热，以为是夏天，坐她父亲刚买的汽车到乡下去兜风。

"你说什么？"何干问道。

"没说什么。"琵琶心虚地道。

"你说梦话。"

"我没睡。"

"没睡怎么会说梦话？"何干不罢休，很冲的声口，倒是稀罕。

"我说了什么？"

"汽车什么的。"

"嗳，我梦见坐汽车去兜风。"何干可别听见了她同她父亲说的话，"我一定是做梦了。我不知道我睡着了。"

何干坐在床上，直勾勾看到她脸上来。琵琶知道她怕她会死，良心不安，后悔当初有机会没让她和姑姑一块走。

"放心吧，我死不了。"她想这么说，但是何干只会否认屋里的人有这种念头。

常识告诉她，是不会有死亡的。她的生命就如她的家一样安全，她也不习惯有别的想法。何干的焦虑倒使她着恼。以前生病，何干总要她别急：

"病来如山倒，病去如抽丝。"

这次她不套俗语，甚且半向自己喃喃说："这么多天了还不见好，会是什么病？"

琵琶知道她是怎么想的。家里请的先生去年患了肺炎，送医院以前她们都见过他生病的样子。都说他那么一大把年纪了还能康复，真是运气。

"我没事。不是什么严重的病，我知道。"她向何干说。

话是这么说，她还是病着。病得不耐烦，五脏六腑都蠕蠕地爬，因为她不能让何干知道不要紧，不需要为了拦住她不让她走而自责，磨折自己。她的新床在窗边，对着车道。每次大铁门开启放汽车通过，铁板就像一面大锣"哐"的一声巨响。她贴着墙睡，声音响得不得了。她盼望这个声音的磨折，竖着耳朵听，开门的响声过了又等着关门的声音，因为总是两声一套。这是她唯一想听的动静，虽然使她从里冷到外。放人进出的小门声音也几乎一般嘹亮。门不响，她只躺在床上，什么也不想。还是有些事情徐徐变得清晰。第一天她抱着何干大哭，何干冷酷生疏，那一刻总像什么东西梗在心里。这如今她知道了何干是指望她带着她父亲给的妆奁出嫁，她的老阿妈可以跟过去，帮她理家。那是她安度晚年最后的机会。她爱琵琶，如同别人爱他们的事业，同时期待着拿薪饷。她会这么想当然有她的道理。倒也没关系。人会忘记祖母，却不爱为了这个那个原因才爱祖母。琵琶很遗憾让何干失望了。她仍是照顾琵琶，像她每次生病一样，可是她也清楚心里抱着的一个希望是死的。

"柳絮小姐来看你了。"她说。

"琵琶！"柳絮笑着进来一面喊，特为压低声音，秘密似的。

因为她是朋友，琵琶的眼泪滚了下来，连忙掉过脸去，泪珠流到耳朵上，痒酥酥的。

"好点了吗？"柳絮说。

一切探病的敷衍问候，而何干也是标准答复："好多了，小姐。"替她拉了张椅子。

"我说：'我要去看琵琶。'"柳絮说，带着快心的反抗，"荣姑姑没言语，我就出了房间，下楼来了。"

两人相视一笑。柳絮的笑容虽然是酬应的笑容，看着也欢喜，是大世界吹进荒岛上的一股气息。

"荣姑姑其实是喜欢你，"她低声道，"她老说陵像你就好了。其实你要出国一点问题也没有，只就是事情太多了，你姑姑又跑来，姑爹又是那个脾气。"

闹了半天又怪珊瑚多事了。他们在吸烟室里整天无事可做，抓到人就随他们说去。一张嘴也不过两片嘴皮，怎么翻都行。

"我就不懂荣姑姑怎么能让你受同样的罪。你知道荣姑姑的事吧？"

"不知道。"

"她喜欢一个表哥，祖父不准她嫁。把她锁在房间里，逼她自尽。同样的事她怎么受得了又来一次？"

琵琶倒不觉得奇怪。荣珠惯了这样近便的意念，虽然她准是觉得厌恶，她自己的悲剧竟让一个冷酷讨厌的十来岁孩子重演。她的天真无邪必是使荣珠看着刺心。只因为她是一个年青女孩子，她无论怎么犯错，人家也还以为她是天真无邪的。

柳絮自管自下起结论："都是姑爹。有时候荣姑姑怕他。"她低声道："对，她真怕他。"

静了半晌，又道："你一定累了。"

"不累，不累，多亏你来了。"

"我听见说你病了，心里就想：这下子就好了。"

柳絮在学校英文课读了不少维多利亚小说。暴虐的父亲到末了跪倒在女儿的病榻前，请求宽恕。琵琶对她笑。她们也许是活在维多利亚时代,不过是维多利亚时代的中国。

"不是只有你这样。"柳絮道,"我们家里也是,还许更坏,你只是不知道。学校里,三四百个女孩子,差不多人人都跟父亲闹别扭,不然就是为鸦片,不然就是为姨太太,不然就是又为鸦片又为姨太太吵。真的。谁的家里风平浪静,我们都说她有幸福家庭,她就特别的不一样。"

"你们学校还停课?"

"嗳,可是我倒忙。我在战时医院里做事。"

"真的?难怪你一身的药味。"可惜没能托她带点药来。

"我身上的气味很可怕是不是?"

"不,倒是很清新。你照顾的是兵士?"

"嗳。"

"真刺激。很感动么?"

"是啊。医院跟别的地方两样,很多人在一起做事,不给人穿小鞋,同省份的人也不拉帮结派,也不分贵贱,不犯着成天提醒自己是女孩子,四周都是男人。"

"也许是中国在改变。"

"是打仗的原故。当然医院里乱还是乱,钱也不够,又缺这缺那,可是确实有一种异样的感觉。"

"我能想像。"琵琶轻声道。她至少能想像被关在一个忙碌的卫生的库房门外。

"有一个年青的兵士,他们大半年纪都不大,这一个只有十九岁,一只手的手指头都炸烂了,可是他一声也不吭,一句抱怨也没有。其他的,你知道,有时候简直蛮不讲理。可是这个兵士什么话也不说,也不跟你要什么。他长得很好看,五官清秀,仙风道骨的。"陡然间警觉了,她不作声,显然想说她并不是爱上了他,顿了顿,便淡淡说道,"他死了。"

琵琶想不出该说什么。

柳絮的眼眶红了。整了整面容,又道:"医院的事可别跟旁人说去,我妈还不知道我去做志愿军。我有些同学去,我也跟着去。可我得跟我妈说芳姐姐是医院委员会的,要我去帮忙。其实芳姐姐是管筹募基金宣传的。"

"我什么也不会说。"

"我知道你不会。"

"仗还没打完么?"

"这附近暂时停火了。"

她走了,消毒水的气味还萦绕不去。外在的世界在变动,一缕气息吹了进来,使她圈在这个小房间里更难挨。大门的哐啷声听在耳里迫促了。她病了将近一个月,不会还费事成天锁住大门吧?要逃就是现在,只恨自己站不住。

何干准定是想早晚风波就过去了。她病了这么久,她父亲后母气也消了,琵琶也会请他们原谅。要紧的是让她的身体康复。她哄着何干说话,而何干也欢喜她的气力恢复了,想说说话了。

"吃过饭了?"

"嗳,吃过了。"

"这一向多少人吃饭?"

"六七个吧。今天七个,汽车夫回来了。"

"门警也跟你们一道吃?"

"嗳。"

"两个一块吃?不是一个吃完了再换一个么?"

"有时候会一块吃。一个睡觉,要不出去了。今天倒是两个一块。"

听起来像放心了,不再留一个看门,一个去吃饭了。

"他们多久换一次班?"

太明显了。机会生生让她毁了。

"不知道,现在吧。"

琵琶仔细钉着她看。何干没有这么笨。"他们两个都是山东人吧?记不记得教琴的先生的厨子?他也是山东人。"

"嗳,那个厨子。"她愉快地回想,"是个山东人。"

"好不好替我把望远镜拿来?我还可以看看鸟,躺在这里真没意思。"

"我这就上去拿。"

"不,不急,明天再拿吧。"

"我怕忘了。"

"那顺道帮我把大衣也拿来,坐起来可以披在身上。"

"大衣。好。"

莫非何干心里雪亮却假装不知道是帮她逃走?因为觉得干下了什么亏心事,害了她,困在这里险些送了命。正在纳罕,何干回来了,拿来了望远镜,搁在有肩带的皮盒里。大衣也披挂在椅背上。她温和的面容看来分外殷勤,不是因为琵琶要走了,只因为她的身体好多了。不，她决不会放她走出这个屋子。

她想坐起来，一动就头晕。两脚放到地上，几乎不感觉到。两条腿像塞了棉花的长袜，飘在云间，虚浮浮的。等了一会，还是站了起来，走了几步。

隔天傍晚，她侧着耳朵听餐室的动静。晚饭开迟了。有客人？还是他们出门了？会不会汽车来来去去，门警只好守着大门？

晚饭开上来了，也吃过了。该换佣人吃饭了。确定了何干不会进房间来，她忙下床，穿上大衣，取了钱包与望远镜，走到洋台上。半个身子都挂在侧面阑干上，车道到大门都看得清清楚楚。暗沉沉的没有灯。望远镜紧贴着眼睛，四面八方又扫视了一圈，砂砾路面连她自己窗子里的灯光都吸收了。清一色的暗灰直伸到大门边上。大门一侧是黑鸦鸦的哨岗，另一侧是甬道，有灯，通到佣人住的地方与厨房。路边的砖墙上没有门，没有树篱，没有汽车，没有藏身的地方，这要是半路上有谁从哨岗还是佣人的房间里出来，简直进退不得。

她先下了台阶，走上车道，过了长青树丛，绕过屋角，开始那条笔直的长路，扶着墙走，支撑自己，也是一种掩护，不能让人在黑魆魆的楼上窗子往下看见。脚下的碎石子一喀嚓，她就一缩。速度要比谨慎重要，她早该学到了。然而她仍尽量自然，一面虫子似的蠕蠕沿着墙根爬，手上出的力比腿上出的力多。在砂砾路上奔跑太吵了。真要跑她也跑不动。漆黑安静的哨岗里说不定就伏着一个眈着的人。

她走到了大门口，幸喜没遇见人。还许大门上了锁？不。门闩蠕蠕由插口里抽出来，吱嘎叫得刺耳。她推开了门。不能带着望远镜走，她慌乱地想着。外面在打仗，给人家看见我带着望远镜，还不定怎么样疑心呢，走不了多远就会给拦下。她将望远镜小心搁在钉在门上的邮箱上。跨过了突起的铁门槛，没把门关死，留了条缝，知道大门一关会发出声响。

门外是一片黄阴阴的黑。街灯不多，遥遥地照耀。看着十字路口的对过，整个空荡荡的。绝不能酒醉似的东倒西歪，不能让人看见了。脚下像踩着云，偶尔觉到硬实的路面。一拐过弯她就要跑。她要朝电车站跑，跑不多久该许会看见黄包车。才离了没两步，就听见望远镜从邮箱上落下来，锵的一声。她的头皮发麻，怕给揪住了头发拖回去。正想跑，又停住了。十字路口远远的那头竟转出了一辆黄包车，脚踏边的车灯懒洋洋地摇晃喀吱，简直不像是真的。车辕间的车夫也漫不经心地信步游之。

"黄包车！"她只喊了一声。静谧的冬夜里，高亢的声音响彻了方圆各处。她不能喊。黄包车车夫就怕惹麻烦，不肯送扒了钱躲巡捕的贼或是妓院逃出来的女人。

黄包车轻飘飘地过了街。

她直等到够近了，才压低了声音说："大西路。"

"五毛钱。"车夫头一歪，童叟无欺的神气，伸出了五根手指头。

"三毛。"她向自己说：我没钱，不能不还价。

"四毛，就四毛！大西路可不近，得越界呢。"

"三毛。"

她急步朝电车站走。黄包车也待去不去地跟在后面。真是发疯了,她心里想。屋里的人随时就可能出来,把我重新抓进去,到时谁会帮我?这个车夫么?他比我还穷,我还非要杀个一毛钱。

"四毛好吧?"

"三毛。"

她也不知道何必还说,无非是要证明她够硬气,足以面对世界。

他跟了有十来步,正要拐弯,嘟嘟囔囔着说:"好啦好啦,三毛就三毛。"

他放低了车辕。她心虚地踩上了脚踏。黄包车往前一颠,车夫跑了起来,像是不耐烦,赶着把她送到了完事。直到这时候,她才觉到了北风呼啸。今晚很冷。她竖起了大衣衣领,任喜悦像窜逃的牛一样咚咚地撞击。

二十三

"原来是你！我还纳罕这么晚了会是谁呢。"珊瑚穿着晨褛低声笑道。关上了门，领头往里走，先喊道："琵琶来了。"

露正在浴室照镜，闻言扭过了头。"嗳唷！你是怎么出来的？"她笑道，"我听说你病了。怎么回事？"

"我现在好多了，就溜了出来。我病了，他们也不锁大门了。"

"我们去找巡捕，可是因为打仗，他们什么也不管。"珊瑚道。

"我们还想花钱找帮会去跟他们说呢。"露道。

"是谁说他在黑道上有认识人的？"

"她舅舅的保镖胖子说的。都说跟那种人打交道只有这一个法子。"

"要是帮会答应了代你出头，他们就会请对方到茶室喝茶，客客气气的。通常一杯茶也就解决了。"

"可我们还是觉得别招惹他们，谁也不知道往后是不是麻烦事没完没了。"

"不是还有人出主意?——喔,对了,是看衖堂的。"珊瑚道。

"那些人还不是净想些馊主意。"

"他说在他们靠衖堂的墙上挖个洞。"

"他可以从洞里钻过去,可是他还是得找得着你,我们又不知道你关在哪个房间,楼上还是楼下。"

"他认识我?"

"他看过你。"

"要是在屋子里乱晃,给抓住了呢?"露道,"他们知道他,也保不住不把他当强盗,到时把他倒吊起来毒打,往鼻子里灌水。"

"太危险了。"

"我们担不起那个责任。"

"我的考试通过了吗?"

"没有,算术考坏了。反正半年也过了。"

"麦卡勒说你得补课。"珊瑚道,"英文也是。"

"他这个先生太贵了,可是也没办法。"

"要不要喝茶?"

"我来泡。"琵琶道。

"发不发烧?先拿温度计来。"露向珊瑚道,"喝过热茶再量做不得准。"

她们拿沙发垫子给她在地板上打了个舒服的地铺。躺在那里,她凝望着七巧桌的多只椅腿。核桃木上淡淡的纹路涡卷,像核果巧格力。剥下一块就可以吃。她终于找到了路,进了魔法森林。

隔天下午露要她整理一下仪容，有医生要来给她看病。

"姑姑有件蓝棉袍，你可以穿。年青女孩子穿蓝棉布，不化妆也有轻灵灵的感觉。"

话是这么说，她还是帮琵琶抹粉，将她的头发侧梳，似乎恨不得能让她一下子变漂亮。整个下午琵琶都觉得额头上的头发轻飘飘、鼓蓬蓬的，像和煦的清风。头发落到眼睛上也不敢去碰，生怕弄乱了。

快六点了伊梅霍森医生才来。他个子大，气味很干净，没有眉毛，头发也没两根，可是看着却很自然，倒像是为了卫生的原因特为剃得太澈底。给她检查过后，他退到房间另一头，低着声音同露说话。

"你自己怎么样？"声量放大了些，"不咳嗽？不头痛？"

他又取出了听诊器，向露点头，露向前一步，羞涩地抬起脸，等着听诊器落在她的胸上。她知道这个男人要她，琵琶想着，震了一震。可是她很美，必定有许多男人要她。不，是她的羞意不对劲，无论是从不拘旧俗的标准，还是从琵琶在家里学会的老法礼教来看，都不对劲。旧礼教严防男女之别，故作矜持也属下品。刚才当着医生的面脱衣服并不使她发窘，虽然她对自己直条条的体格并不自负。她倒不是想了个通透，只是看着房间那头，使她没来由地遽然震惊。然后医生收拾了皮包，道别走了。

"他说是肺炎，快好了，可是还是得小心，卧床休养。"露向她说。

她下床走动那天，何干来了。

"太太！"何干立在门口喊，用她那感情洋溢的声口。又喊："珊瑚小姐！大姐！"

"你好啊，何大妈。"

"我好，太太。太太好吗？"

就和露与珊瑚回国那时一样。

"你今年多大岁数了，何大妈？"又"她一点也没变，是不是，珊瑚？"

"我倒看的像高了点。"

"老缩了，珊瑚小姐。"

"你母亲还健在？"

"是啊，太太。"

"嗳唷，年纪可也不小了吧？"

"八十六了，太太，不对，是八十七。"

"嗳唷，身体还好吗？"

"好，太太。"

"嗳，这么硬朗！"

"穷苦人死不了啊，太太。"她无奈地笑道。

"她还是跟你儿子住？"

"嗳，珊瑚小姐。"也不知道什么原故，何干似乎不太愿意提起她母亲。横竖照例的应酬话也说完了。

"大姐走了他们说什么？"珊瑚笑道。

"没说什么。"何干低声道，微一摇头，半眨了眨眼。

琵琶巴不得知道他们发现她逃了是怎么个情况。谁先发现的？有人听见望远镜从邮箱上掉下来吗？还是谁也不察觉异状，还是何干吃了饭回来看见屋子空的,只点着灯?点点滴滴都是她亟想听的。但是她没办法开口问,因为骗了何干。再问只会更把事情弄拧。

"他们不生气?"珊瑚追问道,"一定说了什么。"

"我们什么也不听见,只知道太太把大姐的衣服都拿去送人了。"

"就当她死了。"露道。

"嗳,衣服都送人了。"何干倒是气愤的声口,琵琶知道并不是特为说给露听的。

"反正我也没什么衣服。"琵琶道。

"倒不是心疼衣服,要紧的是背后的含意。"珊瑚道。

"就当你死了。"露咕哝着。

一阵的沉默。琵琶仍是不大懂得如此的决绝有什么值得不悦的,反正她是认为再也不会回去那个家了,并不知道其他人仍希望她会回去,不是现在,但终究会回去。她虽然不知道,胜利的心情还是冲淡了些。

"他们知道你来这儿吗?"珊瑚问道。

"不知道。"何干道,半眨了眨眼。

"他们不怪你?不觉得是你放她走的?"

"没有。"又是微一摇头,半眨了眨眼。

琵琶逃家那晚撇开不想的意念猛地打上脸来了——她走了,何干在家里也待不下去了。他们准定是怪她帮着琵琶逃走,还许并不会打发她走,却会逼得她自动求去。

"我给大姐送了点东西过来。"她放下一个小包袱,动手解开大手巾,"她小时候的东西,这些他们不知道。"

她打开了一个珠宝盒,拉开小抽屉。也有一条紫红色流苏围巾与两个绣花荷包。

"咦,这不是我的东西嘛!"珊瑚笑着抄起了围巾,"真难看的颜色。"她披在肩膀上,揽镜自照。

"原来是珊瑚小姐的?"何干笑道。

"本来就是我的。"

琵琶打开一把象牙扇,缀着鲜艳的绿羽毛,轻飘松软。"我小时候用没用过?"她扇着扇子。

"这是谁送的来着?"何干道。

"掉毛了。"琵琶哀声道。

"这是金子还是包金的?"露拣起了一个黑地镶金龙藤手镯。

珊瑚拿到灯光下,眯眼端详背后银匠的记号,"包金的。"

"我还以为是金子呢。"何干道。

她其实不必送过来,琵琶心里想。谁也不会惦念这些东西,我就不记得有这么个珠宝盒。在家里谁也不知道这个东西。她大可以自己留着。看我们这样子,倒像这些东西天生就是我们的,却是那么地不珍视。琵琶硬挤出几滴泪。扇着扇子,脱落的羽毛飞到脸上,像濛濛细雨。

"别扇了,羽毛落得到处都是。"露道。

"这是什么鸟的毛?鹦哥?"何干问道。

"看,到处都沾上了。"珊瑚将羽毛一根根从沙发面与垫子上捡起来。

"给何干倒茶。"露向琵琶道。

"不用了,我得走了,太太。我只是偷偷出来,看看大姐好了没有。"

露挖了张钞票到她手里。她推拒了一会,但是并不是真心拒绝。她走了,过后露道:

"我给了她五块钱。毕竟跟了你那么多年。现在知道新太太的厉害了吧,一比才知道两样。从前对我那样子!"

"他们不是都挺好的么。"琵琶茫然道。

"哈!那些老妈子和王发,一个个的那样子啊——嗳唷!眼里只有老爷,没有别人。现在知道了吧。"

他们不敢护着你因为你总是来去不定,琵琶心里想。他们不想丢了饭碗。

露嘱咐琵琶别应门,"谁知道他们找不找,说不定雇了帮会的人。"

有个星期天下午门铃响了,珊瑚应的门。"陵来了。"她的声音紧憋微弱,仿佛等着麻烦上门,先就撇清不管。

他带着一包东西,拿报纸裹着,进门后搁在角落桌子上。他也帮我带东西来了,琵琶心里想,很是感动。

"你是怎么来的?他们知不知道你来?"露问道。

"不知道。"他咕噜道。

"坐吧。有什么事?姐姐走了他们说什么?"

"没说什么。"

"那你这一向好不好?你怎么不听我的话去照X光?"

他低垂着头。

"那一包是什么?"珊瑚端茶给他,顺便问道。

"没什么。"

露道:"你说什么?我不听见。是不是带东西给姐姐?"

"不是,没什么。"

"陵,我跟你说过的话你有没有仔细想过?你大了,不是小孩子了。得好好照顾自己的身体,身体不好什么都是空。你得要对抗你父亲,不是叫你忤逆,可是你也有你的权利——"

"我不回去了。"他忽然咕噜了一声。

"你说什么?不回去了?"露忙笑道,"为什么?出了什么事?他们打你了?"

他摇头。

"我看也不会。姐姐走了,他们只有你这么一个孩子了。"

"我也不回去了。"

屋里顿时非常安静。珊瑚在书桌前转,一声不吭。琵琶坐着动也不动,心里想:没有别的指望,他便也活在他的凄惨中,不想什么变动,可是眼前却看见我被收容了。

露柔声缓气地喊他的名字:"陵,你知道我一向待你跟姐姐没有分别。你如果觉得我注意姐姐多些,也是为了让她受教育,因为女孩子在我们这样的家里都得不到多少教育。你是男孩子,我比较放心。我现在的力量只负担得起你姐姐一个人,负担不起你们两个。你还是跟着你父亲。不用多久你就可以自立了,可是先得要受教育。别怕维护自己的权利,该要的就要,好的学校,充分的营养,让你长大长宽,健康检查……"

她说话真像外国人,隔靴搔痒。琵琶觉得不好意思。

陵扭过头去，像是不愿听，这姿势竟然让他的颈脖更触目，既粗又长。

"你拿了什么来，陵？"露问道。

"没什么。"

"你说什么？包里是什么，陵？"

他无奈地走过去，解开了绳子。琵琶看见他把两只篮球鞋和珊瑚好两年前送他的网球拍包在报纸里。她走到厨房去，泪水直落下来。珊瑚业已在里头洗抹布了。琵琶站着，手背挡着眼睛。

"我觉得好难受。"

"我也是，所以才进来。"珊瑚道，"他那两只大眼睛眨巴眨巴的，都能听得见眼泪。"

露进来说："泡壶茶。饼干还有没有？你哭什么？"她向琵琶道："哭解决不了问题。"

"我希望能把他救出来。"琵琶脱口说，抽抽嗒嗒的，"我想——我想要——把他救出来——让他学——学骑马——"

露轻笑道："骑马的事不忙，要紧的是送他上学校，让他健康起来。我正在跟他说。"

她回客室去。茶泡好了，琵琶进去组桌子。摆盘使她觉得心虚，像已经是主人，弟弟却不能留下。珊瑚也坐下后，谈话也变得泛泛。

"何干好吗？"琵琶问道。

"何干的母亲死了。"他道。

"何干的母亲？死了？"珊瑚道。陵说的话你都得再重覆一遍，方能确定没听错。

"听说是给何干的儿子活埋了。"

从进门来这一刻才显得活泼而嘴碎。

"什么？"露与珊瑚同声惊呼，"不是真的吧？"

"我不知道，是佟干听他们村子里的人说的。"

"怎么会呢？"琵琶问道。

"说是富臣老问他外婆怎么还不死，这一天气起来，硬把她装进了棺材里。"

二千五百年来的孔夫子教诲，我们竟然做出这种事？琵琶心里想。尽管是第一次听见，也像是年代久远的事，记忆失准。她极力想吸收，却如同越是要想起什么越想不起来。中国人不会做这种事。她是立在某个陌生的史前遗迹，绕着圈子，找不到路进去，末了疑心起来，究竟是不是遗迹，倒还许只是一堆石头。

"是真的么？"

"不知道。"他道。

"把老外婆活埋了。"珊瑚自己向自己说。

琵琶不认识何干的母亲，只知道她一定很穷，比何干他们还穷，才会把小女儿送人做养媳妇，比丫头好不了多少。何干到城里帮工，她就搬了进去，照顾孙儿。

"唉，哭啊。不放心啊，我妈年纪大了。"何干讲起的时候像是还有什么没说的声口。

另一次她提到她母亲是上次回乡下。

"她不怕。"何干低了低声音，倒像不高兴，"她活了这么大的岁数了，什么也不怕了，什么都看开了。"

要她一个人操心。

琵琶极力想像老太太被按进棺材里，棺盖砰的阖上，手指头硬是一个个扳开来往里塞。

"富臣本来就不是好东西。"珊瑚道。

"我记得他很油滑，人也聪明，一点也看不出是何干的儿子。"露道。

"他老是来找何干要钱。"陵道。

"她帮他找到过一个差事，可是他学坏了。"珊瑚道。

"怎么坏？"琵琶问道。

"花头太多，还玩女人。"

"他老是来要找事做。"陵道。

"他就是以为城里好。"珊瑚道。

琵琶记得看见他立在父亲面前，劳动与不快乐烧得他焦黑了，枣红色脸上忿忿的，她看见了还震了震。

"何干怎么说？"珊瑚问道，"她相信不相信富臣活埋了他外婆？"

"她当然说是没有的事。"

"那怎么会有这样子的谣言？"

"她说她母亲越来越像小孩子，富臣脾气又不好，所以有人造谣言。"

"将来她回乡下可怎么办？带着全部的家当，那不是进了强盗窝了。"露道。

"何干没有钱。"琵琶道。

"喔，她有钱。"珊瑚道。

"她还许积攒了一点钱。"陵道。

"富臣老跟她要钱,就是攒了也不会剩多少。"琵琶道。

"那个富臣——自己的外婆都活埋了。这倒让我想起你们大爷来。"珊瑚笑着掉过脸去看陵,突然要向他探问什么。"是怎么回事?说是姨太太把大爷饿死了?"

"是啊,外头风言风语的倒不少。"他道。

"我跑出来了,听见说大爷死了倒吓了一跳。"琵琶道。

"他病了好些时候了。"珊瑚道。

"他那个病,医生差不多什么都不叫吃。大妈和姨太太都说她们可担不起那个干系,两个人都不敢给他吃。"他道。

"大妈不敢给他吃倒是一定的,"露道,"她还在气吉祥的事。倒是吉祥怎么也这样子?"

"她也跟他们住在一块?"珊瑚问道。

"她到末了儿才搬进去了,方便照顾。"

"佣人也一样?他们也不给他吃?"

"他们不敢。"

"他们都是太太的人。"露道。

"难道他不同客人抱怨?"

"客人来了也都不大进病人房里。"

"你父亲也不进去?"

"不知道。爸爸最后几次去,大爷已经不能说话了。"

"你父亲怎么说?"

"爸爸没说什么。"他咕噜了一声。在父亲与后母的敌人面前总是守口如瓶。

"那么有钱,怎么会饿死。"露诧异地说。

"说不定反正是个死。"陵补上一句。

"这年头报应来得可真快。什么都快。"露道。

"可是吉祥呢?不是说她好,大爷待她也好,又宠她的儿子——"琵琶觉得额头后面开了个真空,不停地打转。虽然习惯了弟弟那个细小的声音带来的惊人消息,这个消息却是无论如何不吸收。他那种言简意赅的好处却更使她头上脚下。

"我一直喜欢吉祥,她可不是好欺负的。"珊瑚欣赏地道。

"是不是也闹翻了?"露问道。

"不知道。大爷病了之后就谁也不信,一个人住在楼下,大太太和姨太太都不理会。"

"他一定说大家都巴不得他死这些话。"露道。

"他一定是觉得他们是两对母子,他却是孤家寡人一个。"珊瑚道。

觉得是该结束了,露用愉快的聊天口吻道:"你也该走了,陵。他们不知道你上这儿来。"

"没关系。"他喃喃说着站起来。

他收拾了鞋子网球拍,走了。

二十四

琵琶总是丢三落四的。

"在外国护照要丢了，只有死路一条。"露道，"没了护照，留也不是走也不是，不是死路一条还是什么？"

越是训练她，越觉得她不成材。露也不喜欢她说话的样子、笑的样子，反正做什么她都不顺眼。有时候琵琶简直觉得她母亲一点也不喜欢她。

"也不知道是打哪学来的。"她道，"你父亲也不是这样子。上次我回来，你也没像这样。"

珊瑚容忍琵琶，只当是生活中起的变化，"我只要求看完了我的书放好。人家来看我的韦尔斯、萧伯纳、阿诺·班尼特倒着放，还以为我不懂英文。"

"姑姑不管你因为她不在乎。"露道，"将来你会后悔再也没人唠叨你了。"

琵琶打破了茶壶,没敢告诉她母亲,怕又要听两车话。去上麦卡勒先生的课,课后到百货公司,花了三块钱买了最相近的一个茶壶,纯白色,英国货,拿她从父亲家里带出来的五块钱。三块似乎太贵了,可是是英国货,她母亲应该挑不出毛病来。

露倒是吃惊,"不犯着特为去配一个,我们还有。"她轻声道,心虚似的。

琵琶每个星期上麦卡勒先生那里补两次课。她到英国的事成了荣誉攸关了。

"看麦卡勒先生的长相,怎么也猜不到他那么罗曼谛克。"有天午餐的时候露在说,"他娶了卡森家的女儿。"

"那三个欧亚混血姐妹。"珊瑚道。

琵琶怎么也想不出肌肉发达、性情爽快、生意人似的麦卡勒先生配上混血太太是怎样一个画面。他的苏格兰喉音很重,也打曲棍球。

"她漂亮吗?"

露的眉毛挑了挑,"我们只在跑马厅的马场看过卡森家的女儿,没有人不认识她们。"

"出了名的交际花。"珊瑚道。

"他娶了一个,被她耍得团团转。她那一家子讹上了他。这些混血的人有时候真像中国人,一生就是一堆。可怜的麦卡勒,又没有钱。"

"补课的钱倒是收得挺贵的。"珊瑚道。

"教书能赚多少钱?"

"他在这里是英国大学的联合代表,也不知道拿多少钱。"

"他们生了一个儿子,他宠得不得了。等儿子大了可以回英国上学了,他太太也去了。所以这一向住在伦敦,他一个人在这里做牛做马,攒的每分钱都往他太太那儿送。"

"他多大了,五十?"

"这要写下来,准是一篇感人的故事。"琵琶道,没读过毛姆。

"只有外国人才这样。"露道,"我们中国人就会担心做乌龟。"

"也有人笑他。"珊瑚道。

"前两天拿了儿子的相片给我看,我一点也不知道他还有中国人的血统。"琵琶道。

"他儿子现在一定也大了。"珊瑚道。

"说是十七了。穿着苏格兰裙。先生说他在学校成绩很好,将来要做工程师。"

"一个钟头收十五块,他还净说这些闲话?"露道,突然愤激起来。

"他一说起儿子就止不住,我也不好意思阻止他。"

"你倒好意思浪费我的钱。我在这里省这个省那个,这么可怜,嗳唷!"她叹道,声音登时变得粗哑,像是哭了许久。

琵琶没接这个碴。怪她不好,忘了绝不能同母亲提起不重要的事。她怕问她母亲拿公共汽车钱,宁可走路去补课。上海现在成了孤岛,四面八方都被日本人占领了。日本间谍好两次设法炸掉一家爱国的报社,编辑部的人住在报社楼上,不敢回家,怕被暗杀。学校球队与孤军赛篮球。这支孤军是中国军队撤退之后留下的一个营,现在隔离在市中心一家银行大楼里,外头拉起来铁丝网。日本人在上海的西区扶植了一个傀儡政府,距离琵琶住的地方不到两条街。伪政府控制的地区称作恶土。大赌场林立,生意兴隆。国柱每次带全家人去试手气,总会到露这里转一下。

"嗳!"国柱叹气,向姐姐说,"真要成亡国奴了,跟印度鬼子一样咧。可是真要亡国还是亡给英国人,法国人不行,看看安南人,可怜咧,瘦瘦小小的,印度人那么健壮。日本鬼子最坏了,嗳呀!"

"你这话可不气死人。"露道,"还情愿亡给英国人,难怪给人看不起。"

"我不是说情愿亡国,只是不想亡给日本鬼子。"

"真亡国了还能让我们挑三拣四的?中国会亡都是因为有你们这些人。"

"咦,怪起我来了!"

"你们这些人不知道当亡国奴的滋味。就说印度吧,在那里能认识个英国人,喝,可不是身价百倍了!印度到处都穷,疾病又多。我去的时候住在普纳附近的一个麻疯病院,那还是全印度最卫生的地方。"

国柱看着对过的琵琶,"琵琶怎么这么瘦。"

"她的肺炎还没好。"

"有你这么个专家照料,还不好?我就说还是照我的老法子。看看我们家这些。"比了比一群豆蔻年华的女儿,"街上买来就吃,切片的西瓜苍蝇到处飞,可吃死了没有?还不是长得结结实实的。"

"光靠本底子怎么行。"露道,掉过脸去,不高兴又为这个吵。

"'粗生粗长'嚜。"

"现在大了倒让人操心了。"国柱太太道,"还得托她们姑妈给介绍朋友。"

"她们哪需要人介绍,不是很出风头嚜。"露道。

"姑妈认识留学生啊。"国柱太太道。

"她一门心思只想要留学生,在外国镀过金的。"国柱冷嗤道。

"既是想要有学问的女婿,当初怎么不送女儿上学校?我就不懂。"

"不上学校就够麻烦了。"他道。

"她们没那么不好。"国柱太太道,"两个大的越来越能干了。"

"我高兴起来宠她们,生气起来揍她们,也还不是规规矩矩的女孩子,嘿嘿!"

"那还是多亏了她们是好孩子。"露道。

她略有些伤心的声口。国柱也觉到了她对自己儿女的失望。国柱尽管友爱,却不似旧时那么起劲地紧咬住这话题不放,也不明白怎么说来说去总是又绕回这个上头。

他的几个女儿都笑着听他们说做媒的事,漠不关心。她们够守旧,自己的婚姻受到讨论,懂得沉默以对,也够时髦,假装不放在心上。

"琵琶!这一向看见不看见你弟弟?"国柱太太低声道,秘密似的。

"不看见,他没来。"

"不让他出来？"

"不知道。"

"我就不懂你父亲是怎么回事。就这么两个孩子，怎么这么铁石心肠？"

"不是都说娶了后母，爹也成后爹了。"国柱笑道。

"琵琶！你怎么不上我们那儿去呀？只管来，来吃饭，舅舅家就跟自己家一样，多个人也不过就是多双筷子。"

"好，我想过去的时候就过去。"

"还有啊，琵琶！"她的身子往前探了探，方便低声说话，抹得暗红的小嘴一开一阖，琵琶闻到了久年的鸦片的气味，"下次你来，舅母翻箱子，给你找些衣服，一点也不麻烦，旧衣服有的是，真的。"两只眼睛瞪得圆圆的，劝解似的，倒像默片演员演得过火了。

冷不防眼泪滚了下来。

"不要紧，舅母不是外人。"国柱太太含糊地道。

琵琶立时止住泪，走到表姐那边。

"你真应该跟我们到赌场去。"一个表姐道，"好玩呢。就算是为吃，也该去一趟。"

"我们不去赌，光去吃。"另一个道，"什么样的面食都有，城里面最好的。想吃什么点什么，赌场请客。"

"真不错。"琵琶道。

"沙发椅子不在赌桌边上，才坐下来，就有女服务生过来，送上热毛巾，问你想吃什么。爸爸老是钉着人家不放。有的摇骰子的女孩子长得真好看。有一个曲线玲珑的，摇骰子胸脯也跟着晃，锐声喊:'开啦!'满场都是'开啦'的声音,好刺耳。"

"你一定得去看看——就在这附近。"

"住在这里进进出出不怕么?我听见说日本人用汽车绑女孩子的票,拉过了界,就再也没下文了。下次要是看见汽车在你旁边慢了下来,可得当心。"

琵琶想起来那天一辆汽车缓缓开在她旁边,她怕一跑那只喷气抽鼻的动物就会攻击。回头匆匆一瞥只看见是辆旧的黑色汽车,前座只有一个汽车夫,后座倒有好两个人。她加紧步伐,一心只想找个巷子躲进去,偏是一长排的竹篱笆。太阳烘烤得横街上一个人也没有。这里是公共租界外延出来的地方,屋子都崭新而不见特色,淡黄的水门汀穿插着波纹棚子。她抽冷子跑了起来,耳朵里只听见脚步声,可还是觉得听见了大笑声,有人以外国话说了什么。

汽车加速,仍是跟着她。她发现自己正朝着一扇大门跑,有两个岗警守卫。一个灰泥哨岗竖了个牌子:"大道市政府"。傀儡政权。他们绝不会插手。她紧跑两步停了下来,书与皮包落在面前马路上。最靠近的岗警是个很年青的小个子中国人,长相温吞,露出惊诧的神色。汽车开走了,她将书本捡起来。岗警的神色又恢复了戒备的莫测高深。他的制服是黄卡其布。帽子平顶有帽舌,黄色短纹,按照神秘的《易经》八卦排列,如同道士帽。大道市政府,道家的道,古老的哲学名词,放在这里却荒谬可笑。大道,再添上饰了卜算的符号——再挖苦的中国人也设计不出来。霎时间,她只面对面瞪着这个外国的心态。"敬告中国人,"它像是这么个意念,"这是从他们的过去截取的渊博学问,同时也带有市井的况味——

313

还有什么比得上算命更受欢迎?"真像是牛津的汉学家出的试题,就只是有什么她抓不住的含意,她断定是典型的日本作风,无心的幽默中未驯的野性。

她回家说了这件事,露道:"我不想吓唬你,可是你父亲可能会绑你回去,谁知道。"

"我也不能担保,可是我想他们不会再让麻烦上身。"珊瑚道。

"他们倒不是要她回去,倒是想泄愤。"

"他们现在应该是只顾着省俭,没有余力做什么。"珊瑚道。

"她的娘当然是高兴得很,这么轻易就打发了她。"

"最可怕的是眼下的上海什么事都可能发生。"

"就是啊。"露道,"前两天那个日本人从城里一路跟着我回家来,我都吓死了。若是别的时候,男人在街上跟着你,谁也不害怕。"

"我去上班也吓死了。"珊瑚刚在一家英国贸易公司做事,"从这里走到公共汽车站很不平靖。"

表大妈来报告消息,她们方始不将榆溪的威胁放在心里了。她向琵琶勾了勾头:

"她父亲搬家了。"

"喔?搬到哪?"珊瑚问道。

"雷上达路。"促促的一句,唯恐多说了什么。

"可远了!"

"嗳,是远,他们又没有汽车了。"

"卖了?"

"他们是图省钱。"她忙道,怕听着像是说他们穷了。

"如今谁不想省钱。"露打圆场。

"听见说陵好像不大好。"表大妈道。

"怎么了？"露问道。

"说是发烧。这一向他来不来？"

"没有。去看医生了没有？"珊瑚道。

"嗳，就凭他父亲？"露忙笑道，"他的姨太太得了伤寒都舍不得请医生。"

"谁？老七吗？"表大妈吃吃笑。

"老七得过伤寒？"琵琶倒诧异。

"是啊。你父亲就只请了个草方郎中，熬了草药给她吃。我听说了，请了个医生过去。我倒不是要当好人，可毕竟是人命关天。"

"她好了，还过来给太太磕头。"珊瑚回忆道。

"她会来磕头倒也是难得，差点还哭了，过后就又像没事人一样，还跟以前一样眼睛长在头顶上，尖酸刻薄。"

露没有请表大妈再多打听陵的事，知道她怕极了得插手。倒是要珊瑚托秋鹤代为打听。秋鹤为了琵琶的事也出了不少力，陪珊瑚去营救她，还大吵了一架。可是委实无人可找了。

等秋鹤去，陵业已复原了。他的肺不好，一向是一个敬医生看的。秋鹤回来也这么报告。

"这么说是肺结核。"露道。

"娘传染给他的。"琵琶作证道，自己也半憬然。

除了请秋鹤时时注意之外，也无计可施。"他们搬到那么远的地方。"他埋怨道。老房子成了袜子工厂，珊瑚从看衖堂的那里听来的。

琵琶与她母亲在浴室里,珊瑚接完电话回来。

"秋鹤打来的。"她向露说,"是陵,昨天不知怎么突然恶化了,送到医院人家也不收。今天早上死了。"

"他不是说好了吗?"露道。

"秋鹤说每次问都说好了,要不就说好多了。总是好多了。前天他才跑了一趟,他们说陵好多了,还要香蕉吃。他们还真叫人买去了。"

两人刻意的家常口吻只透出一丝的暴躁。弟弟死了,琵琶心里发慌,仿佛看着什么东西从排水道往下掉,还捞得回来。

"怎么会这么快?"露道。

"他这年纪是会这么快。"

"谁知道他病了多久了。我叫他去照X光。我就不信他们给他请的是个正经的医生,白白送了一条命。"

"都怪他的娘。"

"她当然是,我不懂的是他父亲。一门子心思省钱,可是有些事情怎么也省不得。就这么一个儿子——等他死了要怎么跟老太爷老太太交代?我不一样。再说离婚的时候我都放弃了。"

一向就是这样,琵琶心里想。出了大事总是这样,对她一无所求,只要她露出惧色,一声不响,而且总是在最不适宜的地方,像是这间小小的浴室,她母亲立在镜前说她的教育训话,而且磅秤上总是一双灰姑娘的小鞋。弟弟不存在了。一开始世界上只有他们两个人。如今只剩下她了。她觉得心里某个地方寒冷而迷惘。

梅雨季开始了。走半个城去上课，在濛濛细雨中想着陵死了。在街上这意念总觉得两样，虽然并不会更真实。她喜欢街衢，如同其他孤独的人，下雨天四周的接触更多，天地人都串了起来。喷在脸上的细雨，过往雨伞滴下来的水，汽车溅上她脚踝的水，湿淋淋的雨衣拂过，在在都是一惊。这一刻她感觉不出弟弟不在人世有什么不同。

要不是红头巾的锡克巡捕与披着雨蓑的黄包车苦力，上海就同其他的大城市没有两样。她也就是喜欢这个地方。不同的时代有不同的种族来兴建，大杂烩反倒让它练达了，调和了。长时间的熟悉给她的感觉是上海是她的，是让她成长的地方。也许是她母亲与姑姑的原故，她总觉得等够大了，没有她不能做的事。形形色色的旗袍皮子、时髦的室内装潢、欧陆的甜品、金漆的鸭，一切都是窥入她将来的窗子。将来她会功成名就，报复她的父亲与后母。陵从不信她说这话是真心的。现在也没办法证实了。他的死如同断然拒绝。一件事还没起头就搁起来了。他究竟是什么样子？对人生有些什么冀望？倒可以一语带过，说他完全是个谜。她始终都知道。他就同别人一样，要的是娶个漂亮的女孩子，有一点钱，像大人一样生活。她记得谈到舅舅的可爱女儿们，他那兴味的神情。露离婚后他极少看见她们，可是琵琶仍经常去舅舅家。

"三表姐会溜冰？就在衖堂里溜？"他笑道，眼睛瞪得圆圆的。

"最小的那个还那么凶？"他傻笑道。他们前一向拿她来打趣陵，他不喜欢，因为那时她还很小。

她尽量去体会他的不存在。他们曾是现世最古老的土著。他

317

们一起经验过许多事，一点也不在意由他那双猫儿眼看出去，是不是全都两样，找他验证是一点办法也没有。

到头来，他并不是死在老房子里。老红砖房如今制造起棉袜，女人穿上会使两条腿像肥胖的粉红香肠，总觉得可笑。必定是棉袜，因为真丝与人造丝袜裤都是舶来品，而上海有许多的棉织厂。那些隔音而漆黑的高房间始终干净没有人住，无论绕着它如何扩展，拉上百叶窗的清凉阴暗像夏天里的冰咖啡，很难想像里头搁了戳着天花板的机器。上海的女工向来大胆轻佻，都管她们叫湖州丝娘。最早到城里来在工厂做事的都是湖州人。和其他女孩子不同，她们自己有钱，下班后也没人管束。三三两两到大世界去看表演，除了妓女之外只有她们也赚皮肉钱。何干就不愿让外孙媳妇到工厂做事，虽然赚的钱比阿妈要多。露与珊瑚试用的年青阿妈都是双栖动物，时而帮工时而在工厂做事，而且都有爱情的问题。不是家人逼婚，便是抛下丈夫，或是工头对她们心怀不轨。机器轰隆声里杂糅着她们的笑声、骂声、彼此取笑、哭诉不幸，涂抹去来到这片屋檐下之前发生过的一切。霎时间，琵琶一阵心痛，倒不是她还想再看见老房子，可是它澈底地改头换面了，她的记忆失效了。她父亲当初再婚，买下这幢大房子，也许是想要生更多孩子，她倒从没想到这一层。荣珠来自一个子孙满堂的家庭，可是他得到的只是亲戚。可怜的爸爸。他是个废物，就连挥霍无度这样的恶名也沾不上边。进了堂子，还得千哄万哄才哄得他出手豪气。改过自新之后，他年复一年撙节开销，一切花费都省俭了，延挨着不付账，瞧不起这个看不起那个，这里抠一点那里抠一点，到末了儿割断了根,连系过去与未来的独子,就如同他的父母没生下他这个人。从另一层看,榆溪倒也像露与珊瑚一样反抗传统。他舍得分权给家里人,好让他自管自吃他的大烟、玩他的女人、享受不多几样的安逸,其中之一是每年一罐咸鸭蛋,由何干亲手拣选腌存。我们都突破了,琵琶心里想,各人以各人的做法。陵是抱着传统的唯一的一个人,因为他没有别的选择,而他遇害了。

人人都有一把刀。没法子割外人的股肉往家里带油水,就割自家人的。她想到何干的儿子富臣。富臣与她的父亲不同,听说他年青时来上海,机灵聪明。倘若不是急着往脂粉堆里钻,他还许功成名就,撑起一个家来,而不像现在活埋了外婆。她再见到他,两条胳膊紧贴着瘦薄的身体,离她父亲躺的烟铺五步远。她父亲穿着睡袴,腿微向后弯,脚冲着富臣,忙着在烟灯上烧烟枪,一壁说着上海的工作难找。

漫漫雨季上海处处汪着水。公寓房子四周的水不退,土地吃不住高房子的重量,往下陷。黄包车缓缓经过,溅起雨水,车夫的袴腿卷到大腿上。

"过街?"他们吆喝,"过街一毛钱。"

她摇头,脱掉鞋子。微微鼓荡起一点意志力,才踩进了褐色的水潭,非但有带病的叫化子蹚过,还吐痰。水底滑溜溜粘腻腻的。路面向下倾斜,水从腿肚子漫到膝盖,一波一波的荡漾。她拿脚去摸索马路的边缘,就怕绊倒。上了公寓台阶才穿上白色凉鞋,免得吓坏了开电梯的。

珊瑚只比她早回来一会。也是涉水而过,正在浴室洗脚。

"何干来了。"露向琵琶说,"她要回乡下了。去车站送送她,她那么大的年纪了,往后见不着她了。"

隐隐约约的压迫感坐住了琵琶,仿佛一只鸟刚觉察到大网罩在头上偷眼看天。

"她什么时候走?"

"下个礼拜,星期二下午。她会在车站大门找你。珊瑚,到北站有没有电车?"

珊瑚扬声指引了方向,末了还说:"琵琶找不到的。"关了水后,又问:"陵的事何干怎么说?"

"什么也没说。你以为会说什么?"露道,"都吓死了。"

琵琶还剩两块钱。给了何干,还是落到富臣手里。她宁可给什么不能送人的东西。她到静安寺去,有两家贴隔壁的商家,都叫老大房。各自声称是老字号,比现在活着的人年纪还要大,谁也不知道是左边这家还是右边这家才是当年真正的创业之基。她拣了人多的那家,花椒盐核桃与玫瑰核桃各买了半磅。东西极贵,她相信何干在上海虽然住了三十年,绝对没吃过。纸袋装着,她得在路上吃完,没办法捎回家带给孙子吃。

到北车站并不近。她在车站大门等,纸袋上渐渐渗出油来。然后她看见何干坐着黄包车,包袱抱在大腿上,两腿间夹着灰白色水牛皮箱子,头后面还抵了个网篮。她平静地向周围张张望望,高贵的头形顶上光秃了一块,在扁扁的银发下闪着光。

"大姐。"她笑着喊。

乱着付黄包车钱,下行李,她不肯让琵琶代她提,两人总算进了车站，立在矮栅栏里，把东西放了下来。

"大姐！"感情丰沛的声口，"何干要回去了，你自己要照应自己。"

她并没有问候露与珊瑚，也不说害她跑这么大老远的一趟。琵琶觉得亏负了何干。她倒不为逃走害得何干日子难过不得不回乡而感到心虚。弟弟的死开脱了她。眼见得何干无人可照顾了，尽管她知道这只是她后母的藉口，因为何干忙着粗活，极少有时间照顾陵。

"大姐，陵少爷没了！"何干激动地说，怕她没听见这消息似的。

"我都不知道他病得这么厉害。"

"谁知道？说是好多了。我跟自己说怎么这么瘦？吃补药，什么都没少他吃。太太相信这个推拿的大夫。才十七。谁想得到……？"她低头，拿布衫下摆拭泪。

他们不曾轻轻松松谈过陵，事实上在此之前不曾谈过他。何干照顾他就跟照顾琵琶一样的真心实意，琵琶觉得陵似乎也喜欢何干。然而仍是觉得陵是秦干托孤给她们的。

"我带了这个。"

何干接过纸袋，淡淡一笑，也没谢她，只急忙岔开话。琵琶突然明白自己做错了。她是该为今天弄点钱的。她不能问她母亲要钱，也不想问姑姑要钱，姑姑自己一个月也就是五十块的薪水。她考虑过问舅舅要。要十块，他会立时从皮包里掏出二十块来。"还要不要？"他会再追问一句，一条胳膊整个探进袍子里。问舅母要也行。他们就是这样。可是不能背着母亲去找舅舅。她真该做点什么的。要给现在就该给,过后再送就是白送。信件都送到最近的小镇的杂货铺,凡署名是她的东西都会交给她儿子,她只怕连影儿也不知道。

碍眼的纸袋一转眼不见了,掖进了何干的宽袍和包袱里,变戏法似的,还许一点油腻也没沾上。

"我还要再考试,考过了今天秋天就要去英国,"琵琶急忙道,"三年我就回来了,然后我就可以赚钱了。我会送钱给你,我真的会。"

何干一句话也不信。女孩子不会挣钱。珊瑚也去了外国,在写字楼做事又怎么样?况且远水救不了近火,她都这把年纪了,简直像是下辈子的事情。

"到了外国可得好好照应自己啊,大姐。"

"给我写信,写上你的名字,好让我知道你好不好。你会写何吧。"琵琶教过她这个字。

"嗳。你也要写信给我,大姐。"她咕噜了一声,显然只是酬应一下。

"乡下现在怎么样了?"

"乡下苦啊,又逢上打仗,不过乡下人惯了。"

"我听见说你母亲过世了。"

她的脸色一闭。"她年纪太大了。"她断然道,也许是疑心琵琶听说了她儿子把外婆活埋了。

"家里都好么?富臣呢?"

"都好。富臣老写信来要我回去。他说我年纪大了,不能操劳了。"

富臣知道拣他母亲爱听的话说。告诉她收成不好,要她寄钱,要她不要帮工了,回家去吧,他想她。只消这里仍要她,她自然也不会回去。

"你一定很高兴,一家子终于团圆了。"

她笑笑,"出来这么多年,我也惯了。"

琵琶看见像地板或是干涸的海的辽远乡下等着她,而她儿子也在其中等着。尽管无力再赚钱,她带回了她的老本,虽然不多。琵琶应当再添上二十块钱,即便只是让富臣从何干那里再蚕食更多钱。事到如今,她回了家连提到琵琶都还不好意思,眼睁睁看着她空手回去。

她拿起行李。琵琶坚持要帮她提大网篮。网子底下有一层报纸。她知道报纸下是什么,收集了一生的饼干罐,装满了什物、碎布,都卷成一小束,拿安全别针别住。可是她不敢真去看,唯恐何干疑心别人以为她在沈家做了四十年,私藏了什么宝贝。

火车尚未开动,她们已无话可说。

"我该上车了,先找个好位子。你回去吧,大姐。"说着却哭了起来,拿手背揩眼睛。她不说怕再也见不到她了,倒说:"我走了,不知道下次再见面是什么时候。"

"我会写信给你,我帮你把东西拿上去。"

"不,不,不用了。三等车厢,什么样的人都有。"

"三等车厢?"一个脚夫抓起她的东西。

何干生怕被抢了,急忙跟上去,上了阶梯,进了火车,立在门口回头喊:"我走了,大姐。"

火车很快就上满了人。不见何干出现在车窗里,定是在另一侧找到了位子，看着行李，不敢须臾或离。琵琶立在月台上，一帘热泪落在脸上。刚才怎么不哭？别的地方帮不上忙，至少可以哭啊。她一定懂。我真恨透了你的虚假的笑与空洞的承诺。这会子她走了，不会回来了。琵琶把条手绢整个压在脸上，闷住哭声，灭火一样。她顺着车厢走，望进车窗里。走道上挤满了人，可是她还许能挤进去，找到何干，再说一次再见。她回头朝车厢门走，心里业已怅然若失。宽敞半黑暗的火车站里水门汀回荡着人声足声，混乱匆促，与她意念中的佛教地狱倒颇类似。那个地下工厂，营营地织造着命运的锦绣。前头远远的地方汽笛呜呜响，一股风吹开了向外的道路。火车动了。

图书在版编目（CIP）数据

雷峰塔 / 张爱玲著；赵丕慧译. --2版. -- 北京：北京十月文艺出版社, 2025.6（2025.7重印）. -- ISBN 978-7-5302-2482-3

I.I246.5

中国国家版本馆CIP数据核字第2025CV2161号

雷峰塔
LEIFENGTA
张爱玲 著
赵丕慧 译

出　　版	北京出版集团
	北京十月文艺出版社
地　　址	北京北三环中路6号
邮　　编	100120
网　　址	www.bph.com.cn
发　　行	新经典发行有限公司
	电话 010-68423599
经　　销	新华书店
印　　刷	河北鹏润印刷有限公司
版　　次	2025年6月第2版
印　　次	2025年7月第2次印刷
开　　本	850毫米×1168毫米 1/32
印　　张	10.5
字　　数	245千字
书　　号	ISBN 978-7-5302-2482-3
定　　价	58.00元

如有印装质量问题，由本社负责调换。
质量监督电话 010-58572393

版权所有，未经书面许可，不得转载、复制、翻印，违者必究。

本书由皇冠文化集团授权，仅限于中国大陆地区发行，不得销售至港、澳及任何海外地区。

著作权合同登记号　图字：01-2011-0485